JN184373

知の遺産シリーズ 5

宇治十帖の新世界

横井 孝
久下裕利 編

武蔵野書院

緒言

◇新しい世紀をむかえながら、国文学界の停滞は目に余るものがあります。大学の改編や経済不況の煽りで時代の影響を受けたこともありますが、若い人たちに対して学問研究に関心を寄せてもらえるような話題性を提供する努力の乏しかったことが、最も大きな原因ではないかと思われます。学界の閉塞的な状況を乗り越え、個々の研究者の良心を鼓舞し、新たな飛躍を期すために、変革の礎となるべく私たちは本書を編集しました。

◇『知の遺産』と銘打つのは、過去の研究業績に敬意を表す意であります。そこから新たな展望を拓くために、従来の知見を見据え、疑問を提示し、解決の糸口を探る方向を示唆することによって、新たな作品世界へと踏み入れるよう配慮しました。

前へ向かって一歩進むのは、本書を手に取った読者諸賢であることを切に願います。

編者

目次

文学史上の宇治十帖

倉田　実

一　はじめに

宇治十帖の研究は、正篇に劣らず多様な蓄積があり、宇治十帖や続篇を表題に掲げた単行書も十冊を超えるほどになっている。しかし、宇治十帖を後代も見通した文学史上に位置づける論考は僅かである。注(1)例えば、関根賢司編『源氏物語　宇治十帖の企て』（おうふう、平成17〈二〇〇五〉年）や、小山清文・袴田光康編『源氏物語の新研究　宇治十帖を考える』（新典社、平成21〈二〇〇九〉年）などの企画された論集でも、宇治十帖を総体的に把握し、文学史上に位置づける論考は収載されていない。これとは別に、宇治十帖とは何かという問いがあったとしても、『源氏物語』内部の問題としての立論であり、文学史的な観点での言及はない。正篇世界とは違った宇治十帖のありようを鮮明化することで終止してしまうのである。かく言う私自身もそうであった。

以上のようなことは、宇治十帖の文学史上での定位が、自明の理となっていることを意味しているわけではない。宇治十帖も含めて『源氏物語』は、それまでの歌物語や作り物語、あるいは日記文学・和歌文学などを止揚した最高峰の作品として、前代までの文学からいかに飛躍的発展を遂げたかが多様に論じられてきた。そして、『源氏物語』以後の作品は亜流・模倣と見なされて、わざわざ文学史上に位置づけることはなく、享受・受容・影響などという観点で論じられることとなっていた。したがって、平安文学で『源氏物語』を研究対象とする場合、それだけを専門として論じていればいいとされる風潮があったことは否めない。私自身もそのような発言に接した覚えがある。しかし、『源氏物語』の達成は、以前の文学から言われるだけでなく、後代の文学をも視野に入れて論じられる必要があると思われる。この小稿は、『源氏物語』以後を対象として、宇治十帖の物語文学史上での特質や達成とは何であったかを考える端緒としていきたい。表題を「物語文学史上の宇治十帖」と読み替えていただければ幸いである。

本文引用は、和歌は『新編国歌大観』、それ以外は新編日本古典文学全集と中世王朝物語全集に拠ったが、表記は私に改めた箇所もある。

二　宇治十帖の宗教性

宇治十帖の特質や達成を一義的に捉えるとすれば、宗教性（仏教性）ということになろう。この他、話型的な達成としては、㋐結婚拒否の女性造型（大君）、㋑男君の二人連れの手法（薫と匂宮）、㋒二人姉妹（大君と中君、及び中君と浮舟）・三人姉妹（大君と中君と浮舟）の設定、㋓姉妹間での形代関係、㋔三角関係による入水する女の造型（浮舟）なども指摘できるが、宇治十帖全体を覆う特質の第一は宗教性であろう。宗教性も話型的な達成も、正篇があったからこそそのものであるのは間違いないが、より前景化したのが宇治十帖と言えよう。この小稿では枚数の関係で、宗教性に絞った検討になることをお断りしておきたい。

さて、正篇世界においても道心・出家・参籠・法要・加持祈祷・葬送、あるいは夜居の僧による密奏などという形で仏教は物語展開にかかわっていた。しかし、宿世観が根底にあったとしても、仏教的な面を志向して物語が展開していたわけではなかった。それに比べて、宇治十帖は、悟道に至らないにしても、宗教性はきわめて顕著になっている。宗教性を志向しながら物語が展開していること、これがまず指摘できる宇治十帖の特質であり、達成であった。

この宗教性は、宇治十帖において多様な側面で顕在化しており、次のように整理できるように思われる。

(1)　宗教の地としての宇治が選び取られたこと。
(2)　俗聖としての八宮が造型されたこと。
(3)　主人公薫が宗教性を帯びていること。
(4)　横川の僧都という宗教者が造型されたこと。
(5)　女主人公浮舟の出家が主題性を担っていること。

これらの宗教性は互いに連関しながら宇治十帖の物語展開と絡んでいる。以下、右の項目に沿って具体的に見ていくことで文学史上の意義を考えていきたい。

三　宗教の地としての宇治――宗教性(1)

まずは宗教の地として宇治が選び取られたことである。京やその近郊以外の地方が物語の継続的な舞台となることはないわけではなかった。『伊勢物語』の東国、『うつほ物語』の吹上、あるいは正篇の須磨・明石などがすぐに思い浮かぶが、宗教性とは無縁であった。それに対して宇治は周知のように、「わが庵は都の辰巳しかぞ住む世を宇治山と人は言ふなり」（古今・雑下・九八三・喜撰法師）と詠まれた出家・隠棲の地であった。後には極楽往生を願って平等院が創建されることになる。宇治十帖での宇治は、別業の地、遊行の地あるいは奈良街道の中宿りの地としても機能しているが、注(2)宇治山に「聖だちたる阿闍梨」（橋姫巻・一二七頁）が、「まことの聖の掟」（橋姫巻・一二八頁）を生きる宇治八宮の法の師として配されることで、宗教の地として意味合いが提示されている。宇治川の流れ、立ち込める霧などで宇治の地が表象されるのも宗教性とかかわっているが、これらの点については省略したい。

隠棲者や聖などのいる宗教的な地としての宇治が物語の舞台とされ、そこに道心を抱く薫が通うことによって、物語が展開することとなっていた。そして、以後の物語もそれを準拠とするかのように、京から離れた宗教的な地が舞台として設定されていく。

『浜松中納言物語』では、吉野山に「聖」（巻三・二〇〇頁）と吉野尼君とが配されて宗教的な地となっている。そもそも吉野は、「み吉野の山の白雪踏み分けて入りにし人の訪れもせぬ」（古今・冬・三二七・壬生忠岑）、「み吉野の山のあなたに宿もがな世の憂き時の隠れ処にせむ」（同・雑上・九五〇）などで知られるように、異郷、隠遁の地としての印象があった。したがって、宗教的な地となることは当然のことになる。しかし、宇治十帖の宇治があっての吉野になっていることは確かであろう。

『夜の寝覚』と『狭衣物語』では京近郊の嵯峨が宇治の面影を宿している。嵯峨は嵯峨天皇創建の嵯峨院で知られるように狩猟地・別業地として発展し、その死後、敷地の一画に大覚寺・檀林寺・棲霞寺（後の清涼寺）などが創建されて宗教的な地となっていた。また、藤原兼通の謀略によって政権を追われた兼明親王（九一四〜八七）の隠棲によって、隠棲の地として知られるようになっていた。『夜の寝覚』では寝覚君の父入道が「広沢の池のわたり」（巻二・一二五頁）に御堂を建て、『狭衣物語』では嵯峨院が同じく御堂を小倉山の麓に建て、女二宮（入道宮）と出家生活を送ることになっていた。嵯峨は、別業地・隠棲地・宗教地として宇治と重なるのである。

この重なりは、ささやかな用例になるが、両物語と宇治十帖との次のような照応にも表れている。

○峰の朝霧晴るる折なくて明かし暮らしたまふに、（橋姫巻・一二七頁）

○峰の朝霧晴れぬ山里にて、（夜の寝覚・巻五・四八一頁）

○峰の朝霧の晴れ間なきを眺めたまひて行ひたまふに、（狭衣物語・巻三・九二頁）

各注は、「雁のくる峰の朝霧晴れずのみ思ひつきせぬ世中のうさ」（古今・雑下・九三五）を引いている。宇治十帖の場合はそれで問題はない。しかし、『夜の寝覚』と『狭衣物語』の場合は、「橋姫」巻の本文も参照すべきではなかろうか。宇治の地の印象を、嵯峨に重ねていると見られるのである。特に『狭衣物語』の嵯峨の御堂は、宇治平等院の影がちらついている。注(3) 宇治十帖の宇治があったからこその嵯峨であると言えよう。

嵯峨には、宇治と重なる印象があったことは、後代のものになるが、次の贈答歌などで知られよう。

寂蓮入道、嵯峨に住み侍りける頃の秋の風ことの外にて、堂の檜皮もみな吹き乱りて侍りしとて

わが庵は都の戌亥住み侘びぬ憂き世のさがと思ひなせども

返しに

道を得て世を宇治山と言ひし人のあとに跡そふ君とこそ見れ　（拾玉集・五・五一一二、五一一三）

寂蓮の贈歌は、先に引用した喜撰法師歌を本歌にし、「都の辰巳の宇治」に対して「都の戌亥の嵯峨」も隠棲の地とされている。これを受けて慈円の返歌では、「宇治の喜撰法師」の跡を追うのが「嵯峨の寂蓮」としている。宗教性において、宇治・吉野・嵯峨は交換可能なのである。

『今とりかへばや』になると、宇治十帖と『浜松中納言物語』を受けて吉野と宇治が舞台となっている。宇治は女大将（以下、この呼称を使用）の女の性に戻る際の隠れ家となり、宗教的な宇治の役割は吉野が担っている。この地には「吉野山の宮」が「聖の御住処」（巻一・二三二頁）と見える住まいをし、その娘の姉妹が配されている。そして、この宮が宇治八宮の位相と重なることになる。この点は次節で触れることにしたい。

宇治が宗教の地として物語の舞台となったことが、以後の物語を決定づけていた。仏教思想の浸透とかかわって京という中心を離れた隠棲の地や宗教の地が物語の重要な舞台として要請されたのである。中世王朝物語でも、『風につれなき』の宇治、『いはでしのぶ』の伏見や小倉山、『石清水物語』『木幡の時雨』の木幡、『恋路ゆかしき大将』の戸無瀬や梅津（共に嵯峨の一画）などの地も、宇治十帖の影を引きずるのである。

四　俗聖八宮の造型――宗教性(2)

宗教的な地の主要な人物となったのが俗聖、[注(4)]すなわち優婆塞の八宮であり、その人物設定も以後の物語で踏襲されている。八宮の人物設定としては、次のような点が基本となって、後の物語の範例となっていると言えよう。

㋐　立坊争いに敗北して隠棲した古宮であること。
㋑　妻に先立たれて娘二人を養育していること。
㋒　娘たちが絆となって道心を深くするも出家がかなわないこと。
㋓　自邸の焼亡をきっかけとして隠棲したこと。
㋔　都の貴公子が慕って訪れてくること。
㋕　娘たちに結婚に対する遺言を残すこと。

以後の物語では、右の要素が取捨選択され、変容させることで、人物設定がなされている。八宮は出家をしていないが、正篇の朱雀院のような来世を願って出家・隠棲する設定でも、その面影を見いだすことができる。また、隠棲する契機が妻子などの死であったりしても、やはり同じである。

八宮の才学面としては、「才など深くもえ習ひたまはず」（橋姫巻・一二四頁）とされていたが、宇治の阿闍梨に「八宮の、いとかしこく、内教の御才悟深くものしたまひけるかな。さるべきにて生まれたまへる人にやものしたまふらむ。心深く思ひすましたまへるほど、まことの聖の掟になむ見えたまふ」（橋姫巻・一二八頁）と、冷泉院に説明されるまでになっている。「内教の御才」が強調され、そこに薫が誘引されることになるが、才のありようもまた変容していくことになる。

八宮像を明確に踏襲しているのが、前節で挙げた『今とりかへばや』の吉野の宮であり、「先帝の三の皇子」（巻一・二三一頁）という設定であった。遣唐留学生の折に唐国の一の大臣女との間に儲けた姉妹を連れて帰国していて、それを恥じて過ごすうちに謀反の流言にさらされ、吉野に隠棲していた。その才は、「方々の才、陰陽、天文、夢解き、相人などいふことまで、道きはめたる才どもなりける」（巻一・二三七頁）とされており、女大将の「上を極めたまふべき契り」（巻一・二三九頁）があると予言することにかかわっている。また、髪が早く伸びる唐の秘薬を女大将に与えることの合理化でもあった。薫が八宮を慕ったように、女大将は吉野の宮に親昵するのである。吉野の宮が八宮のもどきとなっていることは、宇治姉妹と同じく二人の娘を持ち、「さらにこの山に世を尽くせなども遺言し思ひたまはず」（巻一・二四〇頁）とされたところにも顕著である。これは八宮の遺言の逆になっており、吉野大君は男大将に、中君は宰相中将にそれぞれ配されることになる。

中世王朝物語でも八宮像は、多様に脚色されて踏襲されている。『いはでしのぶ』では「入道式部卿宮」（巻二・八七頁）が、中君出産で亡くなった妻を悲しんで伏見に隠棲したという設定である。二人の娘の将来を案じ、大君を主人公に託している。

『恋路ゆかしき大将』では、「故院の一の皇子、源氏の太政大臣」であった戸無瀬入道が北の方の死を契機として戸無瀬に隠棲している。後見もなかった母の梅壺女御は一の皇子を儲けながらも、時の大臣の妨げによって立坊さえ叶えられなかった怨みを抱いて亡くなっていた。戸無瀬入道はその死によって憂愁の思いを抱いていたのである。そして、新たな妻に愛情を奪われて亡くなった北の方の境涯が、母梅壺女御のそれと重なることを思い、出家したのであった。桐壺更衣と光源氏を思わせると共に、立坊争いを暗示させ、北の方逝去をきっかけにした出家は、八宮のありようである。戸無瀬は宇治の働きをし、主人公恋路や入道子息の端山・花染兄弟の拠り所となっている。また、「吉野の山に籠りたまへる優婆塞の致仕の大臣」（巻一・二九頁）もおり、関白が弟に渡ったことを怨んで出家していた。そのもとには三人の娘がおり、これは宇治三姉妹の踏襲であろう。八宮像が二人の人物に分化していると見られるのである。男主人公たちの戸無瀬や梅津逍遥が語られるのも、宇治が遊行の地であったこととかかわっていよう。

『風につれなき』では孫の即位を確信した関白左大臣（宇治の入道）が、長女中宮の死を悲しみ「宇治の院」で出家している。『源氏物語』の明石入道の出家を思わせる語りも多いが、「宇治の院」が喚起するのは宇治十帖であろう。八宮造型の意義は大きいのである。

五　薫の造型——宗教性(3)

続いて、主人公薫が宗教性を帯びていることである。正篇の絶対的な主人公光源氏の「まめ」の側面を薫が、「好き」の側面を匂宮がそれぞれ引き継ぎ、続篇の主人公として設定されたとするのが定説である。薫の場合は、さらに宗教性が付加されて宇治十帖で徹底されることになる。俗聖の八宮を「法の師」とすることで宇治通いが始まるからであった。道心ということでは光源氏も早くから抱いており、折々に語られる出家志向がその人間像を深く大きくしていた。しかし、宗教性が主題的に光源氏に課せられることはなく、薫によって定着したと言えよう。
薫の道心で特異なのは、出生の秘密を思うことと結びついている点であり、それが明らかになっても道心が薄れることはなかった。薫は出家しなくても物語の終焉まで宗教者であった。浮舟の生存を知って、その仲介を横川僧都に依頼する際に、薫は次のように述べている。

「罪えぬべきしるべと思ひなしたまふらんこそ恥づかしけれ。ここには、俗のかたちにて今まで過ぐすなむいとあやしき。いはけなかりしより、思ふ心ざし深くはべるを、三条宮の心細げにて、頼もしげなき身ひとつをよすがに思したるが避りがたき絆におぼえはべりて、かかづらひはべりつるほどに、おのづから位などいふことも高くなり、身の掟も心にかなひがたくなどして、思ひながら過ぎはべるには、またえ避らぬことも数のみ添ひつつは過ぐせど、公私にのがれがたきことにつけてこそさもはべらめ、さらでは、仏の制したまふ方のことを、わづかにも聞きおよばむことはいかであやまたじ、とつつしみて、心の中は聖に劣りはべらぬものを。まして、いとはかなきことにつけてしも、重き罪うべきことはなどてか思ひたまへむ。さらにあるまじきことにはべり。疑ひ思すまじ。ただ、いとほしき親の思ひなどを、聞きあきらめはべらんばかりなむ、うれしう心やすかるべき」

（夢浮橋巻・三八〇〜一頁）

ここには言い回しの上での脚色があろうが、薫の半生における俗と聖の相克した内面が正直に吐露されていると見られる。これまで「俗のかたち」で過ごしてきたのが不思議なほどだとして、薫は生い立ちから話している。生来的な道心（思ふ心）が深かったが、母の存在が「絆」となって俗にかかわっているうちに官位も上がり、出家を願う「身の掟」も叶わなくなっている。また、避けがたい事情ならともかく、仏法の戒律に背くようなことはすまいと慎んで、「心の中は聖」に劣るつもりはないとしている。以下の説明は割愛するが、これはまさに八宮のように俗聖であることの表明となろう。たとえ恋に揺れ動き、皇女との婚姻をなしても、薫の宗教性は一貫しているのであり、道心を抱く人物像の典型となったわけである。

『浜松中納言物語』でも男主人公中納言は、吉野の尼君に次のように道心の所在を語っており、これは先の薫の発言と相似していよう。

「世の人めき、すきずきしきかたは、なおぼしめし寄らせたまひそ。世になうあはれにしたまひし親に遅れたてまつりにしのち、かかるさま世に過ぐさじと思ひ取りはべりながら、母上の、また慰めたまふべきたぐひもはべらぬばかりを、思ひたまへとどこほりて、例ざまにて、過ぐすやうもはべれど、心ばかりは、この山よりも深う住み離れまほしう思ふ心地しはべりて、さて、唐土まであくがれまかりしが、今はこの山にてなむ身をも隠し、跡をも絶えむと思ひたまへれば、いかなるさまにても、この御ありさまを離るべきにもはべらず」（巻三・二八一〜二頁）

中納言は、親の死を契機として「かかるさま世に過ぐさじ」と思いながらも、母が絆となって叶えられずにいるが、心の中では俗世を離れて山奥に身を隠したいと出家志向を語っている。薫の場合も実父柏木の死に契機があったともとれるので、中納言と同様となろう。母が絆となって俗世にとどまっているとする発想も両者同じである。ということは、薫の場合を念頭においた中納言の発言が仕組まれていよう。

薫像をまともに踏襲したのが『狭衣物語』の狭衣であった。狭衣の道心は、「この世はかりそめに、「世界不牢固」とのみ思さるる」（巻一・二四頁）と説明されているが、その所以は語られていない。薫という先蹤があったからこそ、生来的に道心を抱く理由は不問に付されるのである。狭衣も、光源氏死後の人物として「もうひとりの薫[注(5)]」と評されるが、まさに言い得て妙であろう。狭衣の道心は、先のように『法華経』などの経典から説明されたり、その文句を口ずさむことが語られて、宗教性はより徹底されている。源氏宮や女二宮との恋の挫折で出家を思うことはしばしばあり、一歩踏み出せば中世王朝物語の出家遁世譚となっていたことであろう。恋物語における出家遁世譚の萌芽は、狭衣あたりに認められよう。

薫的造型は、人物設定は違っても局面的にそれと認められる場合もある。前節で触れた『今とりかへばや』の女大将である。妻四の君の密通を知って、「いとどいかで世にあらじと思しなること」（巻一・二三一頁）がまさった女大将は、薫と八宮の場合のように、吉野山の聖の存在を知って訪ねている。女大将の道心の所以は、薫とまったく違うものの、薫と中納言や狭衣の系譜に位置づけられるのである。女大将の、吉野の宮姉妹への対し方も薫的であった。

短編物語集となる『堤中納言物語』の小品でも、薫的人物が登場している。「ほどほどの懸想」の頭中将、「逢坂越えぬ権中納言」の中納言、「思はぬ方にとまりする少将」の少将たちなどである。これらの人物たちは、憂愁の思いを抱いており、薫の造型があっからこそ、そこに依拠して人物像の輪郭がおのずと納得されるように仕組まれているのである。

中世王朝物語になると、薫と狭衣をないまぜにしたような道心を抱く人物が主人公となっている。『浅茅が露』の三位中将、『風につれなき』の右大将などは薫的と言えようが、『苔の衣』の苔衣大将などは、「狭衣が転生した人物[注(6)]」とする見方もなされている。薫的人物設定は、もっと探られるべきであろう。

六　横川僧都の造型――宗教性(4)

横川の「なにがし僧都」(以下、横川僧都とする)という宗教者が造型されたことも宇治十帖の文学史上の意義となる。数多くの僧侶たちが『源氏物語』に登場しているが、その人間性まで語られて物語展開に絡むのは横川僧都だけである。宇治十帖前半の宗教性を担っていたのが宇治の地と、そこに隠棲した八宮や阿闍梨であったが、「手習」巻以降になると比叡山山麓の小野に舞台が移り、この横川僧都や妹尼と浮舟がそれを担うことになる。薫は両方にかかわっている。

横川僧都は、『河海抄』以来、横川に住んだ源信僧都(恵心僧都)が准拠とされてきた。その著『往生要集』も『源氏物語』とかかわっていることが確認されている。注(7) また、一条天皇や藤原道長ともかかわった檀那贈僧正覚運(九五三～一〇〇七)がかかわっていることも指摘されている。注(8) しかし、覚運は比叡山東塔の居住であり、横川ではないので、以下は源信僧都とのかかわりに絞って見ることにしたい。

横川僧都像に対して、事情を知らずに浮舟を出家させたり、その存在を明石中宮に語ったり、薫との仲介をしたりしたのは高僧らしくなく、軽率とする指摘もされている。また、『今昔物語集』一二の三〇「尼願西所持法花経不焼給語」の妹願西(安養尼)、同一五の三九「源信僧都母尼往生語」の母尼という深く仏法に帰依した肉親がいたが、「手習」巻で語られる妹尼や大尼君とは違っていることも指摘されている。注(9) 後者の説話では、母尼が、権門に出入りするような「名僧」ではなく「聖人」になってほしいと諭したことが語られており、横川僧都が明石中宮の夜居に伺候したこととも径庭がある。しかし、肉親のことは措くとして、軽率と指摘される面や権門への出入りも当時の人間味ある高僧のありようなのであろう。

問題は、高僧であっても、浮舟の素性を知った横川僧都の贈った手紙が、還俗の勧奨、不勧奨のどちらともとれることであり、いまだこの点に決着はついていない。注(10)しかし、詳細は省略するが、古注では『岷江入楚』に「箋此まゝにては薫の執はなるべからず。もとのごとくの契になり愛執の罪をはるかせと也」とあるように勧奨の立場であり、『源氏物語』の二次創作となる『雲隠六帖』では、還俗して薫の妻となっている。文学史の観点からは、還俗勧奨説によるのが順当となろう。ただし、還俗が語られた他の物語は見出しにくいようである。『逸名物語集』収載の仮題「あしたの雲」注(11)には、帝の死で里下がりして出家した更衣たちが髪を伸ばしはじめた語りがあるが、これは正式に還俗したのではないと思われる。

さて、源信僧都を思わせる横川僧都が、物語で重要な役割を担うことになったのは、宇治十帖の文学史上の意義であった。すでに、「横川の僧都の存在には、源氏物語の仏教の一つの到達点といふべきものを思わせるような、厳然たる具象化がなされているように思う。（略）横川の僧都の造型こそは、古代から中世を通じて、仏教説話に出てくる、道に徹した仏者の典型的な姿として認めることの出来る造型をなしえている」注(12)とされ、「横川の僧都のような僧侶が創造できたこともまた、『源氏物語』の感動的な達成の一つと言ってよいのではないだろうか」注(13)との発言もされている。

宇治十帖によって後続の物語では、「横川僧都」とされるだけで、才学と人間味に富む効験あらたかな高僧という印象を暗示させていくようである。『狭衣物語』では女二宮出家に「故宮の御叔父の横川の僧都に仰せ言あればうけたまはりて、その作法して鉦うち鳴らしたまふ」（巻二・二二八頁）ことが語られている。当該注には「作中人物では『源氏物語』の浮舟の授戒の師。その高僧の印象を借りている」としている。

　中世王朝物語では、『石清水物語』の「横川の何がしの僧都」（上・二二頁）が、加持祈祷で物の怪調伏を果たしている。「何がしの僧都」との呼称は宇治十帖の踏襲であろう。『白露』では「御母方の叔父にています横川僧都のがり、左衛門佐後見付きて、いよいよよろづの学問ものしたまひつつ」（上・一六八頁）とされた男主人公は、後に遁世しようとして頼ったのがこの横川僧都であった。『松蔭中納言物語』では「宇治川の景色こそ、こよなう身には染むなれ。恵心の僧都の、住みたまへるも、むべにこそ」（巻五・一九九頁）とされている。恵心僧都は宇治に住んだことがあったので、宇治十帖では縁が深かったのである。

　物語史では、横川僧都のような僧綱のほかに、「若紫」巻の「北山の聖」や「宇治山の阿闍梨」のような山岳で修業する聖の存在もある。この両者は混じり合う場合もあるので、簡単に触れておきたい。

『浜松中納言物語』では、吉野山に「聖」（巻三・二〇〇頁）が配され、「吉野山の聖」（巻五・四二三頁）ともされている。「吉野山の聖」はかつて渡唐した際に河陽県后と会っていて、帰国後に后の母の吉野尼君ともども吉野に住んでいるという設定になっている。主人公中納言の方は、唐からの帰国に際して河陽県后から「聖」を訪ねるように言われて吉野に尋ね、吉野尼君と出会うという次第となっている。この聖には「北山の聖」や「宇治山の阿闍梨」の印象もあろう。「吉野山の聖」は吉野姫君が二十歳以前に懐妊してはいけないとの予言をしており、『源氏物語』にはなかった予言する聖という設定になり、以後の物語に引き継がれている。

　『今とりかへばや』では、先に扱った「吉野の宮」が女大将の将来を予言しており、これは『浜松中納言物語』の「吉野山の聖」の踏襲であった。「吉野の宮」には八宮だけでなく「聖」の印象も加味されていよう。

予言する聖は、『浅茅が露』に引き継がれ、「北山の聖」が三位中将に予言し、姫君を蘇生させている。姫君を出家させなかったとされているが、これは横川僧都の逆をいっていることになろう。この「北山の聖」は、「書写山の聖」を師としており、二人が物語展開のかなめになっている。「書写山の聖」は、帝から盗んだ大納言典侍の死で出奔・出家して高僧となっており、中世王朝物語特有の出家遁世譚のはしりとして位置づけられよう。なお、『うつほ物語』の忠こそが継母の讒言により出家遁世しており、この印象も中世王朝物語にかかわっている。

『風に紅葉』では「住吉の聖」が登場して、東宮女御出産で祈祷し、中将に予言している。予言はなくても、『いはでしのぶ』の「葛城の聖」、『苔の衣』の「阿私仙」、『恋路ゆかしき大将』の「無言の聖」、『藤衣物語』の「山伏」や「荒験者」など興味深い聖たちが物語史を彩っている。宇治十帖の八宮や横川僧都の造型が、こうした聖たちを生み出しているのであろう。

七　浮舟の出家――宗教性(5)

最後は、女主人公浮舟の出家が主題性を担っていることである。三角関係に陥ったことや入水を試みたことは、ここでの問題ではない。蘇生後の小野での出家と尼生活が語られたことが、宗教性からする宇治十帖の意義となる。

浮舟の出家は横川僧都を戒師としてなされており、正式の作法によったようである。

鋏とりて、櫛の箱の蓋さし出でたれば、「いづら、大徳たち、ここに」と呼ぶ。はじめ見つけたてまつりし二人ながら供にありければ、呼び入れて、「御髪おろしたてまつれ」と言ふ。げにいみじかりし人の御ありさまなれば、うつし人にては、世におはせんもうたてこそあらめと、この阿闍梨もことわりに思ふに、几帳の帷子の綻びより、御髪をかき出だしたまへるが、いとあたらしくをかしげなるになむ、しばし鋏をもてやすらひける。

かかるほど、少将の尼は、せうとの阿闍梨の来たるにあひて、下にゐたり。左衛門は、この私の知りたる人にあへしらふとて、かかる所につけては、みなとりどりに、心寄せの人人めづらしうて出で来たるにはかなき事しける、見入れなどしけるほどに、こもき一人して、かかることなん、と少将の尼に告げたりければ、まどひて来て見るに、わが御表の衣、袈裟などをことさらばかりとて着せたてまつりて、「親の御方拝みたてまつりたまへ」と言ふに、いづ方とも知らぬほどなむ、え忍びあへたまはで泣きたまひにける。「あなあさましや。などかく奥なきわざはせさせたまふ。上、帰りおはしましては、いかなることをのたまはせむ」と言へど、かばかりにしそめつるを、言ひ乱るもものし、と思ひて、僧都諌めたまへば、寄りてもえ妨げず。「流転三界中」など言ふにも、断ちはててしものを、と思ひ出づるも、さすがなりけり。御髪も削ぎわづらひて、「のどやかに、尼君たちしてなほさせたまへ」と言ふ。額は僧都ぞ削ぎたまふ。「かかる御容貌やつしたまひて、悔いたまふな」など、尊きことども説き聞かせたまふ。とみにせさすべくもなく、みな言ひ知らせたまへることを、うれしくもしつるかなと、これのみぞ生けるしるしありておぼえたまひける。（手習巻・三三七～四〇頁）

浮舟出家の次第は、右の傍線部で示されている。本文の引用は省略するが、源信『出家授戒作法』との照応が指摘され、[注14]平安貴族女性の出家作法を説く『出家作法（曼殊院本）』の記載や、古記録に見られる、鳥羽天皇の准母、皇后令子内親王（一〇七八〜一一四四）の出家（『長秋記』大治四年〈一一二九〉七月二六日条）、皇后宮権亮女房の出家（『兵範記』久寿二年〈一一五五〉七月二二日条）、「宣旨殿有遁世事」（同・仁安元年〈一一六六〉一〇月二四日条）などの記事と、次第の順序に相違はあるものの、重なる部分が多い。[注15]浮舟の出家は正式な作法によっていることは確かであり、それが物語表現となっていたのは貴重であった。出家作法の進行が、浮舟の思いや決意の表現になっているのであり、物語文学史上でもっとも詳細な女性の出家の描写になっている。

浮舟の尼生活は、「尼君とはかなく戯れもしかはし、碁打ちなどしてぞ明かし暮らしたまふ。行ひもいとよくして、法華経はさらなり、こと法文なども、いと多く読みたまふ」（手習巻・三五四頁）、「後夜に閼伽奉らせたまふ」（同・三五六頁）というようなことで続けられている。物語は出家と尼生活を主題的に語ろうとしているのである。愛欲にまみれた女性の悟達はどのようにして可能なのかが問われていることになろう。

出家は可能でも、その後の道は決して平坦ではない。物語は浮舟の尼生活を揺さぶる試練を課していた。それが出家前から引き続く中将の求婚であり、薫が今だに自分を忘れず法要を営むことを知ることである。また、素姓を明かすように妹尼から言われることである。中将求婚には拒否の姿勢を貫き、素姓を告白することには「無言の行」を貫き、薫との交渉を未然に防ごうとしている。浮舟は尼生活を維持し、悟達への道を歩もうとするのである。しかし、さらに浮舟に試練が課せられる。それが、事情を知った横川僧都の還俗を勧奨する手紙であり、弟小君を介して届けられた薫の手紙となる。還俗し薫と会うことになるのか、還俗せずに薫との対面を拒否するのか、浮舟は選択を迫られるのである。しかし、物語はその選択を語ることなく、その後のことは読者の判断に委ねるかのように幕を閉じている。

浮舟のその後をどう判断するかは、読者の時代環境や生活環境によって多様であろう。『雲隠六帖』は還俗し、薫の妻に納まるその後を描いていた。今日では還俗せずに彼岸を目指して歩み続けるその後を推定する論も多くなっている。

出家は、多くの場合、物語からの退場を意味していた。浮舟以前では、女三宮の出家が「鈴虫」巻などで主題性を担っていた。そして、浮舟によって尼生活のありようが追及されたことで、その後の物語でも女性の出家が主題的に語られるようになっている。浮舟と境遇が重ならなくても、尼生活が語りの対象になっていく。以下、主人公格の女性の出家や尼生活が語られている物語を確認したい。

『浜松中納言物語』では、主人公中納言の妻の出家が散佚首巻で語られたようで、現存本では「尼姫君」の呼称があり、物語の最後まで登場している。尼になったことを悔やむ心情が語られつつ、仏道修業するさまが語られている。これとは別にすでに触れた吉野尼君は、吉野姫君がもしいなかったら、「竜女が成仏なりけむに劣らざらまし」（巻三・二二四頁）と思い、変成男子で往生することが願われている。その臨終は「言ひ知らずかうばしき香このほどに匂ひて、紫の雲、この峰のほどに立ちめぐり」（巻四・二九六頁）とされて、阿弥陀如来の来迎による成仏となっている。

『夜の寝覚』では、寝覚君が末尾欠巻部分で出家している。寝覚君は自身が生霊となって女一宮に祟ったとする噂が流れて以来、出家の思いを抱くようになっていたが（巻五・四三二頁）、決意した理由は必ずしも明確ではない。尼姿になってからも、勘当されたまさこ君の許しを請おうとして、冷泉院に手紙を贈ったり、対面したりしたことが語られていたと推定されている。

『狭衣物語』では、女二宮の出家と尼生活が主題性を担っている。狭衣との密通、秘密の子の出産、それを苦にした母太皇大后宮の逝去という悲惨な状況での出家であった。出家後も、悔恨をともなった未練を残す狭衣の求愛を何度も拒否し、法華曼荼羅供養と法華八講の段では、「兜率天までも、やすく昇りぬべかめり」（巻三・一七二頁）とされている。その供養により、女二宮は「兜率天（弥勒浄土）」まで一挙に昇華できそうだという上生信仰を言うわけである。「兜率天」は『法華経』普賢菩薩勧発品によるもので、欲界六天の第四、須弥山の頂にあるとされている。その内院が「弥勒浄土」とされて弥勒菩薩が説法を行い、外院は天人の住所となる。狭衣に関しても、天稚御子降臨の段の後に、兜率天往生が思われていた。

　ありし楽の声、御子の御ありさまなど思ひ出でられて、恋しうもの心細し。兜率天の内院かと思はましかば留らざらまし、と思し出で、「即往兜率天上」といふわたりをゆるらかにうち出だしつつ、押し返し「弥勒菩薩」と読み澄ましたまふ。（巻一・五四頁）

狭衣は天稚御子降臨の際に、兜率天に連れていかれると思ったら、人間界に留まることはなかったのにと後悔している。そして、『法華経』の句「即往兜率天上」「弥勒菩薩」を口ずさんでいる。阿弥陀如来の「西方極楽浄土」と共に、この時代には弥勒菩薩の「弥勒浄土」に対する信仰も盛んであった。女二宮の父嵯峨院は西方極楽浄土を念じているので、女二宮は弥勒浄土への往生を願うのである。注(16)

浮舟や吉野尼君の変成男子による西方極楽浄土への願いや往生とは違って、女二宮の場合は弥勒信仰になっていることに注意されよう。女二宮は兜率天往生を確信しているだけだが、歌謡の世界では、兜率天を見たことがうたわれている。

金の御嶽は四十九院の地なり　嫗は百日千日は見しかどえ領りたまはず　にはかに仏法僧たちの二人おはしまして　行ひ現はかし奉る（梁塵秘抄・巻二・二六四）

「金の御嶽」は金峰山、「四十九院」はその僧房堂舎が兜率天内院四十九重摩尼宝殿を模したことからの物言い。嫗と自称する巫女が、僧の念力のお蔭で兜率天をありありと見たとしている。兜率天は、女性が女性のままで往生できるので、ここには女人救済の願いが込められていよう。注(17) 女二宮の場合も、こうした巫女の願いに通じるものであろう。

兜率天往生のことは中世王朝物語の『我が身にたどる姫君』に語られている。『法華経』巻八を手にして崩御した女帝が、「兜率の内院」（巻六・一一七頁）に往生して、共に天人となった女房たちと和歌の会を開いたとされている。その歌々には、俗世の憂さから解放された清逸な心境が詠まれている。

中世王朝物語でも主人公格の人物の出家や尼生活のことが多く語られている。『我が身にたどる姫君』には、音羽山麓で我が身姫を育てる尼上がおり、密通の罪を辛く思っての出家と推定される女三宮が入道の宮（巻四・一七六頁）とされ、我が身女院（我が身姫）も出家して、この入道の宮と共に尼生活を行っている。さらに、「狭衣の女二の宮のやう」（巻七・一六四頁）とされる皇太后（一品宮）は若い新帝との契りを苦にして出家し、「阿弥陀仏おはしまげににて、つひに絶え果てさせ給ひぬ」（巻七・一六四頁）とされている。この物語は『狭衣物語』を受けて、出家や往生が重要な働きをしている。

『苔の衣』では、帥宮の姉姫君が、北の方に満足しない兵部卿宮と三角関係となった憂き身をはかなみ、出家して住吉に隠棲しており、浮舟や飛鳥井君の造型に通うところがある。

『兵部卿宮物語』では、つれない兵部卿宮との関係を諦めて宮仕に出た先が、宮の結婚相手の家であったことで身をひくことにした按察大納言の女君が、嵯峨野で出家している。兵部卿宮は嵯峨の小倉の里に住む若く美しい尼のことを聞いて訪ねるが、女君は隠れてしまう。兵部卿宮はその尼が女君と知り何度も文を贈るが、女君は返事もせず、さらに奥の栂尾に移り勤行に励んだとされている。男女関係から身を引いて出家し、男の求愛を拒否していくのは、浮舟のその後を解釈した趣があろう。

この他では、『いはでしのぶ』で一品宮の出家後の様子が語られている。『恋路ゆかしき大将』の吉野三君、『夢の通ひ路』の梅壺女御（京極の三の君）、『掃墨物語』の女主人公の娘などの場合は、出家で物語が終焉している。

尼生活が物語の主題になることが宇治十帖で発見されたことになろう。それを受けた『狭衣物語』の影響も多大であり、尼のありようは、もっと追及される必要があろうが、以上のことでとどめたい。

八　おわりに

はなはだ常識的なことになったが、宇治十帖の第一の特質で達成となる宗教性を五点に渡って整理し、以後の物語にどのように受け継がれたかを検討したことになる。中世王朝物語に関しては、十分に言及できなかったことは遺憾であった。しかし、そうであっても物語文学史上の宇治十帖の意義がそれなりに捉えられていれば幸いである。さらに話型的な点も併せて検討しなければならないが、この点は今後の課題として、ひとまず筆を措くことにしたい。

注

（1）神田龍身は『物語文学、その解体―『源氏物語』「宇治十帖」以降―』（平成4〈一九九二〉年）の「はじめに」で、「「宇治十帖」ともなれば論じられることはそれなりに多いのであるが、それ以降への物語史的見通しを孕んだ論述では決してなかったはずである」と述べていた。この状況は今日でも変わらないようであり、この著書は貴重であった。ただし、宇治十帖以降への物語史的見通しは、より多面的になされる必要があろう。

（2）拙稿「あそびと文化」（関根賢司編『源氏物語　宇治十帖の企て』おうふう、平成17〈二〇〇五〉年）

（3）拙稿「『狭衣物語』の浄土寺院と浄土庭園―道長の法成寺と頼通の平等院の影―」（『国語と国文学』平成23〈二〇一一〉年3月）

（4）辻和良「「俗／聖」八の宮―恋と道心と中心の無効化」（関根賢司編『源氏物語　宇治十帖の企て』おうふう、平成17〈二〇〇五〉年）、三角洋一「橋姫巻の前半を読む」（『宇治十帖と仏教』若草書房、平成23〈二〇一一〉年）は、「俗聖」に「揶揄的な意味合い」や「嘲笑の気味」が込められるとするが、便宜この呼称を使用する。

（5）後藤康文「もうひとりの薫」（『狭衣物語論考』笠間書院、平成23〈二〇一一〉年）

（6）山田利博「苔の衣」（神田龍身・西沢正史編『中世王朝物語・御伽草子事典』勉誠出版、平成14〈二〇〇二〉年）

（7）岩瀬法雲『源氏物語と仏教思想』（笠間書院、昭和47〈一九七二〉年）、三角洋一『宇治十帖と仏教』（若草書房、平成23〈二〇一一〉年）など。

（8）寺本直彦「檀那贈僧正覚運と紫式部」（『源氏物語受容史論考　続編』風間書房、昭和59〈一九八四〉年）

（9）源信僧都と家族のことは、荒木浩「源信の母、姉、妹―〈横川のなにがし僧都〉をめぐって―」（『かくして『源氏物語』が誕生する』笠間書院、平成26〈二〇一四〉年）

（10）浮舟還俗問題の研究史は、三角洋一「横川僧都小論おぼえ」（『源氏物語と天台浄土教』若草書房、平成8〈一九九六〉年）、佐藤勢紀子「横川僧都の消息と『大日経義釈』―還俗勧奨を支える論理―」（『日本文学』平成12〈二〇〇〇〉年6月）など。

(11) 本文は、神野藤昭夫「散佚物語事典―鎌倉時代物語編―」（三谷栄一編『体系物語文学史　第五巻』有精堂出版、平成3〈一九九一〉年）の「佚名物語⑨の1（あしたの）雲〈仮称〉」による。

(12) 丸山キヨ子「横川僧都(一)」（『源氏物語の仏教』創文社、昭和60〈一九八五〉年）

(13) 藤原克己「物語の終焉と横川の僧都」（永井和子編『源氏物語へ　源氏物語から』笠間書院、平成19〈二〇〇七〉年）

(14) 中哲裕「浮舟・横川の僧都と「出家授戒作法」」（長岡技術科学大学『言語・人文科学論集』第二号、昭和63〈一九八八〉年8月）。

(15) 拙稿「裳を着けた尼姿の女三宮―『源氏物語絵巻』「鈴虫(一)」段から―」（『源氏物語　読みの現在　研究と資料―古代文学論叢第二十輯―』武蔵野書院、平成27〈二〇一五〉年）でいささか扱った。

(16) 注（3）に同じ。

(17) 植木朝子「二一六四」（永池健二編『梁塵秘抄詳解　神分篇』八木書店、平成29〈二〇一七〉年）

宇治十帖と作者・紫式部

――「出家作法」揺籃期の精神史――

上原作和

一　はじめに

十年ほど前、わたくしは当時の研究動向に注意を払いつつ「紫式部伝」を『人物で読む源氏物語』全二〇巻に渡って連載した。これは紫式部＝藤原香子説を基幹とした説述であり、その四五歳近い両者の年齢差から賛同を得られていない。注(1)

くわえて、各種人物事典等を典拠としているのであろう、図書館の著者共通データとなると「紫式部九七三～一〇一四」と記されているのである。この典拠からして、作者・紫式部の伝記については、ほとんど進歩していないというのが実際であると言える。この生没年の「九七三～一〇一四」説は、岡一男説であるが、注(2)この学説は、研究状況に照らして完全に過去のものである。この説が提出された一九五〇～一九七〇年代は、古記録文献、特に『小右記』本文が整備されておらず、大日本古記録（岩波書店）全十一巻は、第一巻一九五九年、十一巻の完結は一九八六年と都合二七年を閲している。注(3)『小右記』に見える「女房」を紫式部とすると、没年は一〇一九〜一九二〇年頃というのが、最新の見解であるが、この説が一般に浸透しているとは言い難い。

本稿は、この十年の紫式部伝の成果に照らして、それら諸説を勘案しつつ、「宇治十帖の作者・紫式部」の生涯とその精神史について、再び祖述することとしたい。したがって、先の連載と重なる記述も多いことをあらかじめ、お断りする。

二 紫式部伝の前提

さて、近代の本格的な評伝は、歌人・与謝野晶子による「紫式部私考」(「太陽」平凡社、一九二八年)を俟(ま)たなければならなかった。以後、国文学にドイツ文献学が導入され、歴史学の成果と、当時の人々の正確な文献考証が行われ、周辺人物の実態的なありようが明らかにされるに及んで、その研究も活気を帯びてきたのである。こうした時代背景にあって、古代学を提唱する角田文衞の「紫式部の本名」(一九六三年)は、紫式部の本名を藤原香子と特定し、「日本史最大の謎」とされていた懸案を一気に解決したものであった。注(4)この説は当時のマスコミにも取り上げられ、一世を風靡したかの観があったが、その論拠には検討の余地をも内包していたため、国史学・国文学者からの批判が寄せられ、萩谷朴による『紫式部日記』注釈の副産物として提出された、香子を前提とした考証も、学界からは等閑視されて、以後四〇年間、膠着状態のまま現在に至っている。

もちろん、伝記研究としては、今井源衛『紫式部』（一九六六年、一九八五年改訂新版）[注(5)]によって、その詳細な伝記が、骨太かつ詳細に再構成されたことは特筆される業績であると言えよう。また、清水好子の『紫式部』[注(6)]が『紫式部集』の細密な読解によって、その内面世界が『源氏物語』や『日記』などと有機的に結びつけられ、精神史的な軌跡が跡付けされたことも忘れられてはならない。

しかしながら、これらの伝記研究は、いずれも文献未整備の時代の仮説であり、当時は新見として注目された見解も、歴史的文献の多くのデータが、今日では精密に再検討できる状態になっている。したがって、今こそ、紫式部伝は書き改められるべき時に来ていると言ってよいのである。

三　宇治十帖研究の課題

『源氏物語』と作者を語る際、必ず顧慮しなければならない課題がある。それは、「竹河」巻に見られる顕著な官職の矛盾、すなわち、薫が中納言に昇進し、紅梅大納言が右大臣、夕霧が右大臣から左大臣にそれぞれ昇進するものの、以降の巻では昇進以前の官職名であると言った記述の矛盾から派生した別作者説である。

匂宮三帖、宇治十帖については、池田亀鑑が九条家『源氏物語古系図』に「巣守」「桜人」等、現行五四帖に見えない巻名や登場人物があることから、宇治十帖を後人によるダイジェストとする池田亀鑑「源氏物語古系図の成立とその本文資料的価値について」[注(7)]、「語彙考証」から紫式部周辺の別作者とする石田穣二説「匂宮・紅梅の語彙」[注(8)]があったものの、今井源衛は、こうした矛盾を紫式部の『源氏物語』創作の中断による主題の変容によるものであって、矛盾を指摘される巻々も、紫式部の作であるとする反論を提出した。[注(9)]これ以降、この課題を積極的に取り組んだ論攷は少なく、「竹河」巻の玉鬘の「尚侍」呼称の使用方法が正編のそれとは異なるとして、別作者説を唱えた田坂憲二「竹河巻紫式部自作説存疑」[注(10)]と、今井論攷を受けつつ、田坂論攷に対しても、「竹河」巻は玉鬘系の物語であることから、そこに矛盾を抱えた面もあるとした中島あや子「匂宮・紅梅・竹河巻考」[注(11)]とがあったのみで、以後は『源氏物語』総体が紫式部の作であるとする前提が未解決のまま踏襲されているのである（創作過程論として、歌人たちに「巻名」を提示して和歌を作らせ、それをもとに紫式部も物語創作に関わったひとりであるとする、清水婦久子『源氏物語の真相』がある[注(12)]）。

また、今井論攷を前提とした久下裕利に、一連の物語の官職論がある。[注(13)]久下氏は、さらに、宇治十帖に関しては、『紫式部日記』『紫式部集』『源氏物語』正編、それも玉鬘系の「空蝉」「夕顔」「末摘花」の物語が投影しているとし、正編は、道長の要請があり、寛弘五年（一〇〇八）十一月一日の浄書本作成までに完成を見たものとする。

くわえて、宇治十帖の「執筆契機」に関しては、まず、物語内容がそれぞれ、正編と匂宮三帖とを「回帰」「継承」しつつ「引用」していることを指摘した上で、父・藤原為時が具平親王の家司であった縁から、紫式部も親王家に出仕していたとする仮説を提示した。さらに、「当初、具平親王のかつての同僚女房たちとの和解を目指し、隆姫と頼通と隆姫との結婚を有効に導くための物語創作であったが、いっけんそれは道長の意向を汲んだ形ではあるのだが、具平親王の急死に際して、宇治十帖の結末は、具平親王の鎮魂の目的へと変容したのであった[注(14)]」と推論している。

四　具平親王、源倫子と紫式部の関係

久下氏の、具平親王と紫式部の深い関わりについての論拠は、『紫式部日記』の以下の記述が起点である。

十月十余日までも御帳出でさせたまはず。（略）中務の宮〈具平親王〉わたりの御ことを御心に入れて、そなたの心寄せある人とおぼして、語らはせたまふも、まことに心のうちは思ひゐたること多かり。

『紫式部日記』に見える具平親王（中務宮、四五歳）に関する直接の言及はこの一箇所である。殿（道長）が敦成親王をはじめて抱いた喜びを記した後、次の懸案として、殿は中務宮（具平親王家）の御事（隆姫と頼通〈十七歳〉の婚姻）に御執心であり、わたくし（紫）を、その宮家に縁故のある者とお思いになって、親しく話し掛けてくださるものの、実際、心中では思案にくれることが多かった、と見えるからである。拙著『紫式部と和歌の世界』[注15]当該条には、以下のようにある。

○中務の宮わたりの御こと―村上天皇の第七皇子具平親王（四五歳）の娘隆姫と道長の長男頼通（十七歳）との縁談を言う。作者の父為時は、以前、具平親王家司であったし、具平親王男子・頼成は作者の従兄弟伊祐の養子でもあったから、道長は作者を仲立ちとして、縁談を進めようとしたのであろう。

久下氏の「具平親王のかつての同僚女房たちとの和解」の遠因と『紫式部日記』の「まことに心のうちは思ひゐたること多」いこととはここに照応可能ではある。また、久下裕利は、長和二年（一〇一三）以降、

寛仁三年（一〇一九）以前までの五年間の『小右記』の記事空白期間に、紫式部が具平親王娘・隆姫妹付きの女房として、亡き皇后定子腹の敦康親王家に出仕していた可能性を指摘する。注[16] 敦康親王の許に具平親王の娘・隆姫妹が嫁いだのは、長和二年（一〇一三）十二月十日であった。

　参皇太后宮、帥宮（敦康親王）御方、故中務卿宮（具平親王）女子参。（略）入夜又参、亥時参入云々。

『御堂関白記』

敦康親王は、長和五年（一〇一六）正月二九日、式部卿に転じたものの、寛仁二年（一〇一八）十二月十七日、突然発病、出家の後に薨じた（享年二十）。親王薨去の後、妃も出家したため、一女・嫄子（一〇一六〜一〇三九年）は頼通・隆姫の養女となり、後朱雀天皇中宮となった。敦康親王薨去の顛末は『栄華物語』「あさみどり」巻に以下のように記されている。注[17]

　一品宮（脩子内親王）も明暮の御対面（敦康親王）こそなかりつれど、よろづに頼もしきものに思ひきこえさせたまひつるに、心憂くあさましきことを思しまどはせたまひて、わが御身もあり、御涙のみ隙なう思し嘆かせたまふ。南院の上（敦康親王妃）、いみじう思し嘆かせたまふ。姫宮（嫄子）は、もとより関白殿（藤原頼通）御子にしたてまつらせたまひて、日ごろもかの殿におはしましければ、よくこそはかく思しのたまはせけれ。　②一六二頁

敦康親王は、彰子が猶子の東宮即位を強く望んだにも関わらず、これが叶わなかった悲劇の親王であった。寛弘八年（一〇一一）五月二七日、譲位を考えていた一条天皇は、敦康親王立太子の可否を親王家別当の藤原行成に問うた。行成は文徳天皇の惟喬親王の例を挙げて、道長の賛成が得難いとして政変の可能性に言及しつつ、「親王の母后の外戚家高階氏が伊勢の大神宮に憚る所あり」と言い、諫止した。このため、皇太子となったのは僅か四歳の異母弟・敦成親王（のちの後一条天皇）であったから、中宮彰子は一条天

皇と自身の意向を無視した父道長を怨んだと伝える（『権記』同日条『栄華物語』「岩陰」[注18]）。

このような歴史叙述からして、久下氏のいう紫式部の敦康親王家の出仕説は、十代の若い妻である隆姫妹の後見と、娘の嫄子の養育係としての出仕として十分な説得力を持つ。この久下氏の仮説を補強する説として、『源氏物語』が、具平親王周辺を読者として想定して書かれたことは、夙に萩谷朴『紫式部日記全註釈』「解説・作者について」[注19]に見えていた。

紫式部が自らいうごとく、『源氏物語』の巻々を、成るに従って具平親王はじめ有心の友人の閲覧に供し、その批評感想を聞いては手を加え、さらに構想を練って書き進んだとしたら、清少納言の『枕草子』のように、宮廷社交裡で人目に触れるといった経路と異なるが、やはり世間の評判が立つのは当然である。

下巻・四九六頁

久下氏は、前掲論文で、初出仕先の具平親王家という「文学的環境が整っている宮家での営為」として「空蟬」「夕顔」等の初期短編が書かれ、「その好評ゆえ道長家への転出が実現したのだと認識」しているという。この紫式部の具平親王家出仕説については、福家俊幸「紫式部の具平親王家出仕考」[注20]があった。ただし、この出仕は、紫式部が父の任地・越前への下向と帰洛、ならびに藤原宣孝との結婚と死別の期間〈長徳二年〈九九六〉以降～長保三年〈一〇〇一〉四月二五日〉を除いたその前後と考えねばならない。また、作者の作歌活動を考えると、越前下向以前の創作は、あまりに若すぎるようにも思われる。

かつて、わたくしは、「紫式部伝」執筆に際して、『権記』の紀時文と藤原香子との結婚説に傾き、具平親王家への出仕説については、まったく未検討であったが、仮に紫式部と時文との婚姻があったとしても、具平親王家出仕説は有効な仮説として許容可能である。藤原宣孝との死別の後、紫式部は源倫子家に出仕したとする説に立つ。

紫式部が、長保三年（一〇〇一）、疫病流行の四月二五日、二度目の夫・宣孝（五二）を喪った時、香子、二八歳であった。この年の十月、為時が東三条院詮子四十賀の屏風歌を詠進していることから、紫式部も倫子家女房として初参した、とする坂本共展説がある。坂本氏は、さらに、倫子による物語制作依頼により、この年の夏から秋に『源氏物語』を起筆、寛弘二年（一〇〇五）までに正編完成とする。[注(21)]ただし、この時、紫式部は夫・宣孝と東三条院詮子の諒闇の期間に当たり、これらの時間的整合性において、坂本説の出仕時期は成り立たないのである。くわえて、倫子家女房説には、先に言及した徳満澄雄説[注(22)]と深沢徹説[注(23)]があった。ただし、この二説もまた、紫式部の越前下向帰洛の時期、および宣孝との結婚、賢子の出産と言う紫式部の来歴との整合が試みられていない点において全面的には従えないところがある。しかし、わたくしも、倫子家女房としての出仕を完全に否定しているわけではなく、紙ですら貴重な時代に、膨大な『源氏の物語』執筆のための料紙の提供を受けたり、平安宮廷の有識などに通じるには、権門からの理解と物的援助が欠かせまい。つまり、伝記の空白期とされるこの間、宣孝諒闇明けから、後の彰子後宮初出仕の下限である寛弘三年（一〇〇六）までの数年間を、倫子女房兼業作家・紫式部の動静と見てよいようにも思われる。

以上、一連の久下説を敷衍すると、紫式部は具平親王家、倫子家、彰子家、敦康親王家、四つの宮仕えをしたことになる。このうち、倫子家、彰子家の土御門邸出仕を越前国下向、藤原宣孝没後（九九六～一〇〇二）年とすることは動くまい。また、具平親王家には子女も多く、宣孝没後の一時期、倫子家出仕以前に考えることも可能である。『源氏物語』を執筆していた寛弘五年（一〇〇八）前後は、『紫式部日記』等からある程度、その日常も明らかであるが、紫式部晩年の動静は、長和三年（一〇一四）から寛仁三年（一〇一九）の間は、『小右記』からも動静は一切窺えない。その意味で、久下説の具平親王娘・隆姫妹付の女房としての敦康親王家出向説は有効である。ただし、実資が敦康親王家を尋ねるときも同様に、窓口となるのは紫式部だった可能性もあり、さらなる精査を要する。ただし、『小右記』を含む古記録にこうした痕跡は見いだせないことを付言しておく。これは「宇治十帖研究の課題」で検討したことであるが、『源氏物語』は寛弘五年(一〇〇八)十一月一日に一応の完成を見たものの、これは正編の成立とし、宇治十帖は時を置いて書き継がれたとする説もある。

五　宇治十帖の成立

わたくしは、すでに寛弘五年(一〇〇八)時点で全巻完成とする見解を示している。[注(24)] これは寛弘五年(一〇〇八)生まれと思われる『更級日記』作者の上総からの上洛が、寛仁四年(一〇二〇)九月、十三歳のことであり、翌治安元年(一〇二一)、さっそく「紫のゆかりを見て、続きの見まほしく」思っていたという事実を『源氏物語』全編成立の下限とし、流布の期間を考えると今も妥当であると考えている。手に入れた「紫のゆかり」は、正編そのものというより、抄出の梗概、いわゆる『源氏中鏡』『源氏小鏡』的な本文であろう。そのような作者の願いは「叔母なる人の田舎よりのぼりたる所に」遊びに行ったところ、叔母は帰りの手みやげとして「何をか奉らむ、まめまめしき物は、まさなかりなむ、ゆかしくし給なるものを奉らむ」と言い、叔母の家にあった「源氏の五十餘巻、櫃に入りながら、在中将、とをぎみ、せり河、しらら、あさうづなどいふ物語ども、一袋取り入れて」作者に持たせてくれたというのである。「叔母なる人」は、父方は叔父として菅原致尚、菅原文直、また『尊卑分脈』に歌人とされる女子がいるが、これはむしろ『更級日記』の当該記事からの付加とも思われ、注意を要する。母方には『蜻蛉日記』作者・藤原倫寧の娘（九三六〜九九五年、夫の藤原兼家〈九二九〜九九〇年〉共に物故者）と、備中守・藤原為雅室がいる（『尊卑分脈』）。いずれにせよ、受領の妻で、都に一時戻ってきた人と言う以外、諸註釈でも定見を見ないが、『源氏物語』の享受圏が後一条天皇後宮、道長の文化圏外で流布していたことは確かであろう。注(25)

作者は「得て帰る心地のうれしさぞいみじきや」と記して、その喜びを語っている。その後、『源氏物語』全巻をひねもす読み耽ったことを以下のように記している。

昼は日暮らし、夜は目の醒たる限り、火を近く灯して、これ『源氏』を見るより他の事なければ、をのづからなどは、空におぼえ浮かぶを、いみじきことに思に、夢にいときよげなる僧の、黄なる地の袈裟着たるが来て、「法華経五巻をとく習へ」といふと見れど、人にも語らず、習はむとも思かけず、物語の事をのみ心にしめて、「われはこの頃悪ろきぞかし、さかりにならば、容貌もかぎりなくよく、髪もいみじくながくなりなむ。**ひかるの源氏の夕顔、宇治の大将の浮舟の女君のやうに**こそあらめ」と思ける心、まづいとはかなくあさまし。注(26)

とりわけ、「夕顔」の物語、「浮舟」と言った作中人物に興味を記しているが、このことから、『源氏物語』が都の後宮外でも書写されていたその上限が寛仁四年（一〇二〇）であると想定できるのである。

六　出家作法の正編と続編

ところで、瀬戸内寂聴は、宇治十帖の成立までに紫式部が出家したことを繰り返し述べているが、[注(27)] 出家した女が、寛和三年（一〇一九）正月五日条の「参弘徽殿、相逢女房 先以宰相令取案内。」のように、実資に対応することはできないであろう。あるいは、弟・定暹のいる三井寺で女人往生などの論議を聴き、五戒を授けられるなど、仏道に傾倒はしていたものの、実際は在俗であったと考えられる。

この間、長和五年（一〇一六）正月二九日には彰子所生の後一条天皇（敦成親王）が即位し、道長は念願の摂政に就任し、翌年、摂政・氏長者を嫡子頼通に譲り、出家した。もちろん、道長の院政そのものなのであるが、皇太后・彰子は指導力に乏しい弟たちに代わって一門を統率することとなり、頼通らと協力して摂関政治を支えてゆくこととなる。紫式部が古記録から一時姿を消していた間に、確実に時代は移りかわっていたのである。

そこで、『源氏物語』の正編と続編との間に、思想史的にも大きな位相があることを浮き彫りにするものとして女君たちの出家場面を分析しておくこととする。すなわち、正編の藤壺宮と女三宮は類型的な表現であるが、浮舟となると迫真の描写となることから、宇治十帖執筆時点で、紫式部に「出家」志向が沈潜していたことを明らかにしておきたい。

「女人出家」と言えば、同時代では長徳の変の中宮定子の「出家」が想起される。『小右記』長徳二年（九九六）五月二日条と『栄華物語』巻五「浦々の別れ」は以下のように「出家」「御鋏して御手づから尼にならせたまひぬ」と類型的な表現のみである。

中宮権大夫扶義（源）云、昨日后宮乗給扶義車 懸下簾、（略）、捜検夜大殿及疑所々、放組入・板敷等、皆実検云々、奉為后無限之大恥也、又云『**后昨日出家給**』**云々**、『事頗似実』者。

師殿(藤原伊周)は筑紫の方なれば、未申の方におはします。中納言(藤原隆家)は出雲の方なれば、丹波の方の道よりとて、御車ども引き出づるままに**宮(定子)は御鋏して御手づから尼にならせたまひぬ。**

①二五〇頁

この発作的な「落飾」の後、定子はこの年の十二月十六日には第一皇女・脩子内親王を出産、翌年四月には伊周らも赦免された。一条天皇は内親王との対面を強く望み、六月には定子を宮中に迎え入れたことで「還俗」となり、正式な出家とは見なされていない。

『源氏物語』では桐壺院崩御の諒闇明けを待っていたかのように、光源氏は塗籠の藤壺に迫った。逃げ残った髪を光源氏に捉えられ、自らの「宿世」を思い知ったのである。

(光源氏)「見だに向きたまへかし」と心やましうつらうて、引き寄せたまへるに、御衣をすべし置きて、ゐざりのきたまふに、心にもあらず、御髪の取り添へられたりければ、いと心憂く、宿世のほど思し知られて、〈いみじ〉と思したり。

この年の暮れ(十二月十日過ぎ)、藤壺は意を決して法華八講を主催の後に出家した。出家の一切を取り仕切る戒師は、父・先帝の兄弟に当たり、天台座主の「御叔父の横川の僧都」であった。

(兵部卿宮)親王は、なかばのほどに立ちて、入りたまひぬ。心強う思し立つさまのたまひて、**果つるほどに、(藤壺宮)山の座主召して、忌むこと受けたまふべきよし、のたまはす。御叔父の横川の僧都、近う参りたまひて、御髪下ろしたまふほどに、宮の内ゆすりて、ゆゆしう泣きみちたり。**

「薄雲」巻注(28)

また、「柏木」巻では、薫を出産して七日目の産養を終えたばかりの女三宮が下山した父・朱雀院に出家を希望し、朱雀院も女三宮の願いを受け入れる。朱雀院は、御室仁和寺付近で隠棲し「山の帝」とも呼ばれている。真言系の出家作法が踏襲されたのであろう。注(29) 後述するが、女三宮のような皇女の場合、出家作法のみならず、出家後にも特権があり、出家後も六条院に住むことが許されたのである。

とかく聞こえ返さひ、思しやすらふほどに、夜明け方になりぬ。

（朱雀院）帰り入らむに、「道も昼ははしたなかるべし」と急がせたまひて、御祈りにさぶらふ中に、やむごとなう尊き限り召し入れて、御髪下ろさせたまふ。（朱雀院）**いと盛りにきよらなる御髪を削ぎ捨てて、忌むこと受けたまふ作法、悲しう口惜しければ、大殿**（光源氏）**はえ忍びあへたまはず、いみじう泣いたまふ。**

「柏木」巻

両者の出家は「忌むこと受けたまふ」「作法」であって、類型的、俯瞰的な描写に留まっていることに注意したい。ところが、女人出家史にも画期をなす、浮舟の出家作法は、伝来仏典の『清信士度人経』を踏襲して詳細となる。浮舟の場合、作法は以下のような段取りであった。

鋏取りて、櫛の筥の蓋さし出でたれば、

（横川僧都）「いづら、大徳たち。ここに」

と呼ぶ。初め見つけたてまつりし二人ながら供にありければ、呼び入れて、

（横川僧都）「御髪下ろしたてまつれ」

と言ふ。げに、いみじかりし人の御ありさまなれば、〈うつし人にては、世におはせむもうたてこそあらめ〉と、この阿闍梨もことわりに思ふに、几帳の帷子のほころびより、御髪をかき出だしたまひつるが、いとあたらしくをかしげなるになむ、しばし、鋏をもてやすらひける。かかるほど、少将の尼は、兄の阿闍梨の来たるに会ひて、下にゐたり。左衛門は、この私の知りたる人にあひ

しらふとて、かかる所につけては、皆とりどりに、心寄せの人びとめづらしうて出で来たるに、はかなきことしける、見入れなどしけるほどに、こもき一人して、「かかることなむ」と少将の尼に告げたりければ、惑ひて来て見るに、わが御上の衣、袈裟などを、「ことさらばかり」とて着せたてまつりて、

（少将の尼）「**親の御方拝みたてまつりたまへ**」

と言ふに、いづ方とも知らぬほどなむ、え忍びあへたまはで、泣きたまひにける。

（少将の尼）「あな、あさましや。など、かく奥なきわざはせさせたまふ。上（小野の妹尼）、帰りおはしては、いかなることをのたまはせむ」

と言へど、かばかりにしそめつるを、〈言ひ乱るもものし〉と思ひて、僧都諫めたまへば、寄りてもえ妨げず。

（横川僧都）「流転三界中」

など言ふにも、（浮舟）〈断ち果ててしものを〉と思ひ出づるも、さすがなりけり。御髪も削ぎわづらひて、

（横川僧都）「のどやかに、尼君たちして、直させたまへ」

と言ふ。額は僧都ぞ削ぎたまふ。

（横川僧都）「かかる御容貌やつしたまひて、悔いたまふな」

など、尊きことども説き聞かせたまふ。（浮舟）「とみにせさすべくもあらず、皆言ひ知らせたまへることを、うれしくもしつるかな」と、〈これのみぞ仏は生けるしるしありて〉とおぼえたまひける。

「手習」巻

浮舟の出家の手順は、①阿闍梨による剃髪、②父母拝、③「流転三界中」唱唄、④戒師・横川僧都の額頂調髪、⑤授戒であった。とりわけ、「聖朝拝、氏神拝」等のないことは重要で、自身の出自に負い目のある浮舟は、父・八宮の墓の在処を知らず、母・中将の君（八の宮北の方〈父は大臣〉の姪）の素性すら不明であったのか、涙を流したとある。さらに「流転三界中」の唱唄は、おそらく三度行われ、横川の僧都が額髪を揃えた後、授戒したとある。この作法は後年の源麗子・篤子内親王とは作法が若干異なっている。三橋正によれば、氏神を拝する記事は十一世紀が初例とのことであるから、これは最初期の出家作法のテクストであると言うことになる。注(30)『源氏物語』から百年余も後のことになるが、藤原師実北政所源麗子（源師房娘、忠実祖母、一〇四〇～一一一四年）と堀河天皇の中宮の篤子内親王（三条天皇第四皇女、白河院妹、一〇六〇～一一一四年）の出家が、それぞれ『殿暦』『中右記』で以下のように記されている。

『殿暦』康和四年（一一〇二）正月廿六日

廿六日、壬午、（略）晴、北政所（源麗子）還御泉殿　宮（藤原寛子）御同年、北政所御出家、**其儀先拝奉氏神、次御衣裳袈裟を着給、次山座主仁覚申上御出家之由、次同山座主（ナシ）奉剃髪御頭、其問斉尊律師唄**鬼形唄也、**次彼座主奉授戒**、々了布施。

『中右記』嘉承二年（一一〇七）九月二十一日

晩頭参一条院、令始参堀河院、今夜中宮（篤子内親王）御出家事　御年卌八、其儀、（中略）**先令拝氏神云々八幡、戒師作法之後、暫垂庇御簾、令始御出家事　法印付母屋御簾奉制御髪者、次又上庇御簾奉授戒、尼御装束着御**、及深更了、給布施。

源麗子の出家した泉殿は宇治の別業、篤子内親王は堀河院での出家であった。麗子の戒師は天台座主・仁覚（源師房三男、一〇四五〜一一〇二年）、唄師（ばいし）は天台宗園城寺阿闍梨・斉尊（一〇五三〜一一〇五年）であった。いずれも天台系の高僧である。

作法の手順は、剃髪、袈裟着装が前後するものの、○氏神拝、○袈裟着装、○剃髪、○授戒の構成が共通している。麗子の氏神は、源氏であるから、平野社か石清水八幡宮であろう。篤子内親王の場合は石清水八幡宮と割註に明記されている。後者に出てくる「法印」は戒師のことであろう。庇の間の御簾を下して剃髪し、これを上げて戒を授かっている。

また、白河院の第三皇女・令子内親王（母・中宮藤原賢子〈六条右大臣源顕房の娘・藤原師実・麗子養女〉一〇七八〜一一四四年）は二条油小路亭の御堂で出家したことが、『長秋記』大治四年（一一二九）七月二六日条に見えている。

> 廿六日、壬寅、晴、皇后宮（令子内親王）有遁世事（略）、次戒師（覚猷）啓白、**次依戒師申先拝伊勢神大宮方、次戒師可拝給氏神之由申**、宮已為内親王、不可有氏神歟、但外祖父藤氏也、可称氏神歟、故母中宮前関白師実養娘也、仍堀川先朝養方着給錫紵、**次拝国王及父母墓方給、次戒師頌流転三界中三反、次宮居拝戒師給、脱本御服着給法衣**、此間簾中女房等有悲泣気（略）、**事了礼拝、此後戒師取髪剃奉剃御頂**。

令子内親王の戒師は、園城寺に学び、のちに天台座主、鳥羽上皇に仕えることになる覚猷（鳥羽僧正、一〇五三〜一一四〇年）、『鳥獣人物戯画』の作者でもある。

令子の場合は、まず、皇女として、氏神拝に先駆けて伊勢神大宮を拝して出家を報告していることに注意したい。ところが氏神については、「宮は已に内親王たり、氏神有るべきか」とあり、源氏出身で藤原師実の養女であったことから混乱があったようで「外祖父藤氏なり」、「氏神と称すべきか」とあり、藤氏の氏神・春日明神（あるいは大原野、吉田）を拝したのであろう。次いで、先帝・堀河院の養方（親族）の錫紵（喪服）着装、国王および父母の墓を拝し、戒師の唱唄に続けて、「流転三界中」と三反唱唄、本服を脱いで法衣に改め、宮居に礼拝、戒師が剃髪し、額髪を整えて了、という構成であった。

三者いずれの出家にも「氏神拝」を行い、暇乞いをする作法が付加されていること、くわえて、天台のみならず、真言、南都の出家儀礼の作法を包含したものが「貴種」のための出家作法であると三橋正は指摘している。それを裏付けるのが、麗子、篤子内親王、令子内親王はともに出家後も教団寺院に入らなかったことにある。麗子は師実の京極殿で過ごしているし、篤子内親王も七月十九日に天皇が崩御した堀河院で出家し、菩提を弔うためにその堀河院で余生を送り、太皇太后宮となっていた令子も二条堀河第で崩じている（享年六七）。麗子、篤子、令子の史実が裏付けるように、作中の皇女である藤壺宮、女三宮もまた、それぞれ寺院に入らず、三条宮、六条院内阿弥陀堂（光源氏の没後、三条宮）で出家生活を送ったのに対し、氏神拝もなく、横川僧都の許、小野の山荘で出家生活を送る浮舟は、同時代の出家規定を踏襲しつつ仏道修行をしていたと言える。

また、本文に見える「流転三界中、恩愛不能断棄恩入無為　真実報恩者」なる偈は、偽経『清信士度人経』にあることが『法苑珠林』「剃髪部」に見えている。

人は三界六道（あらゆる世界の意）の中で、流転輪廻し、迷いの生死を続けているうちは恩愛の虜である。出家して無為に入ることにより、真実全ての恩に報いるために仏法に入る、というのが大意である。

この偈は『平家物語』巻十―十四「維盛出家」にも登場している。維盛（?〜一一五九年）は、屋島の戦いから平家の陣を抜け出し、高野山で出家ののち、熊野灘で入水したと『平家物語』諸本に記されている。

…中将(平維盛)御涙せきあへず。「流転三界中　恩愛不能断　棄恩入無為　真実報恩者」と三度唱へて、すでに剃られ給けり。「北の方に変らぬ形を今一度見え奉りてかくもならば、おもふことあらじ」と思し召すぞ罪深き。中将も重景も同年にて、廿七にてぞおはしける。（延慶本）[注31]

『法苑珠林』「剃髪部」の「出家作法」は、以下の通りである。

初欲出家依律先請二師、（略）又『清信士度人経』云、若欲剃髪先於髪処、香湯灑地、周円七尺内四角懸幡、安一高座擬出家者坐、後復施二勝座二師坐、欲出家者着本俗服、拝辞父母尊親等訖、口説偈云

流転三界中　恩愛不能断　棄恩入無為　真実報恩者

説此偈已脱去俗服

『法苑珠林』に出家作法の典拠とされる『清信士度人経』は、古代中国伝来の偽経のようである。ここには、父母尊親拝はあるが、氏神拝はない。日本の平安朝貴族は孝の観念と氏族意識が強かったことから、宇治十帖成立以降「氏神拝」が付加され、ほぼ同時期に「国王」が加わったのであろう。三者の記録はこの成立過程を示すものと言えるのである。

『清信士度人経』の場合は、○髪を下ろす場を清め、幡を懸けた後、○俗服で「父母尊親等を拝辞」して出家を訖い、○「流転三界中」の偈を唱唄三度、○授戒、○俗服を脱ぐという手順であり、剃髪・調髪の時期は不明ながら、浮舟の作法、①阿闍梨による剃髪、②父母拝、③「流転三界中」唱唄、④戒師調額髪、⑤授戒とほぼ同じ構成である。麗子と篤子の場合は、「父母拝」は見えず、「氏神拝」のみが記されて

いる。
『清信士度人経』の作法を原拠としつつ、「氏神拝」等を加えつつ平安貴族の出家作法が醸成され、後に『出家受戒作法』（『恵心僧都全集』第五巻所収）が成立したと三橋正は推定している。この「出家受戒作法」は源信作として伝えられているが、末尾に「原本　比叡山大林院蔵写本全一巻／但著者及年時不詳」とあることに注意したい。とりわけ、この書には「氏神拝、父母拝」の前に「聖朝、南外（伊勢大神宮）」が加わって、令子内親王の作法に親近性が高くなる。したがって、『出家受戒作法』も十一世紀前半以降の作法を反映したものと見てよかろう。[注32] ちなみに、天台僧・良忍（一〇七三〜一一三二年）編とされる曼殊院本『出家作法』には「次出家者拝氏神、国王、父母等」と見えているし、叡山文庫真如蔵本に「次出家者着俗服、拝内外氏神、国王、父母等、次戒師唱云、流転三界中…」とあることに注意したい。したがって、浮舟の出家作法は、「聖朝、南外、氏神、父母拝」以前、『清信士度人経』を範とした揺籃期の形態であったことになるだろう。

『出家授戒作法』[注33]

先七尺内四角懸幡、於中間設三勝座、一和上料也、一出家人格也、一教授人料也、
次和上持香水灑浄四方、
次出家者、礼四方、各三度　始自東、次南、次西、次北、
次聖朝、次南外、次氏神、次父母、
次剃除髪而被法服、　但頂髪残三五行、暫不着袈裟、
次三礼　法用如例、大毀形唄　或如来唄、次薬師散華、

次表白事由、（略）

次出家者和上問云、我今除次頂髭髪、許否 答許三返、頂髪剃髪頌云 次第ヲ取ル

流転三界中　恩愛不能断　棄恩入無為　真実報恩者

次出家者、手捧袈裟和上三度置出家者頂上、即着衣、与法名頌云（略）

いずれにせよ、正編の出家描写に比して、「手習」巻のそれは、揺籃期の作法を踏まえて極めて詳細であり、かつ出家者の心内に寄り添う心理小説の様相を呈している。この位相は、正編、続編が断続的に書かれたと言うより、数年の間隔があって、しかも伝聞ではなく、実際に作者が出家作法を実見した後に書かれたと考えてよいだろう。身近なところでは、父為時が、長和五年（一〇一五）四月二九日、紫式部の異母弟・定暹（九八〇～？）のいた園城寺（三井寺）で出家している（「一昨日前越後守為時（藤原）於三井寺出家」〈『小右記』長和五年〈一〇一六〉五月一日条〉）。時期的にも、久下氏の指摘する『小右記』に「女房」としての記述が見えない期間に当たり、作者の内的な変化があったと想定することも可能である。ただし、紫式部が最晩年まで仕えていた彰子より先に出家したとは考えにくい。彰子の出家（法名・清浄覚）は、紫式部没後の万寿三年（一〇二六）正月十九日のことであった。東三条院詮子の先例にならって女院号を賜り、以後、上東門院と称した。後年、父道長が建立した法成寺に東北院を建て、晩年ここを在所とした。法成寺は道長の土御門第の東、鴨川西岸（東京極大路の東）に建てられ、京極御堂と称された。

七　紫式部は「臨終出家」であったか

かくして、『源氏物語』作者の死が確認される記事が「西本願寺本『平兼盛集』巻末佚名家集」に、「藤式部」「亡くなりて」と見えている。[注(34)]

同じ宮の藤式部、親の田舎なりけるに、「いかに」など書きたりける文を、式部の君亡くなりて、そのむすめ見侍りて、物思ひ侍りける頃、見て書きつ

一〇七　憂きことの　まさるこの世を　見じとてや　空の雲とも　人のなりけむ

まづかうかう侍りけることを、あやしく、かの許に侍りける式部の君の

一〇八　雪積もる　年にそへても　頼むかな　君を白根の　松にそへつつ

この娘の、あはれなる夕べを眺め侍へりて、人のもとに「おなじ心に」など思ふべき人や侍りけむ

一〇九　眺かむれば　空に乱るる　うき雲を　恋しき人と　思はましかば」

又、三月三日、桃の花遅く侍りける年

一一〇　わが宿に　今日をも知らぬ　桃の花　花もすかむは（は(×は)）ゆるさざり（(×ら)）けり（本マヽ）

これは『平兼盛集』に混入附載された逸名歌集十二首のうちの四首である。この中に、「大宮の小式部内侍」という詞書を持つ歌があり、この大宮が皇太后宮・彰子、小式部内侍が和泉式部の娘のことであるから、その「女房」の藤式部は、同僚女房・紫式部その人であると判明する。この歌群に関して、萩谷朴は、交際のあった定頼あるいは公信とのやりとりであるとして、寛仁二、三年（一〇一八、九）の記事と推定し、先の『小右記』寛仁三年（一〇一九）正月五日条から程なく年内に、紫式部、わたくしに云う藤原香子が四十有余年の人生を閉じたと推定した。[注(35)] これに対し、森本元子は、賢子と和歌を詠み交わした相手を賢子

と恋愛関係にある必然性はないとして、この歌集は宰相の君、後一条天皇（敦平親王）乳母であった藤原豊子（美作三位）のものであると推定した。[注36] 平野由紀子は、森本説を受け、『小右記』寛仁三年（一〇一九）五月十九日条「参内宰相（資平）乗車尻、諸卿不参、参母后（彰子）御方、相逢女房、有仰事等、是入道（道長）殿御出家間事等也」の記事から「寛仁三年五月には存命だった紫式部を、この歌群のように三月三日に娘賢子がしのんでいる」詠歌とし、「紫式部の没年の上限は、寛仁四年と考えたい。下限は万寿二（一〇二五）年とみる」と論じている。[注37]

久下裕利は、歌集は「宰相の君」、道綱娘豊子のものとする森本説を支持しつつも、詠歌は萩谷説の賢子と定頼間の贈答歌とする説によって、「『信明集』を基盤として構築する傾向」と、『定頼集』に「三月三日、姫君の御事ありしに、人のもとより」とあるのを定頼の妹の忌日とみて、「母を失った後年、母の手紙を見てあらためて哀しみに沈む賢子と、妹を同じ頃に失った定頼だからこそと思われる」[注38]と言う。『紫式部集』に紫式部自身を「桃といふ名」を幼名とすることと、世間は桃花の宴の折の「わが宿（賢子邸）に今日をも知らぬ桃の花」とある詠とは通底しているとわたくしは見る。「花もすかむ」は酒に桃の花を浮かべる風流韻事であろう。

前掲したように、寛仁三年（一〇一九）五月には道長の出家を実資と情報交換しており、厭離穢土、欣求浄土観を前提とした「憂きことのまさるこの世を見じ」とばかりに雲井に上った紫式部については、「臨終出家」をした可能性を論じたいところであるが、紙幅が尽きた。後稿を期したい。

注

（1）上原作和「紫式部伝」（『人物で読む源氏物語』勉誠出版、二〇〇五～二〇〇六年）。増田繁夫『評伝紫式部』

（和泉書院、二〇一四年）でも否定的に紹介されている。

（2）岡一男「紫式部の晩年の生活附説 紫式部の没年について『平兼盛集』を新資料として」（『源氏物語の基礎的研究　増訂版』東京堂、一九六六年、初版一九五四年）。

（3）『御堂関白記』『小右記』『殿暦』『中右記』本文は、いずれも大日本古記録、岩波書店による。

（4）角田文衛「紫式部の本名」（『紫式部伝―その生涯と『源氏物語』』法蔵館、二〇〇七年、初出一九六三年）。

（5）今井源衛『人物叢書　紫式部』（吉川弘文館、一九六六年、一九八五年改訂新版）。なお、倉本一宏『紫式部と平安の都』（吉川弘文館、二〇一四年）は、今井氏の紫式部の没年説を「一〇一四年」としているが、これは旧版の見解である。

（6）清水好子『紫式部』（岩波新書、一九七三年）。

（7）池田亀鑑「源氏物語古系図の成立とその本文資料的価値について」（『池田亀鑑撰集 物語文学Ⅱ』至文堂、一九六九年、初出一九五一年）。

（8）石田穣二「匂宮・紅梅・竹河の三帖」（『源氏物語論集』桜楓社、一九七一年、初出一九六一、一九六二、一九六五年）。

（9）今井源衛「竹河巻は紫式部原作であろう」（『王朝文学と源氏物語／今井源衛著作集』第一巻、笠間書院、二〇〇三年、初出一九七五年）。

（10）田坂憲二「竹河巻紫式部自作説存疑」（『源氏物語の政治と人間』慶應義塾大学出版会、二〇一七年、初出二〇〇七年）。

（11）中島あや子「匂宮・紅梅・竹河巻考」（『源氏物語の展望』第三集、三弥井書店、二〇〇八年）。

（12）清水婦久子『源氏物語の真相』（角川学芸出版、二〇一〇年）。

（13）久下裕利「宰相中将について」（『王朝物語文学の研究』武蔵野書院、二〇一二年、初出二〇〇二年）。

（14）久下裕利「宇治十帖の執筆契機―繰り返される意図―」（『源氏物語の記憶―時代との交差』武蔵野書院、二〇一七年、初出二〇一五年）。

（15）上原作和・廣田收編『紫式部と和歌の世界　新訂版』（武蔵野書院、二〇一二年）。『紫式部日記』『紫式部集』本文はこれによる。

（16）久下裕利「頼宗の居る風景―『小右記』の一場面」（前掲『源氏物語の記憶―時代との交差』所収）。

（17）本文は山中裕・秋山虔・池田尚隆・福長進校注『新編日本古典文学全集　栄華物語』第二巻（小学館、一九九六年）による。

（18）津島知明「〈敦康親王〉の文学史」（『枕草子論究―日記回想段の〈現実〉構成』翰林書房、二〇一四年、初出二〇〇八年）。

（19）萩谷朴「解説・作者について」（『紫式部日記全註釈』下巻、角川書店、一九七三年）。

（20）福家俊幸「紫式部の具平親王家出仕考」（『中古文学論攷』七号、一九八六年）。「「紫式部」の伝記の研究展望と問題点」（『紫式部日記の表現世界と方法』武蔵野書院、二〇〇六年）、「具平親王家に集う歌人たち―具平親王・公任の贈答歌と『源氏物語』―」（『考えるシリーズ　⑤王朝の歌人たちを考える―交遊の空間』武蔵野書院、二〇一三年）にも言及がある。

（21）坂本共展『源氏物語構成論』（笠間書院、一九九五年）、「正編から続編へ」（『源氏物語の新研究』新典社、二〇〇五年）。

（22）徳岡澄雄「紫式部は鷹司殿倫子の女房であったか」（「語文研究」六二号、九州大学国語国文学会、一九八六年十二月）。

（23）深澤徹「紫式部、「倫子女房説」をめぐって―即時的存在者（外なる他者）と対自的意識（内なる他者）の狭間で」（南波浩編『紫式部の方法―源氏物語　紫式部集　紫式部日記』笠間書院、二〇〇二年）。

(24)上原作和「紫式部伝」(『人物で読む源氏物語』勉誠出版、二〇〇五〜二〇〇六年)、ならびに「源氏物語の時代」(『光源氏物語傳來史』武蔵野書院、二〇一一年)参照。

(25)作者の父・菅原孝標は、菅原道真の玄孫。上総国・常陸国の受領を務めた。母は藤原倫寧の娘。母の異母姉(伯母)には『蜻蛉日記』の作者(藤原道綱母)。兄・定義、甥・在良は学者である。

(26)本文は『御物本更級日記』(武蔵野書院、一九五五年)により校訂し、福家俊幸『更級日記全注釈』(角川学芸出版、二〇一五年)を参照した。

(27)瀬戸内寂聴「月報・浮舟の出家」(『新編日本古典文学全集 源氏物語/第六巻』小学館、一九九八年)。

(28)『源氏物語』本文は、「賢木」「薄雲」「手習」巻を『大島本源氏物語』(角川書店、一九九五年)、「柏木」巻を古典籍複製叢刊『かしは木・はなちる里』(雄松堂、一九七八年)により、私に校訂した。

(29)三橋正「男の出家」「女の出家」「「宇治十帖」における「出家」」(『古記録文化論』武蔵野書院、二〇一五年、初出二〇〇六年)。三橋正「浄土信仰と神祇信仰の接点—出家作法の成立とその意義」(『平安時代の信仰と宗教儀礼』続群書類従刊行会、二〇〇〇年、初出一九九二年)、三角洋一『源氏物語と天台浄土教』(若草書房、一九九六年)も詳しい。

(30)三橋正前掲『古記録文化論』『平安時代の信仰と宗教儀礼』参照。出家作法 曼殊院蔵/京都大学国語国文資料叢書』(臨川書店、一九八〇年)。

(31)本文は、大東急記念文庫蔵『延慶本平家物語』(古典研究会、一九六四年)により、私に校訂した。

(32)出家作法の先駆的な研究としては、中哲裕「浮舟・横川の僧都と『出家受戒作法』」(「長岡技術大学言語・人文科学論集」第二号、一九八三年八月)があるが、浮舟の出家を『出家受戒作法』に典拠を求めている。

(33)本文は『恵心僧都全集』第五巻(思文閣出版、一九八四年)による。

(34)本文は、古典ライブラリー『新編私家集大成』の翻刻によった。一〇七、一〇八番歌は『紫式部と和歌の

世界　新訂版』（武蔵野書院、二〇一二年）に廣田收氏の注解と現代語訳がある。

（35）萩谷朴「解説」（『紫式部日記全註釈』下巻、角川書店、一九七三年）。

（36）森本元子「西本願寺本兼盛集付載の佚名家集―その性格と作者」（『古典文学論考　枕草子　和歌　日記』新典社、一九八九年、初出一九八二年）。

（37）平野由紀子「逸名家集考―紫式部没年に及ぶ」（『平安和歌研究』風間書房、二〇〇八年、初出二〇〇二年）。万寿二年説は、『栄花物語』「楚王の夢」において、娘の大弐三位・賢子が後の後冷泉天皇の乳母となった時点で紫式部も生存していたとする安藤為章『紫家七論』による。

（38）久下裕利「後期物語創作の基点―紫式部のメッセージ―」、「大納言道綱女豊子について―『紫式部日記』成立裏面史―」（『源氏物語の記憶―時代との交差』武蔵野書院、二〇一七年、初出二〇一一、二〇一七年）。

後篇の物語の構造

横井孝

一　はじめに――「傷痕の多い作品」

一〇〇〇頁を超える大著『源氏物語研究序説』の「結語」(これだけでも九頁ある)のさらに末尾に、阿部秋生はつぎのようにいう。

……書きながら、伸びてゆく作家の数は決して多いわけではない。その数少い作家の一人に、この源氏物語の作者を数へてみていいのであらうと思ふ。

書きながら伸びてゆくだけに、その作品には、生々しく傷痕が遺ることがある。しかし、さうした傷痕があるから下らない作品だときめてしまふ必要はないだらうと思ふ。その傷痕が、どういふ意味のものであるかによつて、傷痕のあることが、その作品を重からしめることもあるであらう。傷痕があるならば、その傷痕の意味を検討することも、文学史研究の一つの仕事なのであらうと思ふ。
とにかく、源氏物語は、完璧な作品でないといふこと、傷痕の多い作品であることは認めなければならない。少なくとも、日本文学史にとつては、無視できない貴重な傷痕らしいといふことも否定できない。……注(1)

阿部秋生は、第二次世界大戦前後の昭和一〇〜二〇年代の『源氏物語』研究を席巻した、いわゆる成立論の立場による「源氏物語執筆の順序」注(2)で知られる研究者だが、右は同書の第二篇、明石の君の物語の徹底的な分析を通して出てきた「結語」であり、直接に成立を論じた果ての結論ではない。時期が過ぎつつあったせいでもあろうが、『研究序説』のころにはあからさまに成立を論ずることを避けていた阿部ではあったが、それでも地球は回っている――つまり「源氏物語は……傷痕の多い作品である」というのである。

阿部本人のまとめによれば、いわゆる三部構成説に則って、

(9) 若菜上・下における源氏の四十の御賀・明石の女御の皇子御産とその前後の物語は、第二部においては、全くの挿話的な話題であつて、主流の物語の展開には全く無関係なものである。このことによつて、第一部の三つの予言や「雨夜の品定」の物語構成力が継続して第二部の物語を動かしてゐるとはいひがたい。

(10) 第一部における予言が、第二部に生きてゐたとするならば、明石の姫君立后のことが語られるはず

であるが、立后の経緯は勿論のこと、立后したといふことさへ語られてゐない。[注(3)]

（番号は原著者・阿部による）

というのである。成立論ではさんざん持ち出された話題ではあるが、明石の物語を軸に前篇（右にいう第一部・第二部）を論じてきた阿部にとって、あらためて提起しておかねばならぬ話題だったのだろう、(9)については、「帚木十六帖をひきずつて来た源氏の好色心が、第二部にまだ生きてゐるならば、玉鬘は、第二部においても、もつと重い役を振り当てられる可能性もある」はずだが、「第二部の中には殆ど姿を見せなくなつてしまふ」という言い方もしている。

阿部の指摘する問題以外にも、『源氏物語』には、大小さまざまな齟齬・撞着・背馳のごときものが指摘されている。紫の上の年齢の問題、六条御息所の経歴の問題……等々、従来いろいろ取り沙汰されていて、研究者それぞれに指摘しうるところはあろう。成立論をめぐる諸問題は、古くは阿部秋生編『諸説一覧 源氏物語』（明治書院、一九七〇年八月刊）が整理しているし、近くは加藤昌嘉・中川照将編『紫上系と玉鬘系――成立論のゆくえ』（勉誠出版、二〇一〇年六月刊）が主要な論考を再録し解説を加えている。そうした成立論の枠外で指摘されるところでは、たとえばいま任意にあげるならば、須磨以後の狭い範囲のなかでも、

① 関屋の巻の石山詣が「九月晦日」と明記されるにもかかわらず、同年の晩秋のことであるはずの六条御息所の死と、源氏が自邸に引きこもって精進の日を送ったとする澪標の巻の記述とが照応しない。

澪標の住吉詣における「松原の深緑」と関屋の石山詣の「紅葉の色々」とを対置させることに気をとられたため、「時間帯が重なることを失念した」ものか、という。[注(4)]

②石山詣の際に再会する空蝉の一行のなかにいる、常陸介（かつての伊予介）の先妻の子・右近将監について「須磨巻では源氏方の一人として官位を剥奪されて須磨退去に同行、澪標巻で旧に復す。なお、須磨巻などでは、必ずしも紀伊守の弟という意識で語られていない」と指摘されている。[注(5)]

③関屋の巻、常陸介死後の空蝉の話の結末が「拍子抜け」であり、かつ玉鬘の巻では「この空蝉が源氏の「御蔭にかくれたりし人々」の一人として、二条院の東院に引き取られ」ている様子が描かれているのも唐突な記述だ、という。[注(6)]

などといわれており、それぞれ説くところにいちいち納得させられる問題群ではあるのだ。これを『源氏物語』全体の規模で観察したらどうか。そうとうな箇所を、同類の例として数えることになるはずである。

本稿は、後篇の諸巻の構造を論ずるにあたって、阿部のいうごとく『源氏物語』には「傷痕」と見られる現象が数多く遺されている、ということを前提に語りたいと思う。

二　匂宮三帖の位置づけ

幻の巻末で「年もわが世も今日や尽きぬる」と光源氏の姿が溶暗した後、いわゆる第三部、つまり後篇の物語が始動する。

ひかりかくれ給にしのち、かの御影にたちつぎたまふべき人、そこらの御すゑ〴〵にありがたかりけり。おりゐ（遜位）のみかどをかけたてまつらんはかたじけなし。たうだい（当代）の三の宮、そのおなじおとゞにておひいで給し宮のわか君と、このふた所なんとり〴〵にきよらなる御名とりたまひて、げにいとなべてならぬ御有さまどもなれど、いとまばゆき際にはおはせざるべし。……

（匂兵部卿1オ＝一四二九頁）[注(7)]

あらためて見るまでもなく、ここは重大なことが書かれているはずだ。光輝く源氏の「御影にたちつぎたまふべき人」がいない、という事態は、神秘的な力を有する主役が牽引するという旧来の物語では考えにくいはずである。かろうじて「当代の三の宮」と「宮のわか君」が名指しされるが、「いとまばゆき際にはおはせざるべし」――古代物語の主役・準主役たちの条件のひとつ、「見る人まばゆきまでみゆ」（『うつほ物語』俊蔭の巻）、「いとまばゆきまでねび行人の御かたちかな」（『源氏物語』葵の巻）、「男の御ありさまぞ、いとまばゆかりける」（『狭衣物語』巻三）など[注(8)]の「まばゆさ」が足りないと評されているのである。後篇の物語がこのように始動するということは、物語史のなかでも革新的だったのではなかろうか。「ひかりかくれ給にしのち」の物語は、いわば意欲作ということでもあったのだろうか。

『更級日記』は、「ひかる源氏のゆふがほ」と「宇治の大将のうき舟の女ぎみ」（定家本二五オ）とを対句にしたり、「ひかる源氏などのやうにおはせむ人」と「うき舟の女君」（四〇オ）を結びつけたりしている。「宇治の八の宮」ならばともかく、薫を「宇治の大将」と呼んでいることには、平安後期の読者の段階で、早くも「宇治の物語」を「ひかる源氏」の物語と向かい合わせにする読みかたが発生していることがわかる例とすべきであろう。そうした後篇に対する理解が、「紫式部の書る源氏物語といふはまぼろしの巻までにて……匂ふ宮よりすえずえの巻は、べつの人後に作りそへたるにはあらざるや」（伊勢貞丈『源氏物語ひとりごち』安永一〇年）といったような作者別人説を生んだりするのであろう。

しかし、従来より後篇のなかでも匂宮・紅梅・竹河の三帖を「匂宮三帖」と呼んで、のちの「宇治十帖」と切り離す読みかたがあった。概説書ながら秋山虔『源氏物語』（岩波新書、一九六八年一月刊）、日向一雅『源氏物語の世界』（岩波新書、二〇〇四年三月刊）などはその前提で書かれており、通説としての影響力を見出すことができる。しかも、その認識は古く、正治元、二年の交（一一九九～一二〇〇）に成るとされる高野山正智院蔵『白造紙』中の「源シノモクロク[注9]（源氏目録）」に、

……廿五マホロシ　廿六クモカクレ　廿七ニホフ

兵卩経（兵部卿）ナラヒタケカハ　コウハイ

ウチノミヤノ

一カ（ウ歟）ハソテ　二シノカ本　三アケマキ　四サワラヒ……

とあり、すでに匂宮の並びの巻三帖として「カ（ウ歟）ハソテ（ウハソク＝優婆塞か）」以下の十帖と別の巻群と扱っているのである。永仁二年（一二九四）の奥書を付する『本朝書籍目録』中の「拾芥略要抄」に淵源を有する『拾芥抄』巻上「源氏物語目録部第卅」にも、

……………………・廿四巻御法　・廿五巻幻　・廿六巻雲隠
・廿七巻薫中将・紅梅・竹河　・廿八巻橋姫　・廿九巻椎本・卅巻角総………注(10)

とあり、「宇治十帖」の記載は所引の尊経閣本にはないし、直接の関連はうかがえないが、巻序には『白造紙』と同様の認識を見出すことができる。
「匂宮三帖」には前篇の後日談の色彩が濃く、前篇の登場人物――主役・準主役とでもいうべき人びとが回想、紹介される。紅梅の巻頭の一節。

その比、あぜちの大納言ときこゆるは、故ちじのおとゞの次郎なり。うせ給にし衛門督のさしつぎに、わらはよりりやうぐじう、花やかなる心ばへものし給し人にて、なりのぼりたまふとし月にそへて、まいていと世にあるかひあり、あらまほしうもてなし、御おぼえいとやむごとなかりける。

（1オ＝一四四七頁）

致仕の大臣、かつての頭中将の長男・柏木没後の嫡流である紅梅大納言のその後、真木柱と呼ばれた女性との関係が描かれる。「その比……」は前篇にも例があり、後篇に入ってからも橋姫の巻頭が同じ語から開始されるのだが、後篇のそれは前篇よりもさらに「一つの独立した物語の冒頭としての形式を備えている」注(11)と理解されている。

さらに、竹河の巻頭。

これは、源氏の御ぞう孫にもはなれ給へりし後の大ゐ殿（鬚黒）わたりに有けるわるごたちのをちとまり残れるがとはず語をしをきたるは、紫のゆかりにもにざめれど、かの女どものいひけるは、「源氏の御すゑ〴〵にひがごとゞものまじりてきこゆるは、われよりもとしのかずつもりほけたりける人のひがごとにや」などあやしがりける、いづれかはまことならん。

（1オ＝一四六三頁）

ここには「源氏の御ぞうにもはなれ」た鬚黒一家の話題という宣言がある。匂宮の巻で「いとまばゆき際にはおはせざるべし」という留保つきではあったが、「とり〴〵にきよらなる御名とりたまひて、げにいとなべてならぬ御有さまども」という「ふた所」——匂宮と薫とがせっかく主役として紹介されながらも、二人の出番ではないのである。匂宮の巻頭「かの御影にたちつぎたまふべき人、そこらの御すゑ〴〵にありがたかりけり」と、光源氏物語と同等の主役が不在と称したのに匹敵する、問題の一文ではないのか。

ましてや、竹河の巻には、紫式部の自作説・多作説の議論が交わされつづけていることは、斯界ではごく名高い話題である。注(12) 竹河巻末ちかくに「左大臣失せ給て、右（夕霧）は左に、とう大納言（紅梅）左大将かけ給へる右大臣になり給」（33ウ＝一四九七頁）とあるにもかかわらず、宇治十帖で夕霧が終始「右大臣」として登場することも、齟齬ないし撞着ということで議論されつづけている。年立をつくってみると、竹河の巻末が椎本に達し、その椎本の巻末が紅梅の巻初に接続する、といわれており、とかく話題の多い巻なのである。[注(13)] 池田和臣の巻序と年立[注(14)]の〔**図1**〕を次に引用しておこう。

山脇毅は、官職の記述が巻序を替えると不自然になるとして、「読んで行く上には、匂宮、紅梅、竹河と次第しても、官名の方に不都合はない」とし、「源氏物語では、光源氏の薨去で一先づ締括りをつけて、之を更にこれから書かうとする宇治十帖の下がまへとしたのである」と説いて、竹河—紅梅の順に成立したとする論を牽制した。[注(15)] とはいえ、「匂宮三帖」を「宇治十帖の下がまへ」とする位置づけを前提としたうえでの議論であったことにはかわりない。

三　『源氏』の齟齬と『寝覚』の転回

「宇治十帖」に入ったのちの物語は、竹河の巻に代表される問題山積の「匂宮三帖」を終えると、「橋姫物語→浮舟物語」と単線状に展開しているかのように見える。しかし、〔**図1**〕の年立に表されるごとく、その展開は複線的であって、蔦が幾重にも絡まりあうような複雑な連関の様相を呈し

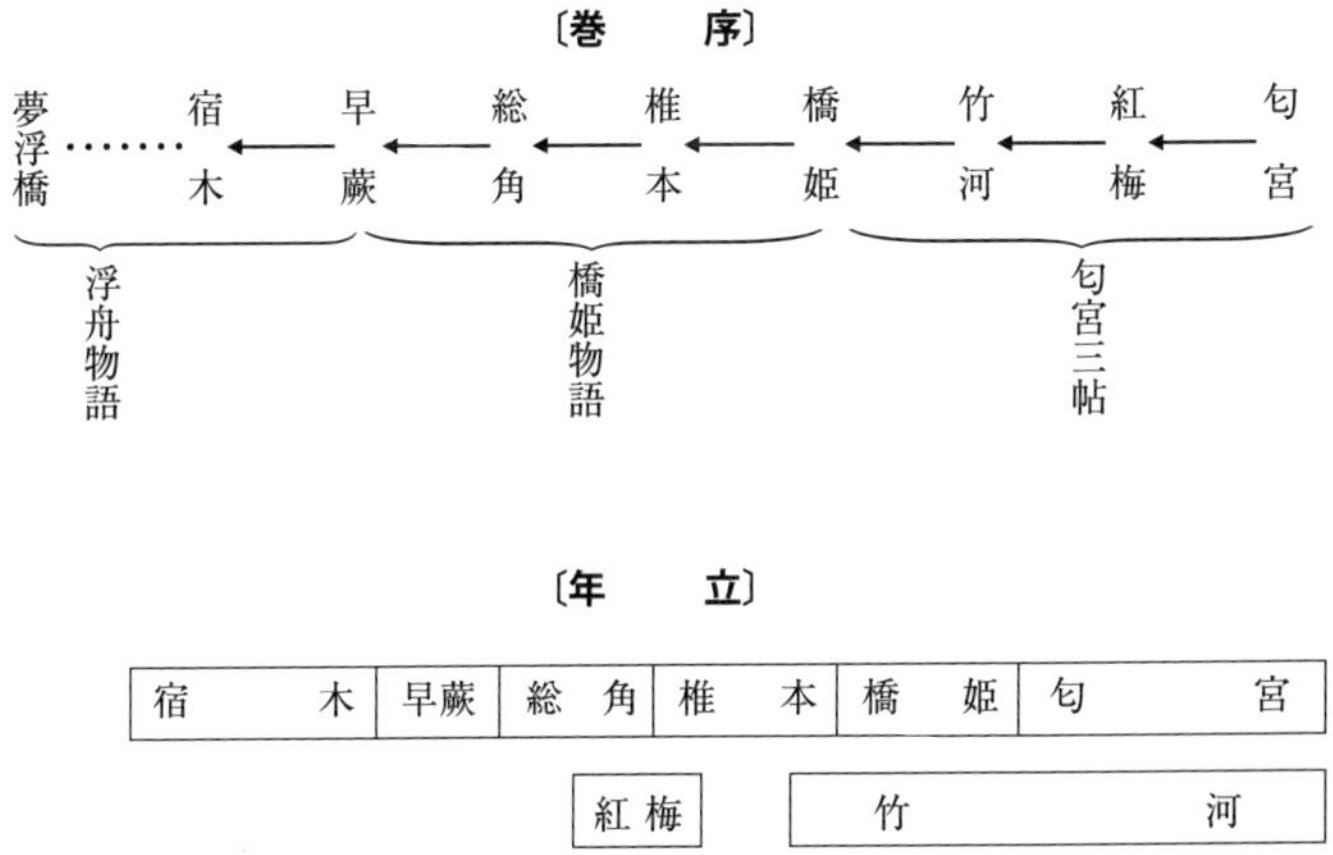

〔巻　序〕

匂宮 ← 紅梅 ← 竹河 ← 橋姫 ← 椎本 ← 総角 ← 早蕨 ← 宿木 ……… 夢浮橋

（匂宮・紅梅・竹河：匂宮三帖／橋姫・椎本・総角・早蕨：橋姫物語／宿木……夢浮橋：浮舟物語）

〔年　立〕

匂宮	橋姫	椎本	総角	早蕨	宿木
竹河		紅梅			

〔**図1**〕池田和臣「匂宮・紅梅・竹河三帖の成立」巻序・年立図による

ている。

竹河の巻は、匂宮・橋姫・椎本の三巻と重なり合いつつ総角につながるとして、池田和臣は「椎本巻から総角巻への薫の恋における変貌を異質な視点から動機づけ補強するもの」と認識すべきことを説く。[注(16)]さらに池田は、浮舟の手習歌「ふりみだれみぎはにこほる雪よりもなかぞらにてぞわれはけぬべき」（浮舟の巻、一八九四頁）が若菜上巻の女三の宮の詠「はかなくてうはのそらにぞきえぬべき風にたゞよふはるのあはゆき」（一〇六五頁）の「引用、変奏」として呼応していることを指摘し、[注(17)]久下裕利はそれをも含み込んだうえで、さらに引歌「友まつ雪」（『家持集』）などを媒介とした、より深い両巻の連関性を説いている。[注(18)]

——これなどは、その「複雑な連関の様相」のごく一端に過ぎないけれども、成立論の枠外においても、後篇の物語には前篇にもまして複雑な構造が読み取れる、ということなのである。近年は、かくのごとく後篇と前篇との隠れた結びつき・脈絡が、次々に明るみにされゆく研究動向にあるといえよう。複雑な構造、となればその形成過程も単純なものではありえまい。前篇のそこここにあった「傷痕」が、後篇にあっても不思議ではない。

「宇治十帖」の第一帖・橋姫の巻、薫が八の宮邸を訪れ、合奏後の姉妹を垣間見する場面。有名な場面ではあるが、確認のためにご覧いただこう。

あなたにかよふべかめるすいがいのとを、すこしをしあけて見たまへば、月おかしきほどにきりわたれるをながめて、すだれをみじかくまきあげて、ひとゞゐたり。すのこに、いとさむげに、みほそくなえばめるわらはひとり、おなじさまなるをとなゝどゐたり。内なる人、(a)一人はしらにすこしゐかくれて、びは(琵琶)をまへにをきて、ばち(桴)をてまさぐりにしつゝゐたるに、くもがくれたりつる月のにはかにいとあかくさしいでたれば、(b)「あふぎならで、これしても月はまねきつべかりけり」とて、さしのぞきたるかほ、(c)いみじくらうたげにゝほひやかなるべし。(d)そひふしたる人は、ことのうへにかたぶきかゝりて、(e)「いる日をかへすばちこそありけれ。さまことにもおもひをよび給御心かな」とてうちわらひたるけはひ、(f)いますこしをもりかによしづきたり。(g)「をよばずとも、これも月にはなるゝ物かは」など、はかなき事をうちとけのたまひかはしたるけはひども、さらによそに思ひやりしにはにず、いとあはれになつかしうおかし。……

(24オ~25オ=一五二二頁)

偶然に姉妹のうちとけた姿を垣間見た薫は、このような情景は「むかし物がたりなどにかたりつたへて、わかき女房などのよむをもきく」が、実際にあるものなのだ、と感銘を受ける場面である。問題なのは、おなじ橋姫の巻の数丁まえの詞章に、八の宮が北の方亡きあとの無聊を娘たちの養育にまぎらわせる場面で、

ひめぎみ(大君)にびは(琵琶)、わかぎみ(中の君)にさう(箏)の御こと、まだおさなけれど、つねにあはせつゝならひたまへば、きゝにくゝもあらで、いとおかしくきこゆ。(9オ=一五一一頁)

とあるのと、齟齬するように読めるからである。明融本（橋姫の巻は東海大学蔵）は(a)「一人」に「中君」と傍注があり、(d)「そひふしたる人」に「大君」と傍記してある。つまり、「大君―琵琶」「中の君―箏」という構図が、数丁の間に「大君―箏」「中の君―琵琶」と各々が父宮から習った楽器が入れ替わってしまっている、ということなのだ。

古注釈で指摘のあるところで、(a)「一人」については、『一葉抄』『細流抄』『岷江入楚』が「大君也」とするが、『孟津抄』のみが「中君」として明融本の傍記と一致する。すると、当然のように(b)「あふぎならで……」、(g)「をよばずとも……」の科白は『光源氏一部歌』『岷江入楚』『湖月抄』などは「あね君」「大君」となり、それとおなじ人物が薫の目に(c)「らうたげに、ほひやか」に映るというわけである。

一方、(d)「そひふしたる人」は、『一葉抄』『細流抄』『岷江入楚』は「中君也」とし、ひとり『孟津抄』のみが「大君也」としており、(b)の科白に(e)「いる日をかへす……」とまぜっかえす科白は、『細流抄』『岷江入楚』『光源氏一部歌』『湖月抄』は「中の君の詞」としているのは、さきほどの(a)と対置されているので、一貫はしているのである。

こうした古注の大勢に対して、明融本の傍記は異説ともいうべきだが、現行の注釈（新潮集成・小学館旧版全集・小学館新編全集）などの解釈と一致し、姉妹ふたりの性格の書き分けからすると、むしろそちらの方が自然なはずなのである。以上のことがらを整理してみると、次のように表示できようか。

(a)人物＝琵琶＝(b)(g)科白＝(c)「いみじくらうたげに、ほひやかなるべし」
(d)人物＝ 箏 ＝(e)科白＝(f)「いますこしをもりかによしづきたり」

これに「姉妹の性格の書き分け」と「当初の楽器の割りあて」を当て嵌めてみると、次のように表示で

推定せざるをえない。とすれば、天人の秘曲伝授によって、主役・中の君の楽器入れ替えがなされたというのは、『寝覚』作者による『源氏』の姉妹の楽器入れ替えに対する、ひとつの理解の方法だったのではないか——というのが旧稿の骨子であった。

このような、『源氏』本文の齟齬・撞着・背馳というべき「傷痕」に対して、『寝覚』作者がそれを受容する方法として転回したと見なせるものは、ほかにも指摘されているところがある。次節で述べよう。

四 「宇治十帖」の位置づけ

「宇治十帖」の脇役であり、かつ主役・準主役のすぐ傍らでなにがしかの存在感のある人物「右近」が、ほぼ同時期にふたりいるのではないか、否ひとりと認識すべきだ、という議論は以前からあった。半世紀ちかくまえ、本稿冒頭にふれた阿部秋生が「一人なのか二人なのか」(『成蹊国文』第二号、一九六九年三月)という論考を著している。六条御息所の経歴、紫の上の年齢の問題、薫と匂宮の出生の時期の問題などをならべ、「矛盾撞着の実例を集めてみること」によって「その矛盾がどういう意味のものなのかを検討するより外にない」という。その論考の表題であり、後半に集中的に検討されているのが、この右近なのである。

東屋の巻、すでに匂宮邸にひきとられた中の君のもとに浮舟が訪問した際、帰邸した匂宮が浮舟を発見し、早速言い寄るところ。

かく、人のものし給へばとて、かよふみちのさうじ（障子）ひとまばかりぞあけたるを、右近とてたいふ（大輔）かむすめのさぶらふきて、かうし（格子）おろしてこゝによりくなり。「あなくらや。まだおほとなぶらもまいらざりけり。みかうしをくらきにいそきまいりて、やみにまどふに」とてひきあくるに、宮（匂宮）もなまくるしときゝ給。めのと、はた、いとくるしと思て、物つゝみせず、はやりかにをぞき人にて、「物きこえ侍らん。こゝにいとあやしき事の侍るに、み給へこう（困）じてなん、えうごき侍らでなん」、（右近）「なに事ぞ」とて、さぐりよるに、うちぎすがた（袿姿）なるおとこの、いとかうばしき、そひふし給へるを、れゐのけしからぬ御さまと思ひよりけり。女の心あはせ給まじきことゝをしはからるれば、「げにいと見ぐるしきことにも侍るかな。右近は、いかにかきこえさせん。今まいりて、御前にこそは、忍ひてきこえさせめ」とてたつを……

（31ウ〜32オ＝一八二五頁）

右近は、浮舟がいるはずの部屋に「袿姿なる男」が潜んでいるのを見出し、「御前にこそは」と中の君にご注進する、という場面である。右近は、このように中の君づきの女房として、終始活動しているのが東屋の巻の情景である。

ところが、浮舟の巻末では、匂宮との関係を薫に知られた浮舟が、ふたりの男から迫られて身を処するすべなく、ついに死を決意する。その様子に危機感を募らせる、浮舟づきの女房が右近なのである。

……れいの、（匂宮の）おもかげはなれず、たえずかなしくて、この御ふみお（を）かほにをしあてて、し

複雑だ、と読みとらねばなるまい。

注

(1) 阿部秋生「結語」(『源氏物語研究序説　下』東京大学出版会、一九五九年四月刊、所収)、一〇三〇頁。
(2) 阿部秋生「源氏物語執筆の順序─若紫の巻前後の諸帖に就いて」(『国語と国文学』第一六巻第八〜九号、一九三九年八〜九月)。
(3) 阿部秋生、前掲『源氏物語研究序説』、一〇〇六頁。
(4) 伊藤博「蓬生・関屋巻の成立」(『源氏物語の基底と創造』武蔵野書院、一九九四年一〇月刊、所収)、一一三〜一一四頁。
(5) 小学館・新編日本古典文学全集『源氏物語(2)』、三六一頁・注一。
(6) 池田利夫「蓬生・関屋」(『源氏物語講座・第三巻〈各巻と人物Ⅰ〉』有精堂、一九七一年七月刊、所収)、一六四〜一六五頁。
(7) 『源氏物語』本文は、実践女子大学山岸文庫蔵伝明融等筆本、いわゆる明融本により、『源氏物語大成』校異篇の頁数で所在を示した。
(8) 以上は用例の一端である。俊蔭女─『うつほ物語』(明治書院、校注古典叢書(1)二七頁)、源氏─『源氏物語』(明融本7ウ＝二八九頁)、狭衣─『狭衣物語』(岩波古典大系旧版、二七九頁)、によった。
(9) 橋本進吉「簾中鈔の一異本白造紙について」(『伝記・典籍研究』岩波書店、一九七二年五月刊、所収)、久保木秀夫「『源氏物語』巣守巻関連資料再考」(久下裕利・久保木秀夫編『平安文学の新研究─物語絵と古筆切を考える』新典社、二〇〇六年九月刊、所収)。
(10) 前田育徳会尊経閣文庫編『尊経閣善本影印集成17　拾芥抄』(八木書店、一九九八年七月刊)、五七頁。

(11) 稲賀敬二「紅梅巻の世界」(『源氏物語』とその享受資料』笠間書院、二〇〇七年七月刊、所収)、一六五頁。

(12) おもな論考に次のようなものがある。

武田宗俊「「竹河の巻」に就いて」(初出一九四九年。『源氏物語の研究』岩波書店、一九五四年六月刊、所収)、石田穣二「匂宮・紅梅・竹河の三帖をめぐつて」(初出一九五四年。『源氏物語論集』桜楓社、一九七一年一一月刊、所収)、藤村潔「竹河、紅梅、宿木」(『源氏物語の構造』桜楓社、一九六六年月刊、所収)、森一郎「源氏物語の構想の方法—匂宮・紅梅・竹河の三帖をめぐって」(初出一九六七年。『源氏物語の方法』桜楓社、一九六九年刊、所収)、今井源衛「竹河巻は紫式部原作であろう」(初出一九七五年。『紫林照径　源氏物語の新研究』角川書店、一九七九年一一月刊、所収)、田中隆昭「異説・別伝・紀伝体—竹河巻をめぐって」(初出一九七五年。『源氏物語　歴史と虚構』勉誠社、一九九三年六月刊、所収)、池田和臣「竹河巻と橋姫物語試論—竹河巻の構造的意義と表現方法」「竹河巻官位攷—竹河論の序章として」(初出一九七九〜一九八〇年。『源氏物語　表現構造と水脈』武蔵野書院、二〇〇一年四月刊、所収)、田坂憲二「竹河巻紫式部自作説存疑」(初出二〇〇七年。『源氏物語の政治と人間』慶應義塾大学出版会、二〇一七年一〇月刊、所収)、久下裕利「匂宮三帖と宇治十帖—回帰する〈引用〉・継承する〈引用〉」(初出二〇一二年。『源氏物語の記憶—時代との交差』武蔵野書院、二〇一七年五月刊、所収)。

(13) 竹河一巻のことではないが、宗祇『種玉編次抄』に「とりわけ、かほる中将の巻(匂宮の巻)より宇治椎がもと(の巻)まで、五巻ことぐ〲く雑乱して分別しがたし」と評する。

(14) 池田和臣「匂宮・紅梅・竹河三帖の成立」(『講座源氏物語の世界〈第七集〉』有斐閣、一九八二年五月刊、所収)。

(15) 山脇毅「源氏物語匂宮紅梅竹河について」(初出一九三七年。『源氏物語の文献学的研究』創元社、一九四四年一〇月刊、所収)、三八四〜三八七頁。

(16) 池田和臣「竹河巻と橋姫物語」(前掲注(12)『源氏物語　表現構造と水脈』所収)、二八四頁。以下、池田論

「かかることの筋につけて」、すなわち女性との関係において、「いみじうもの思ふべき宿世」であったという。「大君のことからそれは始まっている」[注(1)]とされるように、薫が特に意識しているのは、勿論、大君への思慕を発端とする八の宮の娘たちとの関係である。この後、宇治を訪れた薫は実際に次のようにも考えている。

②道のほどより、昔のことどもかき集めつつ、いかなる契りにて、この父親王の御もとに来そめけむ、かく思ひかけぬはてまで思ひあつかひ、このゆかりにつけてはものをのみ思ふよ、いと尊くおはせしあたりに、仏をしるべにて、後の世をのみ契りしに、心きたなき末の違ひめに、思ひ知らするなめり、とぞおぼゆる。（蜻蛉・二三〇頁）

「この父親王のもとに来そめけむ」ことに「いかなる契り」があったのかと、八の宮の娘たちとの「ものをのみ思ふ」ようであった関係を振り返る際に、薫は「契り」というものを意識する。「蜻蛉」巻では、その巻末にも同様の思いを抱く薫の姿がみえている。

③……あやしかりけることは、さる聖の御あたりに、山のふところより出で来たる人々の、かたほなるはなかりけるこそ、この、はかなしや、軽々しやなど思ひなす人も、かやうのうち見る気色は、いみじうこそをかしかりしか、と何ごとにつけても、ただかの一つゆかりをぞ思ひ出でたまひける。あやしうつらかりける契りどもを、つくづくと思ひつづけながめたまふ夕暮、蜻蛉のものはかなげに飛びちがふを、

「ありと見て手にはとられず見ればまた行く方もしらず消えしかげろふ

あるかなきかの」と、例の、独りごちたまふとかや。（蜻蛉・二七五～六頁）

このように、薫が「宿世」や「契り」といった言葉とともに八の宮の娘たちとの関係を振り返ることに関して、果たしてどのような解釈が可能であろうか。本稿では、八の宮の娘たちに対する薫の恋、特にその始まりであった大君との関係について、宿世[注(2)]というものに着目しつつ考察していきたい。

二　柏木の影

薫は、大君の死後、「宿木」巻においても「宿世」や「契り」を意識していた。

④かくて心やすくうちとけて見たてまつりたまふに、いとをかしげにおはす。ささやかにあてにしめやかにて、ここはと見ゆるところなくおはすれば、宿世のほど口惜しからざりけりと、心おごりせらるるものから、過ぎにし方の忘られればこそはあらめ、なほ、紛るるをりなく、もののみ恋しくおぼゆれば、この世にては慰めかねつべきわざなめり、仏になりてこそは、あやしくつらかりける契りのほどを、何の報いとあきらめて思ひはなれめと思ひつつ、寺のいそぎにのみ心をば入れたまへり。

（宿木・四八六～七頁）

女二の宮と結婚した自分の「宿世」を「口惜しからざりけり」と思って「心おごり」しながらも、大君との死別について、「あやしくつらかりける契り」が「何の報い」であるのか、明らかにしたいと考えるのである。大君の死の直前にも、「いかなる契りにて、限りなく思ひきこえながら、つらきこと多くて別れたてまつるべきにか」（総角・三二六）と思ったり、「かくいみじうもの思ふべき身にやありけん」（総角・三二七）と述べたりしていたが、更に遡れば、いわゆる「第三部」の物語の発端、「匂兵部卿」巻におい

三　薫と大君の宿世観

先の本文⑥における柏木の言葉に対し、「女三宮には、これを受けての「宿世」の自覚の叙述はない」ようにもみえる。[注(6)]ただ、波線部「契り心憂き御身なりけり」という言葉は、「柏木の言う「のがれぬ御宿世」に関係づけて、語り手が宮を評する」[注(7)]ものでありつつ、柏木から蹴鞠の日のかいま見について聞かされ、「げに、さはたありけむよと口惜しく」思っている女三の宮の心を代弁したものとも解しえよう。そうであるとすれば、女三の宮自身も「契り心憂き（御）身」である自らの宿世に対する諦念のようなものを抱いていたことにはなろうか。無論、そのように解さないとしても、男の説いた「宿世」に対する切り返しの有無という点において、大君の反応が女三の宮のそれと異なっていることは明白であろう。先の本文⑦の波線部のように、大君が薫の言葉に対し、「こののたまふ宿世といふらむ方は、目にも見えぬことにて、いかにもいかにも思ひたどられず」と反論している点に注目したい。薫と大君、両者の言い分の違いをどのように解すべきなのだろうか。

まず、薫の語る「宿世」について改めて確認しておこう。薫は「宿世」について「さらに心にかなはぬもの」、すなわち不如意なものであることを述べている。大君を説得するために発せられた言葉であり、即座にこれを薫自身が持つ宿世観とみるわけにはいかないが、薫は同じ「総角」巻において、大君に逃げられ中の君と夜を明かすことになった際にも次の傍線部のように思っている。

⑧中納言は、独り臥したまへるを、心しけるにやとうれしくて、心ときめきしたまふに、やうやう、あ

らざりけりと見る。…（中略）…これをもよそのものとはえ思ひはつまじけれど、なほ本意の違はむ口惜しくて、うちつけに浅かりけりともおぼえたてまつらじ、この一ふしはなほ過ぐして、つひに宿世のがれずは、こなたざまにならむも、何かは他人のやうにやはと思ひさまして、例の、をかしくなつかしきさまに語らひて明かしたまひつ。（総角・二五三頁）

「のがれずは」と仮定条件の形にはなっているが、必ずしも「本意」とは一致しない「宿世」からの逃れがたさは、ここでも意識されていよう。そのような意識は、「前世からの因縁、もしくは前世から定められたこの世における運命[注(8)]」として宿世を受け入れようとする姿勢と繋がっている。本文①～⑤における「宿世」「契り」への意識にもそれはうかがえよう。本文⑦の言葉について「薫の宿世への考え方が端的にわかる[注(9)]」ものであるとする見方もあるように、「心にかなはぬ」もの、「前世から定められ」ている逃れがたいものとする宿世観は、ほぼ薫自身が持つそれであるとみてもよさそうである。

ただ、それが薫に独特の宿世観であるかといえば、そうではないらしい。例えば三枝氏が、「その宿世観はもっともである。仏教の論理からすれば――それが当時の一般的な考え方であるはずである――現世での資質、社会的地位、その他のあらゆる要素は前世からの因縁による[注(10)]」とも述べられるように、薫の宿世観は世間一般の見方から外れたものではない。例えば、大君の死後、女君たちと薫の関係が期待するようにならなかったことについて、女房たちが「宿世」を持ち出して嘆いているさまなどからもそれはうかがえよう。

⑨……見たてまつりて、「言ふかひなき御事をばさるものにて、この殿のかくならひたてまつりて、今はとよそに思ひきこえむこそ、あたらしく口惜しけれ。思ひの外なる御宿世にもおはしけるかな。か

さるべきにこそは」と弁明したのを受け、息子の中将が反発して言ったものである。また、「運命の力を絶対視しない発言は、源氏にもあった」[注(12)]とされるように、更に遡れば、「若菜下」巻で光源氏が紫の上に語った言葉の中にも、次のようなものがみられる。

⑫女子を生ほしたてむことよ、いと難かるべきわざなりけり。宿世などいふらんものは、目に見えぬわざにて、親の心にまかせがたし。生ひたたむほどの心づかひは、なほ力入るべかめり。

（若菜下・二六三～四頁）

大君の例を含め、いずれも「宿世」が「目に（も）見えぬ」ものであることを言ったものである。[注(13)]これらに通ずるものとして、「ほどほどにつけて、宿世などいふなることは知りがたきわざなれば、よろづにうしろめたくなん」（若菜上・三三二）という朱雀院の発言なども挙げられよう。それらをみれば、大君の捉え方が必ずしも独特のものであるとはいえないことになる。但し、大君の例は、それらのうちで唯一、女性による言葉であるという点において注目されるものである。次節で詳しくみていきたい。

四　薫に反論する大君

本文⑦は薫の言葉に対する大君の反論がみられる場面であったが、同じ「総角」巻には、これより前にも薫の言動に反発を示す大君の姿がみられた。薫に押し入られた際のものである。

⑬いとむくつけくて、なからばかり入りたまへるにひきとどめられて、いみじくねたく心憂ければ、「隔てなきとはかかるをや言ふらむ。めづらかなるわざかな」とあはめたまへるさまのいよいよをか

しければ、……

（総角・二三四頁）

⑭かたみに、いと艶なるさま容貌どもを、「何とはなくて、ただかやうに月をも花をも、同じ心にもて遊び、はかなき世のありさまを聞こえあはせてなむ過ぐさまほしき」と、いとなつかしきさまして語らひきこえたまへば、やうやう恐ろしさも慰みて、「かういとはしたなからで、物隔ててなど聞こえば、まことに心の隔てはさらにあるまじくなむ」と答へたまふ。

（総角・二三七～八頁）

中川正美氏は、「これまで、こうした男君の侵入接近の場で、女君の肉声が響く時はなかった」とされ、大君がきわだって「特異な描かれ方をされている」ことを指摘される。[注14] 久下裕利氏も、「「物隔て」がないのが「心の隔て」のないことなのだと主張する薫に対し、「物隔て」があってこそ本当の「心の隔て」はなくなるのだという大君の抵抗は、このように男が押し入り情交を迫る場面では、物語文学史上画期的な女側からの男の論理に対する挑戦で、「このたまふ宿世といふらむ方は、目にも見えぬことにて、いかにもいかにも思ひたどられず」（⑤二六六頁）との切り返しともども検討に値する」[注15]と述べられ、更に、「このたまふ宿世といふらむ方は」云々という言葉については、「男の論理の転用であっても女である大君が発言していることを重視したい」[注16]とも示唆されている。「隔て」をめぐる問題の詳細についてはひとまず措くが、[注17]「男の側からする女についての言説 discourse を、女性の側から覆していくところにある」という「『源氏物語』の本質」[注18]をうかがわせるもの、「女側からの男の論理に対する挑戦」の一つとして、「宿世」に関する大君の発言は重要なものといえよう。

ちなみに、『源氏物語』における「宿世」の用例を分析された佐藤勢紀子氏は、「女性主要人物は、普通の精神状態にあるかぎり、「宿世」をみずから口に出して言うことは決してしないのであって、女性で

「宿世」を発言しているのは、ほぼ主要人物の周囲にいる親族や使用人である」と述べられている。注[19]同論では、本文⑦の用例について、「女性主要人物が「宿世」を口に出している稀なケースであるが、相手の発言に誘発された受動的・間接的な発言である点を考慮する必要がある」とされ、『源氏物語』全体の傾向を捉えようとする立場からひとまず例外的なものとして扱われているが、ここではむしろ、「女性主要人物が「宿世」を口に出している稀なケースである」という、その点にこそ注目したい。

佐藤氏は「「宿世」を意識される例数は女性登場人物のほうが男性より圧倒的に多いこと」も指摘されている。それは大雑把に言えば、次のような言葉の例に象徴されるように、「女は」その生を「宿世」という言葉によってからめとられがちである、ということでもあろう。

⑮この世に恨み遺ることもはべらず、女宮たちのあまた残りとどまる行く先を思ひやるなむ、さらぬ別れにも絆なりぬべかりける。さきざき人の上に見聞きしにも、女は心より外に、あはあはしく人におとしめらるる宿世あるなん、いと口惜しく悲しき。（若菜上・二〇頁）

⑯かしこき筋と聞こゆれど、女はいと宿世定めがたくおはしますものなれば、よろづに嘆かしく、かくあまたの御中に、とりわききこえさせたまふにつけても、人のそねみあべかめるを、……（若菜上・三〇頁）

前者は朱雀院、後者は女三の宮の乳母による言葉である。ともに女三の宮の将来を憂慮する立場からのものであるが、先にみた通り、本文⑥において、柏木の「のがれぬ御宿世の浅からざりけると思ほしなせ」という言葉に対し、女三の宮が大君のように切り返すということはなかった。「宿世」という言葉でからめとり「自己の行為を必然化」注[20]しようとする男に、「女性主要人物」が「みずから口に出して言うことは決してしない」はずの「宿世」の言葉を用いて反論した大君の姿勢は、女三の宮のそれとは対照的である。

五　大君を「饒舌」にしたのは誰か

勿論、本文⑥・⑦については、男が情交に及んだ後か否かという違いがある。廣田收氏は、「大君の薫に対する肉体関係の拒否は、都の男が女を支配することに対する忌避である。犯されてしまえば女に負わせられる宿世の論理に対する拒否である」[注21]と述べられている。大君の場合、まだ情交に及んでいないからこそ、「女に負わせられる宿世の論理に対する拒否」が可能なのであり、宿世として受け入れることで「一往形を付けて、心の平安を得」[注22]なくてはならないというところまでは追い込まれていないのだ、と考えることなどもできようか。だが、仮にそう考えたとしても、女三の宮と事情が異なるところ、すなわち、情交が実現していないことで反論が可能になっているという、そのずれにこそ、薫と大君をめぐる物語の眼目があるともいえるのではないだろうか。

廣田氏は、本文⑦の大君について、「この姿勢は、この時代にあって勇気のある、また誰もが口に出せないほどに根底的な疑義である。私は、この言葉に滲む苦悩こそ、紫式部の苦悩そのものだと思う。薫を、積極的に行動しない男性として設定したことで、大君は実に饒舌であることができる。こんな御喋りな姫君は、物語の伝統の中では異例である。それは「大君に語らせたい」という狙いが紫式部にあったからである。紫式部は大君の言葉に自らの本音を潜ませて語っているといえる」[注23]と述べられている。その言葉を拝借すれば、「薫を、積極的に行動しない男性として設定したことで」、情交に及ぶ前の男女による「宿世」

をめぐる応酬、そして、大君という「饒舌」な女性の反論が可能になったのだといえようか。注(24)

大君が「隔て」や「宿世」に関して反論しえたことについては、そのように薫側のありようと関連づけて考えてみる余地もあろう。井野葉子氏は、「総角」巻にみえる次のような薫の言葉を踏まえ、「無常の世の中の物語を隔てなく語り合いたい、これこそが薫の願いなのである」とされ、また、「明石の中宮、母女三の宮、その他の女性と語り合えないことが寂しく心細いから、語り合いの相手として大君を求めるのだと言う。ここに薫の恋のあり方がほの見えてくる」と述べられている。注(25)

⑰ただかやうに物隔てて、言残いたるさまならず、さしむかひて、とにかくに定めなき世の物語を隔てなく聞こえて、つつみたまふ御心の隈残らずもてなしたまはむなん、はらからなどのさやうに睦ましきほどなるもなくて、いとさうざうしくなん、…(中略)…后の宮、はた、馴れ馴れしく、さやうに、そこはかとなき思ひのままなるくだくだしさを聞こえふるべきにもあらず。三条宮は、親と思ひきこゆべきにもあらぬ御若々しさなれど、限りあれば、たやすく馴れきこえさせずかし。そのほかの女は、すべていと疎く、つつましく恐ろしくおぼえて、心からよるべなく心細きなり。(総角・二三〇〜一頁)

鈴木宏子氏もまた「薫の求愛に特徴的なのは、大君と「語りあいたい」という願望が幾度となくくり返されることである」注(26)とされているが、そのように薫が「大君と「語りあいたい」という願望」を持っており、「薫の恋のあり方」が「語り合いの相手として大君を求める」ようなものであったことも、大君が薫に対して「饒舌」でありえたことと関わっているのではないだろうか。注(27)

さて、そのような「饒舌」な大君について、廣田氏は前述の通り、「紫式部」が「自らの本音を潜ませて」いると解されていたが、それは『紫式部集』に次のような歌がみえることをも踏まえたものである。

身をおもはずなりとなげくことの、やうやうなのめに、ひたぶるのさまなるをおもひける

かずならぬ心に身をばまかせねど身にしたがふは心なりけり

心だにいかなる身にかかなふらむおもひしれどもおもひしられず

（五四、五五番歌）

「総角」巻において、大君もまた「身」や「心」について次のような思いを抱いている。

⑱……うち嘆きて、いかにもてなすべき身にかは、一ところおはせましかば、ともかくもさるべき人にあつかはれたてまつりて、宿世といふなる方につけて、身を心ともせぬ世なれば、みな例のことにてこそは、人笑へなる咎をも隠すなれ、……

（総角・二四六頁）

「宿世といふなる方につけて」「みな例のことにてこそは、人笑へなる咎をも隠すなれ」とあることには、やはり、「身」が「心」のままにならぬ事態が生じた際に、「宿世」という言葉で「一往の形を付けて、心の平安を得」ようとするような論理に対して、客観的にとらえている大君の冷静なまなざしがうかがえるように思われる。丸山薫代氏が、大君について「「宿世」判断の恣意性に自覚的である」とされ、本文⑱についても、「親が決めた結婚で不幸になった場合は、世間はそれを「宿世」と捉え、軽蔑しないのだ、と考えていることから読み取れるように、「宿世」判断の適用が世間で恣意的になされることに対しての醒めた目を持っている」と述べられている通りであろう。注(28)

そのような「身」や「心」、「宿世」をめぐる作中人物の意識を、作者の問題、特に紫式部個人の問題注(29)と結びつけて考えることには慎重さが求められるところだが、注(30)先のような歌が『紫式部集』にみえることなどはやはり看過しがたいものであろう。本文⑦における薫に対する大君の反論とは、紫式部も抱えていた「身」と「心」をめぐる葛藤を、「宿世」という「目にも見えぬ」ようなものでかたづけてしまおうとする

世の中の論理を相対化するような「抵抗」、「疑義」であったとも考えられようか。

紙幅の都合上、詳しく述べることはかなわないが、「「身」を捨てようとした」[注31]、「自己消却の願望」[注32]を持つ浮舟のありようや、第一節で見たとおり、その浮舟との恋をもなお自身の「宿世」や「契り」に帰結させていく薫の姿を描くことなどを通して、物語は大君の死後も引き続き、「身」や「心」、「宿世」をめぐる葛藤を問題化しているようである。大君が前述のように「饒舌」とも評される一方で、「夢浮橋」巻における浮舟については「「沈黙」する女君として定位されている」[注33]とする見方もあり、「宇治十帖」後半の物語は、上述のような葛藤についてもまた前半とは違った形で描いているものと思しい。

大君を「饒舌」にし、浮舟を「沈黙」にいたらしめたのは、薫でもあり、世の中でもあり、あるいはまた作者でもあり、作者の生きた世の中でもあったのかもしれず、そのように「宇治十帖」というテクストの内外を意識することによってみえてくるものがありそうに思われる。同時代への目配りは勿論、後代における享受に目を向けてみることなどもありえよう。例えば、『山路の露』では、浮舟が「さても世に亡きものとなりにしを、誰も誰もさこそは思ひたまひけめ、せめて憂き身の契りにや、思ひの外にながらへて、あらぬ世の心地してこそ明かし暮らしつれ」（五七）と語ったり、「よしやそも、この世ひとつの報いならじ、人をば何か憂しと思ひきこえん、身のあはあはしく、さすらふべき契りにてこそ、さる乱れもありけめ」（八三〜四）と思ったりなどしており、また、『雲隠六帖』には、「我ながら宿世の程は口惜しからず」（法の師・一二二）と改めて思う薫が、還俗した浮舟と諸共の出家を遂げていくさまなどが描かれている。これらは、「宇治十帖」の物語が薫の恋を通して描いた女性の葛藤、「身」や「心」、「宿世」の問題と、いかに繋がって、あるいは隔たっているのであろうか。

＊便宜上、『源氏物語』本文の引用は『新編日本古典文学全集』（小学館）、『紫式部集』本文の引用は『新編国歌大観』（角川書店）、『山路の露』・『雲隠六帖』本文の引用は『日本古典偽書叢刊』（現代思潮新社）に拠り、一部、表記を改めている。また、適宜、末尾に巻名・頁数、あるいは歌番号を付した。

注

（1）『新潮日本古典集成 源氏物語 八』（新潮社、一九八五年）、一一五頁頭注一〇。

（2）『源氏物語事典』（大和書房、二〇〇二年）の「宿世」項（原岡文子氏）によれば、「前世からの因縁、もしくは前世から定められたこの世における運命をいう」もので、「「契り」「さるべき」などの語もほぼ同義の使用」であるという。宿世の語義や他の語との関係については、佐藤勢紀子氏『宿世の思想』（ぺりかん社、一九九五年）にも詳しい。また、丸山薫代氏「光源氏の物語における「宿世」の語について」（『東京大学国文学論集』一一、二〇一六年三月）に、『源氏物語』の「宿世」に関する主な先行研究がまとめられている。

（3）三枝秀彰氏「罪の人々―柏木・紫上・薫の罪・宿世・宗教について―」（『論集 源氏物語とその前後2』新典社、一九九一年）。

（4）例えば、日向一雅氏「「闇」の中の薫」（『源氏物語の準拠と話型』至文堂、一九九九年。初出は一九七九年三月）、注（3）三枝氏前掲論、井野葉子氏「薫 弱者へ向ける欲望」（『源氏物語 宇治の言の葉』森話社、二〇一一年。初出は二〇〇二年）、呉羽長氏「宇治大君造型の方法」（『源氏物語の創作過程の研究』新典社、二〇一四年。初出は二〇〇八年）、久下裕利氏「竹河・橋姫巻の表現構造」・「客人薫」（『王朝物語文学の研究』武蔵野書院、二〇一二年。初出は一九八四年・二〇〇〇年）等々。その他、井野氏「匂宮三帖と宇治十帖の研究史」（前掲書

『源氏物語 宇治の言の葉』。初出は一九九七年)、鈴木裕子氏「研究史—薫をめぐる研究の状況」(『人物で読む『源氏物語』第十七巻—薫』勉誠出版、二〇〇六年)等を参照。なお、柏木ばかりでなく、光源氏及び母女三の宮と薫との関係などに言及しているものも、これらの中には少なくない。父・母・子をめぐる問題については、安藤徹氏「父—母—子の幻想 聖家族の「心の闇」」(『源氏物語 宇治十帖の企て』おうふう、二〇〇五年)を参照。

(5)『源氏物語④ 新編日本古典文学全集23』(小学館、一九九六年)、二二六頁頭注一〇。

(6)高木和子氏「源氏物語第二部における出家と宿世」(『王朝文学と仏教・神道・陰陽道 平安文学と隣接諸学2』竹林舎、二〇〇七年)。久慈きみ代氏「「世を知りたる女」の「うし」「うき身」「宿世」の関連について—『源氏物語』にみる女君たちの意識の変転—」(「駒澤国文」第四三号、二〇〇六年二月)でも、「柏木が我々のこの恋は「宿世」であるとご理解くださいと何度も掻き口説くが、皮肉なことに、常識的に進む思考の過程を辿ってみせるのは宮ではなく語り手である。女三の宮自身は「うし」も「うき身」の意識も呼び出すことができない状態である」と述べられている。

(7)注(5)前掲書、二二六頁注一三。

(8)注(2)前掲書(『源氏物語事典』)。

(9)『源氏物語の鑑賞と基礎知識28 蜻蛉』(至文堂、二〇〇三年)、二〇九頁「基本用語」欄の「我が宿世」(江戸英雄氏)。

(10)注(3)三枝氏前掲論文。

(11)久慈きみ代氏「他者の視線にさらされる女君たちの宿世—『源氏物語』の宿世—」(「駒澤国文」第四五号、二〇〇八年二月)。

(12)『源氏物語⑤ 新編日本古典文学全集24』(小学館、一九九七年)、九五頁頭注二〇。

(13)廣田收氏「竹河三帖の構造—光源氏物語と宇治十帖との媒介—」(『源氏物語』系譜と構造』笠間書院、二〇〇七年。初出は一九七八年）では、類似するこれらの言葉について、「すべて連鎖している」とされ、特に本文⑪については、「光源氏物語と宇治十帖とを媒介している」と述べられている。廣田氏は、後に「文学史としての『源氏物語』―浮舟の贖罪と救済―」（『文学史としての源氏物語』武蔵野書院、二〇一四年。初出は二〇一一年）においても、これらの言葉を挙げられ、「『源氏物語』には、系図上はつながりのない人物間においても、認識や経験によって思考された軌跡は蓄積され、離れた箇所で継承されることがある」と述べられている。

（14）中川正美氏「宇治大君―対話する女君の創造―」（『源氏物語のことばと人物』青簡舎、二〇一三年。初出は一九九三年）。

（15）久下裕利氏「匂宮三帖と宇治十帖―回帰する〈引用〉・継承する〈引用〉―」（『源氏物語の記憶―時代との交差』武蔵野書院、二〇一七年。初出は二〇一二年）。

（16）注（13）廣田氏前掲論文（「竹河三帖の構造」）における指摘を踏まえつつ、このように述べられている。

（17）拙稿「薫と〈はらから〉―〈母〉の問題との連関をめぐって―」（『源氏物語続編の人間関係　付　物語文学教材試論』新典社、二〇一四年。初出は二〇〇八年）において、主要な先行研究を挙げつつ論じた。参照されたい。

（18）廣田收氏「光源氏物語から宇治十帖へ」（注（13）前掲書『『源氏物語』系譜と構造』）。注（13）前掲論文（「文学史としての『源氏物語』」）でも同様の言及がなされている。

（19）佐藤勢紀子氏「『源氏物語』における宿世と女性―「宿世」の用例を中心に―」（『東アジアの文学・言語・文化と女性』武蔵野書院、二〇一四年）。佐藤氏は、「このような「宿世」の発言についての禁忌は、言うまでもなく「宿世」が漢語であることに由来していると考えられる」とされる。その点は、同氏「『源氏物語』とジェンダー―「宿世」を言わぬ女君―」（『日本語とジェンダー』ひつじ書房、二〇〇六年）に詳しい。

（20）注（5）前掲書、二二六頁頭注一〇。

（21）廣田收氏「橋姫物語から浮舟物語へ」（注（13）前掲書『『源氏物語』系譜と構造』。初出は二〇〇五年）。
（22）注（11）久慈氏前掲論文。
（23）注（13）廣田氏前掲論文（「文学史としての『源氏物語』」）。
（24）「積極的に行動しない」という薫の設定とは、例えば注（4）井野氏前掲論文（「薫 弱者へ向ける欲望」）でも言及されているような、「女本人の許しを待つ姿勢」に通ずるものだろう。なお、薫をめぐる「ゆるし」の問題については、池田和臣氏「夕霧巻の引用論的解析―反復・変奏の方法、あるいは「身にかふ」夕霧―」（『源氏物語　表現構造と水脈』武蔵野書院、二〇〇一年。初出は一九九四年）、久下裕利氏「夕霧巻と宇治十帖―落葉の宮獲得の要因―」（注（15）前掲書。初出は二〇一一年）等において、「夕霧」巻と「宇治十帖」の関係などともあわせて詳しく論じられている。
（25）注（4）井野氏前掲論文（「薫 弱者へ向ける欲望」）。本文⑰の薫の言葉をめぐる問題については、注（17）の拙稿も参照されたい。
（26）鈴木宏子氏「薫の恋のかたち―総角巻「山里のあはれ知らるる」の歌を中心に―」（「国語と国文学」第九十一巻第十一号、二〇一四年一一月）。同論では、本文⑭の場面の後、すなわち「擬似的逢瀬の翌朝」に、薫が「恋歌の体をなさない」「雑歌めいた歌を詠むこと」について、「このあたりに、恋として燃焼しきれない、薫の思慕に特有の「かたち」が端的に表れているのではないか」との指摘などもなされている。また、久下裕利氏「宇治十帖の執筆契機―繰り返される意図―」（注（15）前掲書）では、本文⑭で情交に及ばぬまま大君と朝を迎えた薫が、「何とはなくて、ただかやうに月をも花をも、同じ心にもて遊び、はかなき世のありさまを聞こえあはせてなむ過ぐさまほしき」と語っていることについて、「薫の真意が亡き八の宮に代わって寄り添い語り合う相手を求めるところにあったのだという」鈴木氏の論を踏まえつつ、「薫が大君に望んだこの恋の〈かたち〉は、橋姫巻で語られる宇治の八の宮とその北の方との「をりをりにつけたる花紅葉の色をも香をも、同じ心に見はやしたまひしにこそ慰むことも多かりけれ」（⑤一二〇頁）とする〈かたち〉の継承ということができる」と述べられている。なお、久下氏は注（15）前掲論文でも「同じ心に」という表現に着目し、本文⑭について「末摘花」巻との連関を指摘されている。

（27）「女性の生き方を主題化するために機能する存在」（注（4）鈴木裕子氏「研究史」）として薫を捉える立場は従来もみられ、例えば坂本共展氏「正篇から続篇へ」（『源氏物語の新研究─内なる歴史性を考える』新典社、二〇〇五年）においても、「続篇の主人公は、八宮の三人の女である。彼女達に女性として、人間としての己を自覚せしめ、自らの内なる姿に目を向けさしめたのは、匂宮と薫である」との見方が示されている。

（28）注（2）丸山氏前掲論文。なお、丸山氏は、「「宿世」判断の恣意性への自覚は大君独自の問題として捉えることも可能であるが、源氏物語の登場人物たちに、多かれ少なかれ共有されている感覚ではないだろうか」とも述べられているが、本稿では、女性である大君が薫に反論する形で実際に言葉としても発しているという点を重要視したい。

（29）注（3）三枝氏前掲論文においても「薫と作者の宿世観の違い」ということへの言及がみられる。また、「宿世」や「身」、「心」に対する紫式部の意識の問題については、注（2）佐藤氏前掲書、張龍妹氏『源氏物語の救済』（風間書房、二〇〇〇年）等でも考察がなされている。

（30）加藤昌嘉氏「〝『源氏物語』の作者は紫式部だ〟と言えるか？」（『『源氏物語』前後左右』勉誠出版、二〇一四年。初出は二〇一二年）を参照。

（31）廣田收氏「『紫式部集』「数ならぬ心」考」（『『紫式部集』歌の場と表現』笠間書院、二〇一二年。初出は二〇〇二年）。注（13）廣田氏前掲論文（「文学史としての『源氏物語』」）も参照。

（32）注（2）佐藤氏前掲書。

（33）吉井美弥子氏「夢浮橋巻の沈黙」（『読む源氏物語 読まれる源氏物語』森話社、二〇〇八年。初出は一九九〇年）。

八の宮の遺言と大君の進退

横井　孝

一　はじめに――八の宮の遺言

『源氏物語』椎本の巻、薫は久しく八の宮を訪うていないことを思い出し、七月、初秋の趣が立ちはじめるころ――「都にはまだいりたゝぬ秋のけしきを、音羽の山ちかく、かぜの音もいとひやゝか」という情景のなかを宇治に向かう。

なをたづねきたるに、おかしうめづらしうおぼゆるを、宮は、まいて例よりも待(まち)よろこび聞え給て、このたびは心ぼそげなるものがたりいとおほく申給。「なからむ後、かの君達を、さるべき物のたよりにもとぶらひ、思ひすてぬものにかずまへ給へ」など、おもむけつゝ聞え給……

（明融本9オ＝一五五三～一五五四頁）注(1)

直前、薫は宰相中将から中納言に進んだばかりで、時に二三歳。時勢を背負う若者に、八の宮は辞を低くして、娘たちの後途を依頼する。薫は、きまじめに「一こと（言）にてもうけ給（承り）をきてしかば、さらに思ひ給へをこたるまじくなん」と返答する。

やがて、秋も深まり、さらに心細さをおぼえる八の宮は、山寺に参籠の前に、娘たちに次のようにいう。

世の事として、つゐの別をのがれぬわざなめれど、思ひなぐさむかたありてこそ、かなしさをもさます物なめれ。又ゆづる人もなく、心ぼそげなる御有さまどもをうちすて丶むがいみじき事。されども、さばかりの事にさまたげられて、ながき世（夜）のやみにさへまどはんがやく（益）なさを。かつみたてまつる程だに、思ひすつる世をさりなむうしろの事、しるべき事にはあらねど、我身ひとつにあらず、過ぎ給ひにし御おもてぶせに、かる〴〵しき心どもつかひ給ふな。おぼろけのよすがならで、人のこと（言）にうちなびき、この山里をあくがれ給ふな。たゞ、かう、人にたがひたる契ことなる身とおぼしなして、こ丶に世をつくしてむと思とり給へ。ひたぶるに思ひなしなせば、ことにもあらず過ぬるとし月なりけり。まして女は、さるかたにたえこもりて、いちじるくいとをしげなるよそのもどきをおはざらむなむよかるべき。

（13オ〜ウ＝一五五七〜一五五八頁）

ここには、薫のカの字もない。ひたすら宮の亡き後、娘たちの軽挙妄動をいましめ、「おもてぶせ（面伏せ）」なことがあってはならない、この宇治の地から軽々しく出ようと思うな、他人とは異なる宿命と思い込め、女というものは他から指弾されないようにするのがよい――という、貴族社会に生きる姫君たちにとって峻烈な内容である。外に対しては強要することはできない立場であるから、哀願するほかない。内に対しては外に期待することができない現状を徹底して認識させるほかない。

こうした依頼と訓誡は、やがて八の宮が山寺籠居のはてに没すると、「遺言」へと位相を変える。遺言は、生き残る人を規制しようとする、あるいはそこにある内容あるいは行動を要請するものであるから、当然ながらそこに何らかの「力」を発揮することが期待される。遺言の呪縛性とか言葉の霊力などと表現されるものがそれであり、これまでも研究の対象としての積み重ねがある。注(2) けれども、はたしてそのような心的機制だけが「遺言」の機能なのだろうか。遺言とそれを受けた娘たち――特に全身でそれを受けとめようとした大君の進退とがどのように理解されるべきか、言葉やその呪性にとらわれず、大きく物語文学としての構造のなかから考えて直してみてはどうだろうか。呪縛だの霊力だのといったところで、実際の時間を生きる人間たちや歴史的現実の例を顧みれば、単なる観念論は簡単に粉砕されてしまうだろう。

二　藤原伊周の遺言

寛弘七年(一〇一〇)正月二八日、前大宰権帥正二位藤原伊周が薨じた。齢いまだ三七であった。『栄花物語』巻八「はつはな」には、二人の娘と嫡子道雅を病床の脇にならべて遺言する場面がある。

「おのれなくなりなば、いかなるふるまひどもをかしたまはんずらん。世の中にはべりつるかぎりは、とありともかかりとも、女御、后と見たてまつらぬやうはあるべきにあらずと思ひとりて、かしづきたてまつりつるに、命堪へずなりぬれば、いかがはしたまはんとする。今の世のこととて、いみじき帝の御女(おほむむすめ)や、太政大臣の女といへど、みな宮仕へに出で立ちぬめり。この君達をいかにと思ふ人多からんとすらんな。それはただ異事(ことごと)ならず、おのがための末の世の恥ならんと思ひて。男にまれ、何の宮、かの御方よりとて、こともよう語らひよせては、故殿の何とありしかばかかるぞかしと、心を遣ひしかばなどこそは、世にもいひ思はめ。母とておはする人、はたこの君達のありさまをはかばかしう後見もてなしたまふべきにあらず。などて世にありつるをり、神仏にも、『おのがあるをり、先に立てたまへ』と、祈り請はざりつらんと思ふが悔しきこと。さりとて、尼になしたてまつらんとすれば、人聞きもの狂ほしきものから、あやしの法師の具どもになりたまはんずかし。あはれに悲しきわざかな。まろが死なん後、人笑はれに人の思ふばかりのふるまひ・ありさま掟てたまはば、かならず恨みきこえんとす。ゆめゆめまろがなからん世の面(おもて)伏せ、まろを人にいひ笑はせたまふなよ」など、泣く泣く申したまへば、大姫君、小姫君、涙を流したまふもおろかなり、ただあきれておはす。

（(1)四四八〜四四九頁）注(3)

ここで伊周がいうのは、——

(1)　将来は女御や后にと願っていたのが、もはやかなえられなくなった、

(2)　現今は高貴な家の娘も宮仕えに出されるらしい（ましてや姫君たちも召されるであろう）、

(3)　それは私にとって末代までの恥辱だ、

(4) 娘たちを妻にという男も恩着せがましいことをいうであろう、
(5) 母親（伊周室）も娘たちを世話しきれないだろう、
(6) さりとて尼にしても賤しい法師の慰みものになるだけだ、
(7) 死後、私の面目を潰すことがあってはならぬ

――というものであった。この後「とりわきいみじきものに言ひ思ひしかど、位もかばかりなるを見置きて死ぬること……」（四五〇頁）と道雅への遺言が続く。「世にしたがひ、ものおぼえぬ追従をなし、名簿うちしなどせば……ただ出家して山林（やまはやし）に入りぬべきぞ」といい、一段と厳しい物言いながら、世の流れに身を委せるな、追従するな、という姫君への訓戒とほとんど同一の内容と見てよい。

折しも前年二月、伊周の縁者が道長・彰子・敦成（のち後一条天皇）への厭魅（呪詛）をおこなったことが発覚し、事件の関与者として伊周に朝参を禁ずる処分が下された。一条天皇の退位を間近にした政治がらみの問題ではあり、事の真相はあきらかでなく、注(4) 同年六月に伊周は赦免されたが、皇后定子の遺児・敦康親王の皇位継承に望みを託していた彼の衝撃は大きく、『栄花物語』は、中宮彰子が第三皇子敦良を出産した祝儀につつまれる世情の傍らで病悩に沈んでいた、と語る。右の伊周の言葉は、いまは重く抑圧され沈淪する身だが、それゆえぎりぎり残された矜持の吐露というべきであろう。『大鏡』道隆伝にも同様の記事があるので、事情通にはよく知られた話だったのだと思われる。

父親をうしなった子ども――特に娘にどのような境涯が待っているのか。平安貴族社会の女性の幸福を体現するのは安定した結婚生活であり、それを手に入れるためには「男親の庇護が重要」と強調する工藤重矩の指摘がある。注(5) 父親の危惧はそうした現実を踏まえており、伊周女の姉妹には、

かの帥殿の大姫君にはただ今の大殿（道長）の高松殿の三位中将（頼宗）通ひたまふと、世に聞こえたり。あしからぬことなれど、殿（伊周）のおぼし掟てしには違ひたり。……中の君をば中宮（彰子）よりぞたびたび御消息聞こえたまへど、昔の御遺言の片端より破れんいみじさに、ただ今もおぼしもかけざめれど、目やすきほどの御ふるまひならばさやうにやと、心苦しうぞ見えたまひける。あはれなる世の中は、寝るがうちの夢に劣らぬさまなり。

（1）四五九〜四六〇頁）

という後日談が待っていたことが『栄花物語』巻八末尾に添えられている。大姫君が道長の息子と結婚できたのはよいけれど、それも倫子の子ならばともかく、明子腹の頼宗。「女御、后」にと思っていた伊周の本意に沿うものではなかろう、と語り手が忖度しているのである。ましてや、小姫君の方、「目やすきほどの御ふるまひならばさやうにやと」とは、新編日本古典文学全集には「見苦しくない程度のお扱いであるのなら応じてもよいのではと」、『栄花物語全注釈』には「目安き程の御振舞ならば（侍女扱いというような見苦しいお取扱いをして下さらないならば）さやうにや（お膝元へうかがわせてもよい）と、（北の方が思っておられるのが）[注(6)]」と解釈する。いずれにせよ、「心苦しうぞ見えたまひける」——おいたわしい、という世評なのである。

紫式部の同僚・小少将の君は、幼時に父源時通が出家しており、「遁世は俗世との永訣[注(7)]」という時代の掟からすれば、それは「死」も同然である。小少将は長じてのち源則理との結婚生活も長続きせず、『紫式部日記』に「父君のことよりはじまりて、人の程よりは、幸（さいはひ）のこよなくをくれたまへるなんめりかし」（岩波新大系、二八九頁）と評されている。源時通の極官は正五位下権左少弁で出家（『尊卑分脈』『職事補任』）、則理の父・重光も正三位権大納言（『公卿補任』）で、父祖を含めた家柄としては釣り合いがとれているが、小少将一七、八歳に対して則理「三十歳未満には達していた」と考証されており、[注(8)]紫式部ほどではないにせよ、やや年齢幅のある夫婦であったから、やはり事情のある結婚相手というべきであろう。

『和泉式部日記』末尾、式部の入居した敦道親王邸にいたたまれなくなった北の方の姿が描かれる。その北の方とは藤原済時の二女で、済時が長徳元年（九九五）に病没したのちに親王と結婚したが、『日記』にある次第で親王邸から退転し離婚したあと、『大鏡』師尹伝に「いま一所の女君こそは、いとはなだしく心憂き御有様にておはすめれ」と前置きした後、

父大将（済時）のとらせたまへりける処分の領所、近江にありけるを、人にとられければ、すべきやうなくて、かばかりになりぬれば（落魄して）、もののはづかしさも知られずや思はれけむ、夜、かち（徒歩）より御堂（道長）にまゐりて、うれへ申したまひしはとよ。[注(9)]

とあり、困窮のあげく済時二女が恥も外聞もなく道長に愁訴するエピソードを克明に描いている。済時二女は帰途、門前で不審者として源政成に引き留められた、とまで付記されている。身分ある女性が牛車にも乗らず「徒歩」でいることがない、というのがこの当時の通念だったからである。[注(10)]その落魄ぶりを強調する事実だった。

法住寺の大臣・藤原為光の三女は伊周の妾妻のひとりであったが、為光が正暦三年（九九二）に没したの

ち、いくばくもなくして窮迫し、ついに長徳四年（九九八）、住居の一条殿（のちの一条院）を売却せざるをえなかったという。注(11)『大鏡』為光伝の末尾は「御末ほそくぞ」の一文で閉じている。

これらの実例からいえることは、政治的・社会的・経済的な背景を支える肉親――特に男親（あるいは配偶者）が健在か否かで、娘（あるいは妻室）の将来に多大な影響を与える、ということなのだ。こうした点について、歴史学の立場からは、次のように把握されている。

平安時代には、女性が、親を失ったり、離婚したりして一人身になると、周囲の人々から軽視される実態があった。これは、身分の高低に関係なくみられる傾向で、女性は、一人身もしくは母子家庭になると、再婚を迫って来る男性に悩まされることがあった。経済的な問題としては、女性は、父親から、土地を譲与されても、それらが、簡単に他人によって侵害され、横取りされることが少なくなかった。かつては裕福であった女性が、急速に零落することもみられた。この様な状況を考えると、女性は、男性から離婚されると、不安定な生活環境に陥る危険があったと考えられること。注(12)

これは右にあげたような、諸例から割り出した一般論である。平安時代中期の記録類がかなり限定されているうえ、上記のごとき家庭内の問題、女性の地位をめぐる記事はさらに限定されるため、女性史に関わる歴史学の分野では物語・日記などの文学作品を援用することが少なくない。そうした一般論を『源氏物語』の分析に用いるのは、循環論法のようなことになりかねないが、物語・日記（文学）が実際を誇張する形で現前するとすれば、むしろ一般論こそが物語のなかの人物造型を際立たせている、と逆に見ることがふさわしいのかもしれない。現に、女性史・婚姻史をあつかう立場からは、「『万葉集』や『古事記』をはじめとする古代の文献（注―平安時代の物語）には、その当時の婚姻や家族の在り方を示す素材が少からず見出される」と、虚構の文学作品を素直に受け容れる基盤がすでに形成されているからである。[注(13)]

たしかに、父親喪失あるいは父親非在の娘といえば物語世界の女主人公たちに共通する条件である。父親の早世、信頼できる親族の不在に直結する「遺言」の問題は、すでに先行研究があるが、はたしてそれで十全なのかという問題提起はすでに前記した。ここでようやく、本稿の表題に示した問題に回帰することになる。

三　清原俊蔭の遺言

『うつほ物語』の首巻・俊蔭の巻が、この作品の原初形態に――あるいは、現在のかたちでは、と限定する場合もありえようが――存在しなかったであろうことはすでに定説となっているが、[注(14)]本稿の課題の起点となる『源氏物語』の側から遡上する立場としてみると、さまざまな示唆が籠められているように思える。

長い漂泊の旅を終えた清原俊蔭が、帰朝後ようやく一子を儲け、その娘の生い先を見届けることなく逝去することが描かれている。

かゝるほどに、むすめ十五歳なる年の二月に、にはかに母かくれぬ。それをなげくほどに、父、病づきぬ。父、弱くおぼゆる時に、むすめを呼びていふやう、「我、ありつる世には、我が子に高きまじらひもせさせむとおもひつれども、若くては、知らぬ国にわたり、この国にかへりきても、朝廷(おほやけ)にもかなひつかうまつらで、ほどなければ、貧しくて、我が子のゆくさきのおきてせずなりぬ。天道にまかせたてまつる。我が領ずる庄々、はた多かれど、誰かはいひわく人あらむ。ありとも、誰かいひまつはし知らせん。たゞし、命のゝち、女子のためにけぢかき宝とならんものをたてまつらん」との給て、近く呼びよせて、（(1)二七～二八頁注(15)）

ここまでが俊蔭の「遺言」第一部（前段）である。このあと、第二部（後段）に「けぢかき宝」についての詳細な語りが続く。

よろづのことをいひて、「この屋のいぬゐの隅のかたに、深く一丈掘れる穴あり。それがうへ・した・ほとりには、沈(ぢん)をつみて、この弾く琴のおなじさまなる琴、錦の袋に入れたる一と、褐(かち)の袋に入れたる一、錦のは『なん風』、褐のをば『はしかぜ』といふ。そのこと、我がことおぼさば、ゆめたふ〳〵に、人に見せ給ふな。たゞその琴をば、心にもなきものと思ひなして、ながき世の宝なり。幸ひあらばその幸ひきはめん時、禍ひきはまる身ならばその禍ひかぎりになりて、命きはまり、又、虎・狼・熊、けだものにまじりさすらへて、けだものに身をあたりぬべく、もしは、世のなかにいみじき目見給ひぬべからん時に、この琴をばかきならし給へ。もしは、子あらば、その子十歳のうちに、見給はんに、聡くかしこく魂とゝのほり、容面(ようめい)・心、人にすぐれたらば、それにあづけ給へ」と遺言

しおきて、絶えいり給ひぬ。また、おなじころほひに、乳母もなくなりぬ。（(1)二八～二九頁）

母を失い、ついで、長い長い「遺言」ののち、父俊蔭も「絶え入」る。そのうえさらに、相次いで乳母すら亡くなったという。前節までに述べた「父親喪失」どころか、肉親・係累のすべての「喪失」であり、まさしく歴史学の指摘する、「父親から、土地を譲与されても、それらが、簡単に他人によって侵害され、横取りされる」可能性の高い例に適合してしまう。だからこそ俊蔭は、「我が領ずる庄々、はた多かれど、誰かはいひわく人あらむ。ありとも、誰かいひまつはし知らせん」という訓誡を垂れざるをえないのだ。

遺言第一部の冒頭に「我が子に高きまじらひもせさせむとおもひつれ」というのは、貴族としては当然の願望なのであろうが、藤原伊周のいまわの際の言(1)にあった、「女御、后と見たてまつらぬやうはあるべきにあらず」とも軌を一にする。

その後の俊蔭女の運命は、俊蔭の「遺言」が予告する内容にいちいち対応してゆくことになる。――「虎・狼・熊、けだものにまじりさすらへて、けだものに身をあたりぬべく」は、母・俊蔭女が貧窮のはてに、まだおさないはずの子・仲忠が「うつほ」に住み家を求めるところに、「牝熊・雄熊、あらき心をうしなひて、涙をおとして、親子のかなしさを知りて、ふたりの熊、子どもをひきつれて、この木のうつほをこの子に譲りて、他嶺に移りぬ」（(1)五二～五三頁）などと詳述されている。

「子あらば、その子十歳のうちに……聡くかしこく魂とゝのほり、容面・心、人にすぐれたらば」は、仲忠が三歳のころから聡明さを現じていること、「この子、まして大きに、聡くかしこし。変化のものなれば、たゞおとなのやうになりて……」（(1)五〇頁）と、化生譚そのままに異常な成長と力をくり返し言及する。

これらにまして、俊蔭が娘に託した「琴」が「幸ひきはめん時」に俊蔭女や仲忠によって「かきなら」されることは、もはや、たとえば俊蔭の巻後半、「なん風」の霊験で兼雅と俊蔭女が再会する場面、たとえば吹上の下巻の仲忠と涼の秘琴競演の場面、たとえば楼の上の巻における仲忠から犬宮への秘琴伝授、たとえば……などの場面をいちいち具体的に指摘するまでもなかろう。かつて俊蔭が異郷を放浪しているさなか、天女たちに「このふたつの琴の音せん所には、娑婆世界なりとも、必ずとぶらはむ」(1一六頁)と予言されており、後年、俊蔭女・仲忠の身に実現しているのと対応させて考えるのは、もちろんゆえなきことではない。

現俊蔭の巻が後記挿入されたためであろうか、一方で音楽奇瑞譚を軸としつつ、他方で藤原の君の巻以下の求婚譚を取り込む、という複雑な様相を呈しているものの、「俊蔭漂流譚をもとに、その予言にもとづいて構想を延長してみると……現在の「俊蔭」の中でほとんど完全に実現されてしまい、後に持ち越されるものはいくばくもない」[注(16)]と、一巻内部での自己完結的性格を有することは以前から指摘されている。そのうえさらに重要なことは、

> 首巻「俊蔭」において、仏の予言という形をとり、俊蔭の遺言という姿をかりて、大きく打たれた構想の網が放置されていて、引き絞られ結収されるにいたっていないサスペンスこそ、この創作衝迫の動機をなすものであった。[注(17)]　(傍線、引用者)

ということに結びついてくる。「この創作衝迫の動機」とは、引用した直前にある、俊蔭の巻の延長線上に蔵開・国譲・楼の上という後継の諸巻を書かずにはおかない、構想とそれによる創作発動の心的機制のことであり、「遺言」の射程が遠くそこまで伸びているという指摘なのである。ここでは「予言」も「遺言」も混交して論じられているように見えるが、実はその両者ともに物語の要素としてはほぼ同様の機能を果たしているためであり、必ずしも論述を混迷させているわけではないのだ。

つまり、「予言」が古代物語の典型的な話型であるのとほぼ等しく、「遺言」も物語の進行を規制し拘束し方向づける意味において、ひとつの話型として機能していた、注(18)ということなのである。その意味で、『うつほ物語』の清原俊蔭の遺言は、『源氏物語』の前段階をなすものとして、理解しやすい事例としてみるべきであろう。

四　ふたとおりの遺言

かくして「遺言」が古代物語においてひとつの話型として認識しうるとすれば、『源氏物語』八の宮の遺言もまた、作者の意識あるいは主体性による操作というものの外側に位置する「構造」として見なさなければならない。作者が意識し主体的に操作しうるとすれば、それがおかれる位置と実現への過程ということになろう。

若紫の巻で良清の口を借りて披露される明石の入道の遺言とは、「もしわれにおくれてその心ざしとげず、この思置つるすくせたがはゞ、うみにいりね」（5オ＝一五四頁）というものであり、「宿世たがはば」

という仮定が封じられることによって、この遺言の発動が抑えられていったわけだし、賢木の巻における桐壺院の「何事も御うしろみとおぼせ」「世中たもつべきさうある人なり……おほやけの御うしろみをせさせんと思ひ給へし也。その心たがへさせ給な」（9ウ～10オ＝三四一～三四二頁）という遺言に応え得なかったと思えばこそ、朱雀帝は明石の巻で弘徽殿大后の反対を押し切って、「おほやけの御うしろみをし、世をまつりこつべき人」（31オ＝四六八頁）として源氏を召喚したのである。「遺言」は、「呪縛」という表層を纏いながらも、話型としてその実現は構造化されているのである。

澪標の巻では、六条御息所は見舞いに訪れた源氏に娘・前斎宮を付託する場面がある。

まことに、うちたのむべきおや（親）などにて、みゆづる人だに女おやにはなれぬるは、いとあはれなることにこそ侍めれ。まして、おもほし人めかさんにつけても、あぢきなきかたやうちまじり、人に心をもをかれ給はん。うたてある思やりこと（異）なれど、かけて、さやうのよづいたるすぢにおぼしよるな。うき身をつみ侍にも、女は、思の外にて物思ひをそふる物になむ侍ければ、いかでさるかたをもてはなれてみたてまつらんと思ひ給ふる。（26ウ＝五〇六頁）

御息所は「憂き身をつみ侍るにも」――自らの経験があればこそ、光源氏のすきごころを熟知し、「さやうの世づいたる筋におぼし寄るな」「さる方をもて離れて（前斎宮の将来を）見たてまつらん」と、遺言によって釘を刺しているのである。果たして、御息所の危惧したごとく、のちに梅壺女御となり秋好中宮とも呼ばれる前斎宮に対して、源氏は幾度となく恋情をおぼえはするものの、結局のところ思いを達することはできない。これは「遺言」の霊力によって呪縛された、というだけではない。「遺言」の対応を誤った前例はすでに朱雀院が余すなく示していた。源氏の物語が継続するためには、「予言」と並行して「遺言」の機能も構造化されていなければならない。

ただし、こうした『源氏物語』中の「遺言」の例から、わずかに逸脱するのが八の宮の遺言だった。薫に対する第一の「遺言」と、娘たちへの「さるべきこと」――第二の「遺言」と、二とおりの言葉がのこされた、と言うことなのである。前者は「心ぼそげなる物語」、後者は「心ぼそきさまの御あらましごと」と、それを指す表現自体は似ているものの、内容そのものは逆方向といってよいほど交わらないものである。

薫に対するそれは「心ぼそげなるものがたりいとおほく」とあるけれども、本文に明示された科白は「かの君達を、さるべき物のたよりにもとぶらひ、思ひすてぬものにかずまへ給へ」――娘たちをよろしく、という端的なものだった。六条御息所が前斎宮の処遇を依頼した際のような釘を刺す言辞は、すくなくとも物語本文には見られない。そこで薫は、おとこおんなの関係で付託されたものと解釈し、

さばかり御(心)もてゆるひ給ふことの、さしもいそがれぬよ。もてはなれて、はたあるまじき事とはさすがにおほえず。かやうにてものをも聞えかはし、おりふしの花紅葉につけて、哀をも情をもかよはすに、にくからず物し給あたりなれば、すくせ(宿世)こと(異)にて、ほかざまにもなり給はむは、さすがにくちをしかるべく、りやう(領)じたる心ちしけり。(12オ〜ウ＝一五五六頁)

という態度をとる。明融本（実践女子大学蔵）には「もてゆるひ」に「八宮ノユルシ給ヘハ心用意ト也」という注記を傍書している。「ゆるひ」は「ゆるし」の音便形「ゆるい」であろう。『源氏物語大成』などによれば、大島本（「御心もてゆるひ」）[注(19)]・公条本・幽斎本は同じく「ゆるひ」だが、定家本系の池田本・肖柏本・三条西家本、河内本、別本の陽明文庫本「ゆるい」とし、別本の麦生本・保坂本・阿里莫本「ゆるし」とする。八の宮の「許し」があったと、「領じたる心ち」――もう自分のものという意識があるために急ぐ必要もなく、折にふれての「哀をも情をもかよはす」のを優先したいと薫は考えている、というのである。

一方、娘たちへの八の宮の言葉が峻烈であったことは前記した。平安時代に、独り身になった女性がどのような境涯に陥るか、という厳然たる現実が存した。だからこそ、それを庇護する立場は、いわば生殺与奪権を握るようなものではなかったか。薫の余裕にみちた態度はそれを裏打ちしている。ふたつの遺言は、ネガ・ポジ反転するだけで、本来は一体のもののはずであった。

しかし、遺言を受けた側の応えかたが、ネガ・ポジそのままに、ふたつの方向に分かれてゆく。薫は、八の宮の死後、姉妹に「たゞ山里のやうに、いとしづかなる所の、人もゆきまじらぬ所侍るを、さもおぼしかけば、いかにうれしくも侍らむ」（椎本、34ウ＝一五七六頁）と持ちかけたり、匂宮に働きかけたりして動き始める。中の君と匂宮の仲介も、姉妹の了解を得ぬまま、結果としては暴走してゆくことになる。それもこれも、八の宮からの付託があったという前提の行動のはずであり、平安時代の通念としてかけ離れたおこないではなかった。

しかし、一方の姉妹の側は、匂宮からの消息に対しては、「さやうの御返など、聞えん心ちもし給はず」

（19ウ＝一五六三頁）という態度だが、手篤い弔問をくり返す薫に対しては、「中納言殿の御返ばかりは、かれよりもまめやかなるさまに聞え給へば」（22ウ＝一五六五頁）と、やや打ち解けた様子を見せたりはする。しかし、総角の巻にはいり、大君の座所に薫が押し入ったり実力行使に出ると、態度を硬化させる。いわゆる「結婚拒否」への途である。

五　遺言と大君の進退

二方向への遺言は、八の宮の死後それぞれの立場において、どう機能してゆくか。

総角の巻、薫が女房・弁のおもとを呼び出して、大君が頑なな様子をとりつづけることを訴える場面、薫の長い科白にこのように語られている。

とし比は、たゞ後世ざまの心ばへにてすゝみまいりそめしを、もの心ぼそげにおぼし成（なる）めりし御すゑの比（頃）、御ことどもを心にまかせてもてなしきこゆべくなんの給ひ契りてしを、おぼしをきて奉り給し御ありさまどもにはたがひて、御心ばへどものいとゞあやにくに物つよげなるは、いかにおぼしをきつる方の異なるにやと、うたがはしき事さへなん。をのづから、きゝつたへ給ふやうもあらん。いとあやしき本生（ほんじやう）にて、世中に心をしづむる方なかりつるを、さるべきにてや、かうまでも聞え馴れに件。世人もやう〳〵いひなすやうあべかめるに、おなじくは、昔の御こともたがへきこえず、我も人もよのつねに心とけて、きこえ侍らばやと思ひよるは、つきなかるべき事にても、さやうなるためし

なくやはある。（3ウ～4オ＝一九八九～一八五〇頁）

薫は、姉妹の処遇を「もて許」されたものと理解し、「領じたる心ち」になっていた。それは、この時代の通念から逸脱するものでなかったことは前記のとおり。だから「御ことども」――姫君たちの身上を自分の「心にまかせてもてなしきこゆべく」と思っていた。姉妹も承知していたはずなのに「あやにくに物つよげなる」対応は、全く心外だ。「昔の御こともたがへきこえず」――「遺言」は履行されなければならないものだ、と薫は主張するのである。

そう訴えられた女房たち、特に弁は仲介役として、大君に薫の主張がもっともだとして迫るが、大君の立場は、またそれとは異なる。目の前にいる中の君に対して、つぎのように心情をもらす。

昔の御おもむけに、『世中を、かく心ぼそくてすぐしはつとも、中〳〵人わらへにかろ〳〵しき心つかふな』などの給ひをきしを、おはせしよの御ほだしにて、おこなひの御心をみだりしつみ（罪）だにいみじかりけむを、いまはとて、さばかりの給しひとことをだにたがへじと思ひ侍れば、心ぼそくなどもことにおもはぬを、此人々の、（私を）あやしく心ごはき物ににくむめるこそ、いとわりなけれ。げに、さのみ、やうの物とすぐし給はんも、明暮る月日にそへて、御こと（あなた＝中の君）をのみこそ、あたらしく、心ぐるしく、かなしき物に思ひきこゆるを、きみだに、よのつねにもてなし給ひて、かゝる身のありさまもおもだゝ（面立）しく、なぐさむばかり見奉りなさばや。（16オ～ウ＝一六〇二頁）

周囲からの圧力に抗して、「さばかりの給し一言をだに違へじ」――「遺言」を履行しなければならない、とこちらもそう主張するのである。たしかに八の宮は「御面伏せに、軽々しき心どもつかひ給ふな」(一五五八頁)といっていた。説得しようとする弁も、大君にそう主張されれば、「『故宮のゆいごんたがへじ』とおぼしめす方はことはりなれど」(19ウ＝一六〇六頁)と、いったんは認めざるをえない。つまり、薫も、大君も、それぞれの立場で正当に「遺言」を実行しようとしていたというのである。話型としては当然の推移である。しかし、八の宮の遺言が二方向であったために、それを受けとめた二つの立場がここに交錯した。

大君は、中の君に世に出る道を促し、みずからは「遺言」の履行を前提として「結婚拒否」を貫こうとする。他者には知られず、表面上にあらわれにくいものでありながら、彼女の進退を後押しするものがあった。

藤本勝義は、八の宮の母が大臣家の娘であり、女御の腹であること、八の宮が朱雀院・光らとならぶ有力な親王であったことを指摘する。弘徽殿一派に担ぎあげられたとはいえ、冷泉の廃太子があれば、彼自身が帝位を極める可能性が高かった、だからこそ、それは「当時として大いにありうること」であり、「念入りなリアリティーをもつ筋立て」だったのだ、と説く。これまでの八の宮論で触れられていないわけではなかったものの、軽視されていた論点であった。八の宮が出家入道を遂げず、「俗聖」のままでいるのも、ほだしである娘たちの存在をあげながらも、自身が帝位を極めた(かも知れぬ)可能性への未練のすがたなのだ、と見るわけである。

王権への深い関わりは、八宮の高き家門意識を根深いものとし、その影響をもろに被った大君の気高い心だてによる独身主義を必然化する。八宮の落魄の無念さは、遺言のかたちで、大君の結婚拒否を貫徹させることになる。……

八宮が帝位につく可能性はかなり強かった。少なくとも八宮自身は、そのことを全身的に負って生き続けた。だから、大君は女王ではあるが、内親王となる可能性も強かったことになる。第二部冒頭で、朱雀院は女三の宮の身の振り方について腐心したが、その時にも、皇女独身主義の考えが示されていた（「若菜上」）。皇女は臣下に降嫁できぬという「継嗣令」の規定は遵守されなくはなるが、皇女としての崇高さを保持すべく、生涯独身を貫く内親王はやはり多かった。大君の心だての根底には、まさにこのことがある。いわば、大君に、擬似内親王として、皇女独身主義の精神を貫かせているという言い方も可能なのである。注(20)（傍点、藤本）

大君の、いわゆる「結婚拒否」の根底にあるものがこれだとすれば、彼女における「皇女独身主義の精神」を触発したのが、八の宮の遺言だったというわけである。

「予言」と同様に「遺言」が話型であったとしても、それ自体が物語の細部を決定するわけではない。『源氏物語』のなかでも、桐壺院、明石の入道、六条御息所、紫の上などなどの人びとが遺しおいた言葉の内容はさまざまであり、かつその実現の過程も多様であったが、そのいずれも単線的なつながりで物語の進行を促すものでしかなかった。しかし、八の宮のそれは、死後の娘たちの進退について二方向から規定するものであって、むしろ「気高い心だて」を有する娘たちを二律背反（アンビバレント）に縛ることになるだろう。大君は、みずからの進退を「遺言」によって、「結婚拒否」のかたちに追い込まれてゆくのである。

注

（1）『源氏物語』本文は、実践女子大学山岸文庫蔵伝明融等筆本、いわゆる明融本により、『源氏物語大成』校異篇の頁数で所在を示した。

（2）「遺言」をめぐるおもな論として、長谷川政春「宇治十帖の世界―八宮の遺言の呪縛性」（初出一九七〇年一〇月。『物語史の風景』若草書房、一九九七年七月刊、所収）、坂本昇（共展）「桐壺院の遺言」（『成城文芸』第六九号、一九七四年四月）、同「桐壺院の遺言（弐）」（『成城国文』第二号、一九七六年一二月）、同『源氏物語構想論』（笠間書院、一九八一年三月刊）、藤村潔「六条御息所の遺言」（『講座源氏物語の世界4』有斐閣、一九八〇年一一月刊）、同「八の宮の遺言」（『講座源氏物語の世界8』有斐閣、一九八三年六月刊）、加藤洋介「冷泉―光源氏体制と「後見」―源氏物語論のために」（『名古屋大学国語国文学』第六三巻、一九八八年一二月）、日向一雅「桐壺帝と桐壺更衣」（初出一九九六年三月。『源氏物語の準拠と話型』至文堂、一九九九年三月刊、所収）、同「按察使大納言の遺言―明石一門の物語の始発」（『源氏物語の始発―桐壺巻論集』竹林舎、二〇〇六年一一月刊）、久下裕利「夕霧巻と宇治十帖―落葉宮獲得の要因―」（初出二〇一一年。『源氏物語の記憶―時代との交差』武蔵野書院、二〇一七年五月刊、所収）の特に第三節「柏木／八の宮―遺言論」、山口一樹「『源氏物語』における後見の依託―遺言の物語の型について」（『東京大学国文学論集』第一二号、二〇一七年三月）などをあげておきたい。

（3）『栄花物語』本文は、小学館・新編日本古典文学全集により、巻数・頁数で所在を示した。

（4）黒板伸夫『藤原行成』（人物叢書・吉川弘文館、一九九四年三月刊）一六九頁、倉本一宏『藤原伊周・隆家―

禍福は糾える纏のごとし』（ミネルヴァ書房、二〇一七年二月刊）一六一～一七〇頁、など。
（5）工藤重矩『源氏物語の結婚—平安朝の婚姻制度と恋愛譚』（中公新書・中央公論新社、二〇一二年三月刊）、五七頁。
（6）松村博司『栄花物語全注釈（二）』（角川書店、一九七一年五月刊）、五八三頁。口訳欄には「見苦しくない程度のお取り扱いをされるならば侍女にしてもよいと」とする。
（7）益田勝実「光源氏の退場—「幻」前後」（初出一九八二年一一月、『益田勝実の仕事2』ちくま学芸文庫、筑摩書房、二〇〇六年二月刊）、五一〇頁。
（8）萩谷朴『紫式部日記全注釈・上巻』（角川書店、一九七一年一一月刊）、一六〇～一六一頁。『同・下巻』（角川書店、一九七三年三月刊）、二九頁。あるいは、もう少し年長と考えた方がよいかも知れない。
（9）『大鏡』本文は、新潮日本古典集成により、私に表記を訂した。
（10）京樂真帆子『牛車で行こう！—平安貴族と乗り物文化』（吉川弘文館、二〇一七年七月刊）。
（11）『権記』長徳四年（九九八）一〇月二九日条。
（12）栗原弘『平安時代の離婚の研究—古代から中世へ』（弘文堂、二〇〇九年九月刊）、二一八頁。
（13）江守五夫『物語にみる婚姻と女性—『宇津保物語』その他』（日本エディタースクール出版部、一九九〇年一〇月刊）、iv頁。
（14）原田芳起『宇津保物語（上）』（角川文庫、一九六九年三月刊）「解説」、野口元大「首巻をめぐっての問題」（初出一九五五年一二月。『古代物語の構造』有精堂、一九六九年五月刊、所収）、同「うつほ物語の原初構想とその変容」「「俊蔭」の成立」（ともに『うつほ物語の研究』笠間書院、一九七六年三月刊、所収）、片桐洋一『源氏物語以前』（笠間書院、二〇〇一年一〇月刊）「Ⅳ『うつほ物語』を読む」所収の諸論、稲賀敬二「『宇津保物語』は合作か？」（初出一九六八年一二月。『前期物語の成立と変貌』笠間書院、二〇〇七年七月刊、所収）

等々。

(15)『うつほ物語』本文は、前田本を底本とする『校注古典叢書』(明治書院刊)により、私に表記を訂し、巻数・頁数で同叢書中の所在を示した。

(16)野口元大「「俊蔭」の成立」(前掲注(14)『うつほ物語の研究』所収)、一六〇頁。

(17)野口元大「首巻をめぐっての問題」(前掲注(14)『古代物語の構造』所収)、一二一頁。片桐洋一「『うつほ物語』の成立と改修—俊蔭巻と嵯峨院・菊の宴両巻の問題を糸口に」(前掲注(14)『源氏物語以前』所収)にも、俊蔭の遺言に「『娘が国母になるか山賤(やまがつ)となるか、天に任せる』と言うだけ言って物語が終わるはずもなく、むしろ今までの物語は次世代を語るための前置きであったことを露呈していると見る方が自然」(二五八頁)という。

(18)「話型」の定義について、いまは詳論の余地がない。久下裕利「話型論の試み」(初出一九九三年一一月。『物語の廻廊—『源氏物語』からの挑発』新典社、二〇〇〇年一〇月刊、所収)に譲る。久下は「作品の方法意識と構造化にとって話型がどれ程の変容をとげているかということが重視されるべきであって、物語間の類似構造の指摘が神話化を呼び起こすものではなく、物語文学が非神話化へと飛翔するためになされるべきもの」(一六頁)という。

(19)『新編日本古典文学全集』本は「御心もて、ゆるひたまふ」とし、校訂付記に「ゆるい(穂・柏・吉・前・池・肖・三)—ゆるひ」とする。

(20)藤本勝義『源氏物語の人 ことば 文化』(新典社、一九九九年九月刊)、第三編第一章「霧の世界・八宮・宇治の物語」。この前後の引用は二六〇〜二六二頁による。

中の君と匂宮との結婚
――立坊・「幸ひ人」・腹帯・歌ことば――

井野葉子

一　はじめに

中の君と匂宮との結婚について、あらあら物語を追ってみよう。中の君と匂宮は、椎本巻、初瀬詣での帰りに宇治に中宿りした匂宮の贈歌に中の君が返歌したところから交流が始まり、総角巻、薫の手引きで匂宮が寝室に侵入することによって強引に結婚が成立する。予期せぬこととは言え中の君も匂宮に靡くのであるが、今上帝と明石中宮から禁足を命じられた匂宮は宇治通いがままならない。早蕨巻、姉を失って孤独の身となった中の君は上京し、匂宮の妻として二条院の西の対に引き取られる。宿木巻、匂宮と夕霧の娘六の君との結婚に中の君は苦しみ、中の君を我が物にしておけばよかったと思う薫に接近していく。しかし、中の君の懐妊を示す腹帯に気付いた薫は恋心を自制し、一方、薫の下心に気付いた中の君は匂宮の妻として生きていく決意をし、また、薫の移り香に気付いた匂宮は中の君への執着を深めていくことにより、三角関係は沈静化していく。中の君は無事男子を出産して匂宮の妻としての地位を確立し、薫も帝の婿となって社会的な地位が上がり、中の君に対しては後見に徹するなど、中の君と薫との危うい関係は消滅していく。その間、中の君は浮舟の存在を薫に告げて物語から退場し、その後、東屋巻から浮舟巻、新しいヒロイン浮舟をめぐっての薫と匂宮の三角関係の物語が展開していくこととなる。

このように、中の君と匂宮との結婚の物語はいくつもの巻にわたる長い物語であるが、総角巻までは大君と薫の物語が中心なので、中の君と匂宮の物語は時々点描されるにすぎない。本格的に中の君と匂宮と薫の物語が展開するのは、早蕨巻から宿木巻で、その中でも特に、内容的にも重厚で分量的にも長大な宿木巻が中心となろう。本稿は、中の君と匂宮との結婚について、二〇〇〇年以降のものを中心に研究史を辿ることを目的とするが、やはり、結果として宿木巻を論じているものを多く取り上げることとなった。また、宿木巻の物語は、中の君をめぐって、匂宮の物語である以上に薫の物語であり、中の君と薫の物語についても多くの論文が書かれているのだが、本稿では、匂宮との結婚に的を絞ったため、中の君と薫の物語については割愛した。また、細かい論点をいくつかに絞ったため、それぞれの論文の主旨を紹介できずに部分的な発言のみを取り上げている場合もあることをお許しいただきたい。

なお、二〇〇五年以前の匂宮、中の君関係の論文については、二〇〇六年に出された湯淺幸代「研究史——匂宮」注(1)、井上眞弓「研究史——大君・中の君」注(2)も参照されたい。

二　匂宮の立坊問題

匂宮は立坊するのか。中の君は中宮になるのか。中の君腹の若君は将来皇位を継承するのか。これは中の君物語だけでなく八宮家の物語ひいては『源氏物語』にとって大問題である。冷泉東宮を擁する光源氏との政権争いに敗れて零落した八宮家から帝と国母が出るならば、無念の思いを噛み締めて死んだ八宮の思いも晴れようし、太田敦子[注(3)]が言うように八宮の北の方の家の意志をも継ぐことになろう。かつて冷泉東宮を廃太子に追い込もうとして八宮を担ぎ上げた弘徽殿大后もあの世で拍手喝采することであろう。匂宮の立坊問題は、宇治十帖における政治問題も含めて、ここ二十年ほどの間に活発に論議されている。

中の君が若君を出産した産養の場面から、匂宮とその若君の将来の立坊を読み取る論考は早く一九九〇年代に出ていた。吉井美弥子[注(4)]、小嶋菜温子[注(5)]、星山健[注(6)]の論である。吉井は、『源氏物語』における産養の記事の中で最も詳細に語られる中の君の産養の記事が、中の君腹の男児の将来の立坊の可能性を示唆するものと指摘していた。小嶋は、中の君の社会的地位の低さから来る皇子の血統の劣位が、薫と明石中宮の主催する産養によって覆い隠され、また、今や血統の劣位を払拭した明石中宮によって中の君の劣位も払拭される構図を論じていた。星山は産養の場面以外の箇所も含めて、匂宮の即位、今上帝の婿となった薫を後見人とした中の君の立后、中の君腹の若君の立太子を読者に期待させる形で物語は書かれていると述べていた。

二〇〇〇年代に入ると、中嶋朋恵[注(7)]がさらに詳細な検討を加える。匂宮の御子の産養は、天皇の子、しかも父帝在位中に産まれて皇位継承者となった皇子と同格の扱いがなされていると言う。産養で今上帝から贈られた御佩刀は、天皇から天皇の子に授けられる守り刀であり、匂宮の若君がそれを賜ることは、単に親王の子として認められたということではなく、その父匂宮の即位を示唆すると言う。

このように物語の端々に匂宮の立坊の予兆を読み取るにしても、この問題には解決しなければならない課題があった。匂兵部卿巻では今上帝の一宮が東宮で二宮が東宮候補であると語られているのに、総角、宿木巻では、今上帝と中宮が匂宮を東宮に立てようとしていて、匂宮自身もそのことを自覚し、世の人々もそう思っていることが語られることである。「一宮→二宮→匂宮」と同母兄弟が三人連続して即位するのか、それとも二宮が東宮候補から外されて「一宮→匂宮」と皇位が継承されるのかという問題である。

同母三兄弟が連続して立坊するという立場を取るのは辻和良[注(8)]である。辻は、史実に鑑みると三兄弟を順次立坊させていく第三部の状況は異常であると言い、それを実現させる力を持つ明石中宮は政治的に動いているのではなく、母として息子たちを心配する思いから行動していると言う。

二宮を越えて匂宮が立坊するという見解は、早くも一九八〇年代に藤本勝義[注(9)]が先駆的な論文を発表していた。藤本は言う。蜻蛉巻において式部卿に任官する二宮は、皇太弟の地位を実弟に取られ、その代償として式部卿となった為平親王に准拠している。二宮が式部卿に任官したことは東宮への道を断たれたことであり、それは匂宮が二宮を越えて皇太弟となって将来即位することを暗示すると。

この藤本論は多くの論者に支持されて今日に至るが、課題もあった。為平親王が立坊できなかったのは、為平親王が源高明の婿であり、高明の勢力が拡大することを嫌った藤原氏が阻止したからであった。それに対して『源氏物語』の二宮は夕霧の中の君と結婚、匂宮は夕霧の六の君と結婚しているから、舅は同じ夕霧であって、どちらが立坊しても政治勢力図に変わりはない。これでは二宮の立坊を取りやめる理由がないというわけである。

では、なぜ匂宮が二宮を越えて立坊するのか。縄野邦雄[注(10)]はこの問題をこまやかな読みによって解決する。

縄野はこう言う。匂兵部卿巻の時点では二宮が東宮候補というのが衆目の一致するところであったが、朱雀の血統を重視する今上帝は、総角巻の頃から、夕霧の勢力を抑えるために、夕霧傘下の二宮ではなく、夕霧とやや距離のある匂宮を東宮候補にしようと働きかけ始め、蜻蛉巻において二宮の式部卿任官に踏み切って二宮に立坊の可能性がないことを内外に示した。薫を女二の宮の婿としたのも、中の君の産養に祝儀の品を贈って公的な重みを与えたのも、夕霧への牽制であると。

　そのほか、吉野瑞恵[注11]は、匂宮の立坊を可能にするのは明石中宮の格別の愛情と、天皇家を束ね、光源氏亡き後の一族を束ねる役割を担う明石中宮の政治力であると説く。青島麻子[注12]は、それまで皇位とは無関係の皇子という匂宮の位置づけが、総角巻以降、次期東宮候補として据え直されることは、中の君との関係において重要な意味を持ち、匂宮の宇治への通い難さと権勢家との縁談が大君を死に至らしめると指摘する。久下裕利[注13]は、作者が現実体験として目の当たりにした敦成親王の産養の儀が『源氏物語』と『紫式部日記』の両者に摂取されているという立場から、匂宮の立坊の道筋を着々と築いていく明石中宮の姿に彰子中宮の反映を見る。高橋麻織[注14]は、父帝の退位後に誕生した皇子が即位した例が史実にあることから、もう一人の皇位継承候補者としての冷泉院の皇子に注目する。かつて八宮は弘徽殿大后に担ぎ上げられて皇太子候補となったが、源氏が後見する冷泉東宮側の勝利に終わったので、八宮は政権争いの敗北者として没落した。しかし、もし八宮の娘中の君腹の皇子が皇位を継承することになれば、今度は冷泉院の皇子側の敗北になると言う。櫻井学[注15]は、今上帝が次期東宮を決定しようとするのは、今なお臣下たちに慕われている冷泉院への対抗意識からだと言う。また、堀江マサ子[注16]は、中の君の物語において日付が語られるのは結婚と上京と出産の日であり、それらの日付はやがて国母となる中の君の日付が社会的なものとなることの表われであると言う。堀江は、『源氏物語』において誕生の日付が明記される例は天皇になる冷泉帝と中宮になる明石の姫君であることから、中の君の出産の日付が明記されることは誕生した皇子が将来天皇になることを予測させると論じる。

多くの論者が言うように、明石中宮の力は大きい。匂宮立坊は今上帝の意向であるにしても、明石中宮が、匂宮の外出を諫め、[注17]中の君の二条院引き取りを許可し、夕霧大臣の娘との結婚を決め、第一子の誕生には産養を主催してやるなど、着実に匂宮を立坊へと導いていく。その明石中宮の行動の源は母としての息子への愛情から来るとも、やがて国母となる政治的配慮から来るとも言われているが、両者は混然一体となっている。匂宮が愛しくてたまらないからこそ、彼を帝王の座に付けたいと思うのであろう。母としての行動がすなわち政治的な動きとなり、政治的な動きをすればすなわち家族関係に影響を及ぼす。天皇家、摂関家などの上流貴族にとっては、家族の問題と政治の問題とは切っても切れない表裏一体のものであるのだろう。

以上、匂宮の立坊を積極的に読み取ろうとする論考を多々挙げてきたが、数は少ないものの、立坊を積極的には読み取らないという考え方もある。濱橋顕一[注18]は早く一九九〇年代に藤本論への反論を展開していて、総角巻の記述では「二宮を越えて」とまで解す必要はないこと、また、巻による齟齬、食い違いが宇治十帖の作風だから、匂兵部卿巻と蜻蛉巻とを生真面目に読み合わせて統一的に解釈しなくていいと述べていた。匂宮の立坊そのものへの疑念を投げかけたのは助川幸逸郎[注19]である。立坊が語られるのは明石中宮の言葉と、匂宮自身の言葉と、中の君に近しい語り手の言葉だけである。助川は、客観的に実現困難な匂宮の立坊に対して可能であるかのごとき言説が現われるのは、匂宮びいきの「紫のゆかり」の語り手の語りなしだとする。有馬義貴[注(20)]は、東宮に男子が生まれる可能性もあるのだから、匂宮の即位が実現するともしないとも断言することはできないので、未来のことは措くしかないという立場を取る。

匂宮の立坊を読み取るにしても読み取らないにしても、中の君が匂宮の第一子男児を産んで社会的に地位が安定したことに変わりはない。宿木巻は、匂宮と六の君の婚儀、中の君の産養、薫と女二の宮の婚儀と、盛大な儀式が三つも続く。本稿では中の君の産養を中心に扱ったので、匂宮と六の君の婚儀[注(21)]、薫と女二の宮の婚儀[注(22)]については詳述できなかったが、これらの三つの儀式によって匂宮、中の君、薫の三者の社会的地位が安定する。匂宮は六の君と結婚して舅夕霧という後見を得る。中の君は匂宮の第一子男児の母の座を手に入れる。薫は帝の婿となって栄華に浴する。宿木巻は、匂宮、中の君、薫の社会的地位を固めて、一気に将来が見通せるところまで政治問題を片付けておいてから、浮舟の物語を始動させていく。政治問題は、浮舟が登場するや物語の背景に後退していくにしても、物語の枠組みとして存在し続ける重要な問題である。浮舟巻、浮舟の処遇に悩む薫は帝の婿という立場あってのことであるし、匂宮が浮舟目当てに宇治に密かに通うのは東宮候補としてあるまじき異常な行為ということになってくる。手習巻で、浮舟生存の情報をいち早く入手したのは情報収集力の高い明石中宮のサロンであるし、その情報を薫に伝えたのは明石中宮の判断である。また、もし、将来、中の君が中宮になって政治力や経済力を駆使できるようになれば、尼になった浮舟の身柄を密かに匿うこともできるかもしれない。正篇のように政治問題が物語の表面に出てくることはないにしても、政治問題は物語の背後に確実に横たわっているのである。

三　「幸ひ人」、腹帯、歌ことば、そのほか

かつて一九八〇年代から一九九〇年代にかけての原岡文子の一連の論考[注(23)]が、「幸ひ人」中の君を「幸運や幸福を支える血の滲むような努力を重ねる、幸福で不幸な存在」と捉え、「幸ひ人」中の君の苦悩を語り手や女房が外側から批判する構造を指摘して以来、中の君の「幸ひ」をめぐる問題については活発に議論されてきた。その詳しい研究史については磯部一美[注(24)]がまとめているので参照されたい。二〇〇〇年代になると、工藤重矩[注(25)]が、『源氏物語』だけでなく歴史物語における「幸ひ人」の用例を調査する。工藤によれば、『大鏡』においては栄華を極めた道長が「幸ひ人」と称されている一方、『栄花物語』には男性についての例がなく、『大鏡』よりも『栄花物語』のほうが『源氏物語』に近い使い方をしていると言う。ちなみに『源氏物語』において「幸ひ人」と言われるのは、明石の君、明石の尼君、紫の上、中の君、浮舟であり、栄華を極めた光源氏をはじめとする男君が「幸ひ人」と言われることはない。作品によって「幸ひ」という言葉の使い方にかなり違いがありそうなので、今後も引き続き、詳細な検討が俟たれる。

一方、今井上[注(26)]は、中の君についての「幸福で不幸な存在」という原岡論を高く評価しながらも、不幸を強調しすぎることには慎重でありたいと言う。早々に懐妊という安全弁が施された中の君は紫の上とは全く別の物語を生き、中の君の不幸に読み手が共感することに語り手が歯止めをかけていると言う。

その中の君の幸福を保証する懐妊、そして懐妊を匂宮や薫に知らしめる「しるしの帯」について続けざまに成果があった。宿木巻、薫が中の君への接近を自制したのは中の君の腹帯に気付いたためであり、そ

の時の薫の移り香が中の君に染み込み、それを嗅ぎつけた匂宮が嫉妬心を掻き立てられるという筋書きがある。この腹帯については、『安斎随筆』が腹帯は衣装の上に巻くものという見解を示して以降、現代の注釈書においてもそれが踏襲されることが多かった。しかし、物語や古記録の記述を詳細に検討することによって、腹帯は衣装の下の素肌に直接巻かれることを明らかにした論考が相次いだ。大津直子、[注(27)]井野葉子、[注(28)]櫻井清華[注(29)]の論である。三者の見解はほぼ一致している。素肌に巻かれた腹帯を薫が見たということは、薫の接近が中の君の衣装を解くところまで及んだということである。また、腹帯は定められた儀式のもとで着脱されるものなので、中の君が薫の移り香を消そうとして勝手に新しい物と取り替えるなどということはできない。中の君は単衣までは着替えたが腹帯はそのままであったため、薫の移り香は腹帯から香ったのであると。

ところで、通常、着帯の儀式は夫や後見人たちを巻き込んでの大掛かりな行事であるのに、中の君が夫匂宮にも後見人薫にも秘密裏に腹帯を結んだのはなぜであろうか。横溝博[注(30)]が平安から中世の物語における腹帯の描写を挙げて「秘匿すべき妊娠における着帯」と言うように、他の物語においては「密通の結果の不本意な懐妊、心に反してふくらんでくるお腹に密かに帯を結ぶ」という筋書きが、腹帯という小道具が使われる際の定番なのである。ならば中の君はどうか。懐妊の事実を隠し、正式な着帯の儀をすることなく、おそらく女房がこっそり結んだ――それではまるで密通による不本意な妊娠と着帯であるかの如き様相を呈しているではないか。この懐妊と着帯は結果的には中の君の社会的地位を保障することとなるにしても、この時点の中の君にとっては「匂宮との密通による不本意な妊娠と着帯」なのではないか。確かに匂宮との関係は密通ではない。しかし、八宮家と薫との長年の深い関係を熟知している人々（薫、中の君、古参の女房）にとっては、中の君は本来薫と結婚するべきであったのにアクシデントによって匂宮と結ばれて懐妊してしまったという感が強いのである。中の君を見捨てる可能性のある匂宮の子を宿したことは不本意な妊娠、この先、中の君が匂宮から薫に乗り換えることがあるならば匂宮の子は余計な邪魔者ということになる。中の君の心の中で高まってくるのは、夫への不信感と薫への思慕の情である。心では薫を慕っているのに体は紛れもなく匂宮のものであるという、心を裏切る女の身体の象徴が腹帯だったのではないか。

さて、匂宮と中の君をめぐる歌ことば（和歌・引歌・歌語などの和歌的言語）についても成果があった。椎本巻の、結婚前に交わされた匂宮と中の君の贈答歌二組については、磯部一美[注31]がそれら四首の歌の言葉の連関を論じている。

宿木巻前半、匂宮と六の君との結婚第一夜における中の君の独詠歌「山里のまつのかげにもかくばかり身にしむ秋の風はなかりき」（宿木巻四〇四頁）については、議論が重ねられている。早く一九九〇年代に田中仁[注32]が「松」と「待つ」との掛詞から「山里のまつのかげ」とは「宇治で匂宮を待っていた頃」と限定する説を打ち出したのを受けて、磯部一美[注33]はさらにそれが紅葉狩りの一件のことを指すと特定する。それに対して保坂智[注34]は、中の君の三首の独詠場面（前後の散文部分も含む）に「かげ」という語があることに注目し、「まつのかげ」の「かげ」には八宮庇護下という意味を読み取るべきであり、田中や磯部のように一つの意味に限定することなく、「匂宮を待っていた時期」であると同時に「八宮庇護下の時期」の両方の意味があると説く。

宿木巻後半、匂宮の琵琶を中の君が聴く場面における「しのすすき」をめぐる二人の和歌について分析したのは保坂智[注(35)]である。匂宮の歌「穂に出でぬもの思ふらししのすすき招くたもとの露しげくして」（宿木巻四六五頁）の「しのすすき」が薫と中の君のどちらを表象しているのかという問題について、保坂は、「招くたもと」には女性が招くイメージがあることから中の君を比喩しているとする。また、中の君の歌「あきはつる野辺のけしきもしのすすきほのめく風につけてこそ知れ」（宿木巻四六六頁）の「ほのめく風」については、和歌における「風」の隠喩性を踏まえると「風の便り」（世間の噂）の意味であるとする新日本古典文学大系の解釈を支持している。

『源氏物語』の和歌において「頼む」の語を最も多く使うのが中の君であること（中の君が四例、次いで明石の君と光源氏が三例ずつ）を指摘したのは井野葉子[注(36)]である。井野は、和歌における「頼む」（四段・下二段）の語を鍵語として『源氏物語』全体を読み解く論考の中で、中の君の物語が明石の君の物語に回帰していく様を論じている。明石の君の物語が光源氏の「頼め」（「約束」の意味）を明石の君が「頼み」（「頼り」の意味）とする物語であったように、中の君の物語においても匂宮の「頼め」を中の君が「頼み」とする物語が展開していく。これは、紫の上の軌跡とは対照的な展開なのである。紫の上は、源氏への「頼み」が裏切られ、もはや男に対して「頼み」をかけなくなり、最終的には同性の女性ひいては仏の世界へ「頼み」をかけるようになっていった。紫の上は源氏を「頼み」としていた過去をきっぱり捨てて、二度と夫を「頼み」とすることはなかった。それに対して中の君は、今後も夫を「頼み」とする人生を続けていき、あくまでも「男に対する女」として生きる道を極めていく。中の君は紫の上の繰り返しと言われることが多いが、決して繰り返しではない。むしろ、明石の君の繰り返しと言うことができよう。

匂宮と中の君との間には七組の贈答歌がある。そのうち、匂宮が贈って中の君が答えたものが六組、中の君が贈って匂宮が答えたものが一組である。加えて、中の君の返歌の内容が物語に語られることはないが、結婚初夜が明けた匂宮の後朝の文の贈歌がある。匂宮と中の君の和歌の分析はまだまだなされていないところが多い。今後の課題である。

そのほか、匂宮と中の君の関係をめぐって様々な角度からの論考が出た。以下、紹介しよう。

中の君の思惟と身体の問題を抉り出したのが石阪晶子の一連の論考である[注(37)]。石阪は、中の君が苦悩するのは懐妊中の期間に限られていることから、妊娠による不安定な体調こそが悲観的思惟を形成させていくのだと言う。夫の新しい結婚について悩んでいると中の君自身は思っているのだが、それは錯誤であり、彼女の苦悩は体調の悪さに起因すると言うのだ。思惟が身体を規定した大君とは対照的に、身体が思惟を規定していく中の君の有り様を論じる。

中村一夫[注(38)]は大島本と保坂本における敬語表現を比較して、中の君の境遇の変遷に伴って待遇表現が変わる保坂本の有り様を提示している。保坂本は、匂宮の邸に引き取られることの決定以前は中の君に対して低い待遇表現であるのに、決定以降は女君にふさわしい高い待遇表現をすること、また、保坂本では、二条院に住む中の君が匂宮や薫に対して心遣いをする「きこゆ」の語が多く使われることを論じる。

やはり、中の君物語は、落ちぶれた宮家の娘の立身出世の物語ということで、保坂本においては待遇表現が次第に手厚くなっていくのであろう。しかし、それは本人の努力なくしてはあり得なかったわけで、保坂本の「きこゆ」の頻出は、中の君が匂宮や薫に気遣いすることによって複雑な人間関係を切り抜けようとしていることを表わしているのであろう。

水田ひろみ[注(39)]は、史実と付き合わせて、光源氏と匂宮の二条院の使用方法について論じている。匂宮については、明石中宮の許可によって中の君の二条院居住が実現することから、二条院は源氏の死後、明石中宮に伝領されていたのであって匂宮の自由になる邸宅ではなかったこと（所有者と居住者が異なることはよくあることである）、匂宮は親王という立場から二条院の寝殿に自室を持っていたことを指摘する。

二条院を所有する明石中宮の許可がなければ、中の君の二条院入りは有り得なかったのである。明石中宮の力はかくも大きい。

四　おわりに

以上、匂宮の立坊問題、「幸ひ人」、腹帯、歌ことば、そのほかの論考を紹介しながら、中の君と匂宮との結婚に関する研究史を辿ってきた。立坊する可能性を秘めた匂宮の子を宿し、秘かに腹帯を締めながら苦悩する時を経て、出産とともに地位が安定した「幸ひ人」中の君の物語は、たとえ紆余曲折があろうとも、基本的には、零落した宮家の娘が幸運に恵まれて立身出世する物語であり、その意味において物語からの退場を余儀なくされる。栄華を手にする物語はもう要らない。栄華とは無縁の底辺からやって来て、玉の輿結婚によって栄華をつかむかと思いきや、つかみ損ねて転落していく、浮舟の物語が始動する。

※　『源氏物語』の本文は新編日本古典文学全集に拠り、（　）内に巻名、頁数を示す。ただし、私に表記を改めたところがある。

注

(1) 湯淺幸代「研究史—匂宮」(室伏信助監修・上原作和編集『人物で読む『源氏物語』第十八巻—匂宮・八宮』勉誠出版、二〇〇六年)。
(2) 井上眞弓「研究史—大君・中の君」(室伏信助監修・上原作和編集『人物で読む『源氏物語』第十九巻—大君・中の君』勉誠出版、二〇〇六年)。
(3) 太田敦子「形見の宇治の中の君—母の遺言をめぐって—」(初出二〇〇七年。『源氏物語　姫君の世界』新典社、二〇一三年)。
(4) 吉井美弥子「中の君の物語」(初出一九九二年。『読む源氏物語　読まれる源氏物語』森話社、二〇〇八年)。
(5) 小嶋菜温子「語られる産養(2)—宇治中君の皇子と、明石中宮主催の儀」(初出一九九六年。『源氏物語の性と生誕—王朝文化史論』立教大学出版会、二〇〇四年)。
(6) 星山健「宇治十帖における政治性—中君腹御子立太子の可能性と、薫・匂宮に対する中君の役割—」(初出一九九九年。『王朝物語史論—引用の『源氏物語』—』笠間書院、二〇〇八年)。
(7) 中嶋朋恵「宿木巻の二つの結婚と産養—源氏物語創造—」(森一郎・岩佐美代子・坂本共展編『源氏物語の展望第四輯』三弥井書店、二〇〇八年)。
(8) 辻和良「明石中宮と「皇太弟」問題—〈源氏幻想〉の到達点」(初出二〇〇六年。『源氏物語の王権—光源氏と〈源氏幻想〉—』新典社、二〇一一年)。
(9) 藤本勝義「式部卿宮—「少女」巻の構造—」(初出一九八二年。『源氏物語の想像力—史実と虚構—』笠間書院、一九九四年)。
(10) 縄野邦雄「東宮候補としての匂宮」(室伏信助監修・上原作和編集『人物で読む『源氏物語』第十八巻—匂宮・八宮』勉誠出版、二〇〇六年)。

(11)吉野瑞恵「物語の変質を証す二つの儀式—『源氏物語』宿木巻の産養と藤花の宴—」(初出二〇〇七年。『王朝文学の生成　『源氏物語』の発想・「日記文学」の形態』笠間書院、二〇一一年)

(12)青島麻子「宿木巻の婚姻と「ただ人」—身分の捉え直しをめぐって—」(初出二〇〇八年。『源氏物語　虚構の婚姻』武蔵野書院、二〇一五年)。

(13)久下裕利「宇治十帖の表現位相—作者の時代との交差—」(初出二〇一〇年。『源氏物語の記憶—時代との交差』武蔵野書院、二〇一七年)。

(14)高橋麻織「匂宮の皇位継承の可能性—夕霧大臣家と明石中宮—」(初出二〇一一年。『源氏物語の政治学—史実・准拠・歴史物語—』笠間書院、二〇一六年)。

(15)櫻井学「『源氏物語』今上帝の時代」(古代文学研究会編集『古代文学研究　第二次』第二十号特別号、二〇一一年十月)。

(16)堀江マサ子「「宇治十帖」中君の時間—宇治から都の論理へ—」(『フェリス女学院大学　日文大学院紀要』第十七号、二〇一〇年三月)。

(17)三村友希「明石の中宮の言葉と身体—〈いさめ〉から〈病〉へ—」(初出二〇〇二年。『姫君たちの源氏物語—二人の紫の上—』翰林書房、二〇〇八年)。

(18)濱橋顕一「匂宮の設定をめぐる諸問題　その二—宇治十帖作品論への試み—」(初出一九九四年。『源氏物語論考』笠間書院、一九九七年)。

(19)助川幸逸郎「匂宮の社会的地位と語りの戦略—〈朱雀王統〉と薫・その1—」(物語研究会編『物語研究』第四号、二〇〇四年三月)。

(20)有馬義貴「「宿木」における二つの結婚—薫と匂宮の社会的身分と相互意識—」(初出二〇一二年。『源氏物語続編の人間関係　付　物語文学教材試論』新典社、二〇一四年)。

(21) 匂宮と六の君の結婚については、注(7)に挙げた中嶋論、注(20)に挙げた有馬論などを参照されたい。
(22) 薫と女二の宮の結婚については、藤本勝義「女二の宮を娶る薫―「宿木」巻の連続する儀式」(初出二〇〇五年。『源氏物語の表現と史実』笠間書院、二〇一二年)、注(11)に挙げた吉野論、注(7)に挙げた中嶋論、注(20)に挙げた有馬論、青島麻子「女二の宮「降嫁」―今上帝の「婿取り」をめぐって―」(『源氏物語 虚構の婚姻』武蔵野書院、二〇一五年)などを参照されたい。
(23) 原岡文子「中の君」(秋山虔編『別冊國文學13 源氏物語必携Ⅱ』學燈社、一九八二年二月)、同「幸い人中の君」(初出一九八三・一九九二年。『源氏物語の人物と表現 その両義的展開』翰林書房、二〇〇三年)。
(24) 磯部一美「「幸ひ人」の系譜 宇治中の君の可能性」(関根賢司編『源氏物語 宇治十帖の企て』おうふう、二〇〇五年)。
(25) 工藤重矩「源氏物語の「幸ひ」「幸ひ人」をめぐって―幸運を世間にうらやまれた女性たち―」(初出二〇〇一年。『源氏物語の婚姻と和歌解釈』風間書房、二〇〇九年)。
(26) 今井上「宿木巻論―時間・語り・主題―」(初出二〇〇一年。『源氏物語 表現の理路』笠間書院、二〇〇八年)。
(27) 大津直子「中の君を象る〈しるしの帯〉」(初出二〇〇五年。『源氏物語の淵源』おうふう、二〇一三年)。
(28) 井野葉子「中の君 秘密裏に結ばれた腹帯」(小嶋菜温子・長谷川範彰編『源氏物語と儀礼』武蔵野書院、二〇一二年)。
(29) 櫻井清華「『源氏物語』宿木巻の中君―「腰のしるし」一考察」(古代中世文学論考刊行会編『古代中世文学論考 第二十七集』新典社、二〇一二年)。
(30) 横溝博「『木幡の時雨』の構想について―改作『海人の刈藻』との接点をめぐる試論―」(古代中世文学論考刊行会編『古代中世文学論考 第十三集』新典社、二〇〇五年)、同「中世王朝物語の通過儀礼」(小嶋菜温子編『王朝文学と通過儀礼 平安文学と隣接諸学3』竹林舎、二〇〇七年)。

（31）磯部一美「『源氏物語』停滞する中の君物語―椎本巻「かざし」詠を中心に―」（『愛知淑徳大学国語国文』第二十四号、二〇〇一年三月）。
（32）田中仁「椎の葉の音―『源氏物語』宿木巻―」（『國語國文』第五十九巻第十号―六七四号、一九九〇年十月）。
（33）磯部一美「『源氏物語』宇治中の君の孤高性―独詠歌「山里の松のかげにも」の解釈をめぐって―」（『愛知淑徳大学国語国文』第二十三号、二〇〇〇年三月）。
（34）保坂智「『源氏物語』宇治の中君独詠歌考―「かげ」に注目して―」（古代中世文学論考刊行会編『古代中世文学論考　第十四集』新典社、二〇〇五年）。
（35）保坂智「『源氏物語』宿木巻の「しのすすき」をめぐって―和歌と散文の交響―」（北海道大学国語国文学会編『国語国文研究』第一二二号、二〇〇二年十一月）。
（36）井野葉子「〈頼み／頼めて〉宇治十帖」（原岡文子・河添房江編『源氏物語　煌めくことばの世界』翰林書房、二〇一四年）。
（37）石阪晶子「「思ふ」女の未来学―中の君物語における思惟―」、同「誕生への問い―中の君物語における「なやみ」と思惟―」（『源氏物語における思惟と身体』翰林書房、二〇〇四年）。
（38）中村一夫「保坂本源氏物語の人物造形の方法―中君への待遇表現を中心にして―」（初出二〇〇一年。『源氏物語の本文と表現』おうふう、二〇〇四年）。
（39）水田ひろみ「『源氏物語』の邸宅使用方法について―光源氏と匂宮の事例を中心に―」（『中古文学』第八十五号、二〇一〇年六月）。

浮舟設定と入水前後

久下裕利

一　はじめに

浮舟が登場するのは宿木巻末尾で、その後東屋巻から始まる宇治十帖後半の五帖が浮舟物語となって、浮舟の主人公化なくして宇治十帖の存立意義はないに等しいと構成上からは言えなくもないのだが、はたして宇治を舞台とする物語の初期構想に浮舟は組み込まれていたものかどうか。

大君没後にその面影を宿す唯一の女人として妹の中の君に寄せる薫の妄執を回避するために中の君の口の端にのぼり物語内の必然的要請として呼び込まれての設定は、物語展開上間断するところはない。しかし、罪を負って流される人形（ひとがた）・形代（かたしろ）としての浮舟の登場は、これまた禊祓としての入水を宿命づけられた神話的古伝承世界に組み込まれていたはずであった。

しかも、彷徨（さすらひ）の果てに絡み取られた男女間の伝承話型は、生田川・猿沢の池入水伝承（大和物語）をも想起させ、[注(1)]さらに『竹取物語』『伊勢物語』[注(2)]引用を定着させる一方、『源氏物語』内での先行イメージとなる〈白〉と〈はかなさ〉の一体化は明らかに夕顔と重なって継承され、[注(3)]不吉な〈死〉の結末は確かさをもって幾重にも形象され続けているといえよう。

それはまた言い換えれば、物語性への回帰を極度に集結させた上での神話的伝承話型からの反転の繰返しが、女人の愛執の罪とそこからの救済を模索する方法を、仮死をもってする浮舟物語の主題性ゆえの最後の葛藤の証しであったのかもしれないのである。

二　浮舟中途構想説

亡き八の宮の高貴な血を受けながら、見捨てられていた娘浮舟の登場が、たとえ薫の大君執着から物語に呼び入れられたにしても、故宮の遺戒の呪縛から[注(4)]遠ざけられていた存在の有意性は、ある面では出生の秘密を抱えた薫の〈父親探し〉のモチーフを継承していた[注(5)]というような別の設定意図をもって投入されたということもできようが、宿木巻では幾つかの矛盾を孕むことにもなっていた。

森岡常夫は、浮舟の誕生時には既に八の宮が俗聖として行い澄ましていたこと及び慈愛の父として描かれるにしては浮舟母娘に対して追放など冷酷な仕打ちをしていることなどの矛盾を挙げ、橋姫巻時点での浮舟構想を否定した。[注(6)]一方、藤村潔は、早蕨巻において宇治から京の二条院に移る中の君に同行する古女房大輔の君を新たに設定し、宇治に残る弁に代わって中の君に近侍することになるが、本来中の君入水構想に関わる女房の役目があったと想定し、その残滓として早蕨巻の「あり経ればうれしき瀬にもあひける

身をうぢ川に投げてましかば」（⑤三六二頁。傍点筆者）を挙げる。[注(7)]

さらに加えて藤村氏は、大君没後の薫の新三条宮造営に着目し、匂宮が中の君を姉女一の宮の侍女として二条院へ迎えようとする意志と、「新三条宮へ中君を迎えようとする薫の意志との衝突」が、中の君の運命にあったとする。[注(8)] それを中の君が入水へと発展する契機にしたと考えたのであろう。言うまでもなく、浮舟を入水決意へと追い込んだのも薫と匂宮とが同時期に浮舟を京に迎える計画が重なったからで、中の君の運命を言わば浮舟が肩代わりしている如くで、こうした構想論の視界からは、中の君物語が大君物語を浮舟物語へと橋渡しする機能のみに落着しかねないのも止むを得ないかもしれない。

ところで、森岡氏の八の宮造型の矛盾と藤村氏の中の君入水構想の両者は、岡一男の橋姫巻執筆時には既に浮舟の構想はあったがあえて浮舟の存在を隠しておいたとするような考えに対する反証を具体的に指摘しているともいえる。[注(9)] それゆえ藤村説に反論する後藤幸良は、その浮舟構想には深く立ち入らずに厳しい現実を受け止める中の君の自立した造型[注(10)]と大君の結婚拒否の正しさを証す役割を論じ、なお中の君入水構想の挫折や延期ではなく、二人の男と関わる女の物語が中の君物語・浮舟物語と一連のものとして構想されたと述べる。[注(11)] しかし、後藤氏も宿木巻の中の君物語に深く関わることになる匂兵部卿巻以来の匂宮と夕霧の六の君との結婚構想に言及せざるを得なかったようだ。

周知のように宿木巻は「その頃」と書き出され、新たに今上帝女二の宮を設定し、薫への降嫁を企てる。これが中の君物語の行き詰まりを打開するために浮舟投入とともに女二の宮設定が思案されたものかどうか、議論のあるところだろう。[注(12)] ただ薫への女二の宮降嫁決定にともなって匂兵部卿巻以来の懸案であった夕霧の六の君の結婚相手が薫ではなく匂宮に落着する結果を導いたことである。時の権勢家左大臣夕霧が既に大君を東宮に中の君を二の宮に娶らせ、摂関家としての盤石な構築を目論む一方、宿木巻で六の君との縁談が成立する背景には、匂宮を次期東宮候補としたい母明石中宮の思惑とも合致したからであろうが、匂宮と六の君との結婚は続篇構想の要であったらしいのである。

小穴説に賛する吉岡曠は、当然橋姫巻執筆時には浮舟の登場を含まず、しかし中の君入水構想に加担しつつ構想の変更が五次に亙っていることを言うが、いずれも女主人公に関わることで男主人公の薫・匂宮の方は、一貫して変わらないとする。注(13)そもそも匂宮三帖の複雑な成立事情とも絡んで論じなければならないことは多いが、注(14)宇治十帖の前半は正篇成立時に既にあった初期構想と橋姫巻から展開されることになる新しい宇治の物語との合体構想で成り立っているため年紀上にも混乱がみえ、吉岡氏が言うように匂兵部卿巻と橋姫巻との間に何らかの構想上の変更があり、その収束がようやく宿木巻におとずれたのだといえよう。

ここで再びもうひとつの藤村論に注目すると、問われているのが光源氏・紫の上物語であるはずの正篇終結にむけての夕霧巻の存在性で、それは夕霧巻における「まめ人」夕霧の落葉の宮獲得への執心でその柏木・横笛両巻との違和感及び光源氏・紫の上物語の流れを中断するかのような突出性なのである。藤村氏は夕霧巻を「作者の感興のおもむくままに執筆された物語」とか、夕霧巻は「御法、幻の二巻が執筆されたあとで後記挿入された疑いがある」との言及には従えないものの、次のような見解には首肯できるのである。注(15)

作者は、夕霧巻で、ひとり静かに生きることを許されない女の身の悲しさを、女二宮（落葉の宮―筆者注）をつかって描いたが、宇治十帖では、大君や中君や浮舟を用いて、より複雑な人間関係のからみ合いの中で、徹底的に女の身の生きがたさを物語ろうとした。それは、結婚の愛の信じがたさをめ

ぐって展開する、かって見ない緊密な物語の世界の創造となった。（三〇九頁）

「徹底的に女の身の生きがたさを物語ろうとした」という宇治十帖の主題性の把握は、衆目の一致する見解だろうが、物語の構想にしろ人物造型にしろ場面構成であっても、大方はその主題性に奉仕する表出が形成されているはずで、結婚というのであれば、宇治十帖では匂宮との結婚で嘆き苦しむ中の君物語をどう把捉するかが、主題を単に結果論としてみるのでなければ、問題となるはずのことを提起しているまでで、中の君物語と連結する浮舟物語が、藤村前掲論考「宿木巻の巻頭」に於いて、中の君の悲劇的な入水構想が浮舟の新規投入で肩代わりされたという構想変更を言いながら、当該論考では夕霧巻の役割を宇治十帖の予告であるとして、それとの類似、対応そして深化の関係を浮舟入水（未遂）後の手習巻に描かれる比叡の西坂本にある小野の山里の情景との共通性を具体的に指摘しているのだが[注(16)]、夕霧巻との類似は夕霧・落葉の宮と薫・大君との関係性に於いて濃密な対応を繰り返し描いていて[注(17)]、藤村論が何故手習巻を重視したのかは、「宇治十帖の終わりに小野が現われることは、幻巻の場合と同様、夢浮橋巻が物語の大尾として執筆されたことを物語っているように思われる。」というごとき結論を導くためであるならば、続篇第三部はその構成までも正篇と対置すべき形態で始発されていることを言う論説にむかうべきで、浮舟物語が早蕨巻あたりでの構想とか、あるいは中の君入水構想の有無は検討すべき課題であったとしても、それを乗り越えた上での結論であるべきであった。

そこで、あと先になったが、宿木巻の位相を考えてみると、薫と今上帝女二の宮との結婚は本文に「朱雀院の姫宮を六条院に譲りきこえたまひしをりの定めども」（⑤三七六頁）とあって、明らかに若菜上巻の女三の宮降嫁を先例として対照していて、これは臣下への降嫁という事例が対応してあるというに過ぎないのではなく、若菜上・下巻が正篇第二部の始発であったように宿木巻は正篇時にあった宇治十帖の初期構想の収束ばかりではなく、続篇の新しい物語の主題性を胚胎する巻として成り立ってくるというのも構造上自然な展開で、今上帝女二の宮の投入があたかも状況を打開するための斬新な設定であるかのような錯覚は、正篇の朱雀院女三の宮の先例によって打ち消されるのである。

匂宮の正妻となる夕霧の六の君との結婚が予定通り実現されるに至って、[注(18)]二条院に迎えられた中の君とその後見役を自認する薫の命運が注意深く交互に語られていくにしても、[注(19)]この両者の関係も橋姫巻以降の宇治十帖初期構想圏内のことで、中の君をかつて二条院に連れられてきた紫の上の後継者として「幸ひ人」[注(20)]に位置づけるため、匂宮の第一子懐妊から王子誕生に加え、明石中宮が主催する七日目の産養をもっ[注(21)]て、中の君の公的立場を充実させていく。また薫に於いても、今上帝女二の宮との婚儀の披露として藤壺での藤花の宴の開催で、実父柏木の無念を晴らすかのように横笛の音を吹き放つ行為や帝への「すべらきのかざし折ると藤の花およばぬ枝に袖かけてけり」（傍点筆者）との詠進もさることながら、婚儀直前に薫が権大納言兼右大将に昇進したことは帝の婿としての格式をととのえたことと、中の君の後見役としての重々しさを加え五日目の産養にのぞめたこともこの栄進の意味とも考え得るが、「権大納言」は柏木が死の直前に昇進した官職であり、それが父子を結ぶ奇き因縁の糸（伊藤）[注(22)]であるならば、兼任の「右大将」は養父光源氏や夕霧も経た[注(23)]輝かしい重職であり、ポスト夕霧を目指す[注(24)]次代の権勢家の相貌を呈す官名だといえよう。

つまり、宿木巻では過往の記憶を蘇らす数々の表現を通して薫の血の問題が突きつけられているはずなのに、自らは出生の秘密に再びおののき苦悩することはなく、出家志向は豹変し俗物的な栄華に浸る存在

に堕ちてしまっているのである。[注25]

このように物語は以後血の系譜の問題よりは生き方の系譜に焦点化し、[注26]最後のヒロイン浮舟を物語世界に呼び入れることになる。しかも宿木巻に於いて匂兵部卿巻以来のライバル意識を据え直された薫と匂宮との間で[注27]浮舟をめぐる激しい争奪が繰り広げられることになる。

三　浮舟失踪時の真相

浮舟の生存が明らかになるのは、手習巻である。それにともなって浮舟救出事情や入水行の顚末が徐々に語られていくことになる。

浮舟の発見場所は、「故朱雀院の御領」(⑥二八〇頁)である宇治院裏の木の根元であった。

まづ、僧都渡りたまふ。いといたく荒れて、恐ろしげなる所かなと見たまひて、「大徳たち、経読め」などのたまふ。この初瀬に添ひたりし阿闍梨と、同じやうなる、何ごとのあるにか、つきづきしきほどの下﨟法師に灯点させて、人も寄らぬ背後の方に行きたり。森かと見ゆる木の下を、疎ましげのわたりやと見入れたるに、(イ)白き物のひろごりたるぞ見ゆる。「かれは何ぞ」と、立ちとまりて、灯を明くなして見れば、もののゐたる姿なり。(略)この灯点したる大徳、憚りもなく、奥なきさまにて近く寄りてそのさまを見れば、(ロ)髪は長く艶々として、大きなる木の根のいと荒々しきに寄りゐて、いみじう泣く。

(⑥二八一～二頁。傍線筆者)

横川僧都の母尼一行が初瀬詣の帰途、母尼の発病で急きょ宇治院に宿泊することになった縁で浮舟は発見され、文末「いみじう泣く」様子は、あたかも「継母などやうの人のたばかりて置かせたるにや」（⑥二九一頁）の放置状況に似る体であったらしいことが想像される。

さらに救助直後の浮舟は「息もしはべらず」と仮死状態でもあったようで、その衣装も傍線箇所の「白き物のひろごりたる」は発見時、白い袿で身を覆った状態であったかと思われるが、のちに介護することになる妹尼の視点によって「白き綾の衣一襲、紅の袴ぞ着たる」と具体的な身なりが明らかにされ、その上「香はいみじうかうばしくて、あてなるけはひ限りなし」（⑥二八六頁）とあって、それがいまだ介抱の手が入っていない状態での浮舟の容姿であった。

そこで問題としたいのは妹尼の視点と一体となって置き去りにされていた女がその衣や香によって身分ある姫君との認識に到るためではなく、発見直後の浮舟の姿は、これがいっけんして宇治川に入水した身として描かれているのかどうか疑ってみるべきであって、傍線箇所(ロ)では髪は「長く艶々として」いて、なお香は「いみじうかうばしく」あった。これが本当にいったん水に浸った姿なのかどうか、甚だ疑わしい訳だが、この状況をどう理会したらよいのであろうか。

小嶋菜温子は言う、「手習巻に、浮舟は再登場する。宇治川に入水した彼女は、横川の僧都に助けられ、僧都の妹尼らとともに小野の里に棲う。」（傍点筆者）、また「宇治川に身を投げて、河原に打ち上げられた浮舟は、発見した僧侶たちから「変化」との言葉を与えられる。」とも言う。注(28) 浮舟が宇治川に入水したことを既定の事実として何の疑いもなく小嶋論は始められ、かぐや姫引用を基軸に据えて〈女の罪〉の問題を論じていく中で、「光源氏の罪と流離」（小嶋前者論考）をも視野に入れていることからすれば、須磨巻での住吉神による暴風雨の神意とどう関連づけるのか。言い換えれば、光源氏や浮舟の〈死と復活〉のメカニズムに禊祓がどう関わるのか。注(29) もし浮舟が本当に宇治川に身を投じ、川底に沈むことなく流され、そして河原に打ち上げられ、宇治院の裏手にまで至っているとしたら、それを人形・形代である宿命（入水の予示）とどう対峙させて考えていくのか、もはや禊祓が済んだとの認識なのであろうか。やはり主題論としても容易に入水の事実を確定するわけにはいかないはずなのではなかろうか。

浮舟の入水事件前後にも天候上の雨が注意されている。浮舟発見時の僧が「雨いたく降りぬべし」とこのまま外に放置しておくことを心配していたし、これは蜻蛉巻において母中将の君の手紙に「今日は雨降りはべりぬべければ」とあったのに符合するから、「今は浮舟失踪の翌日」（新編全集頭注二八四頁）であったのかどうか、翌日は確かに激しい雨降りであった。

しかし、浮舟のつやつやとした髪や芳しい香が焚き染められている着衣は、入水後の姿でもなければ、一晩中雨にひどく濡れた後の姿でもなかったはずだ。つまり、浮舟の発見は雨の降る直前、失踪した夜となるはずなのである。注(30) 浮舟がもし濡れた状態で発見されれば、それが宇治川にいったん入水した結果なのか、それとも雨でひどく濡れた姿なのか不明となってしまうため、そのいずれとも誤解されかねないから、作者は注意深く水に濡れた姿で浮舟が発見されることを排除していたのだと言わざるを得ないのである。

では、浮舟は如何にして宇治院にまでたどり着いたのかということになろう。それも手習巻において快方に向かう浮舟が記憶をたぐり寄せている。以下は失踪の晩の様子となる。

皆人の寝たりしに、妻戸を放ちて出でたりしに、風ははげしう、川波も荒う聞こえしを、独りもの恐ろしかりしかば、来し方行く末もおぼえで、簀子の端に足をさし下ろしながら、行きべき方もまどはれて、帰り入らむも中空にて、心強く、この世に亡せなんと思ひたちしを、をこがましうて人に見つけられむよりは鬼も何も食ひて失ひてよと言ひつつつくづくとゐたりしを、いときよげなる男の寄り来て、いざたまへ、おのがもとへ、と言ひて、抱く心地のせしを、宮と聞こえし人のしたまふとおぼえしほどより心地まどひにけるなめり、知らぬ所に据ゑおきて、この男は消え失せぬと見しを、つひに、かく、本意のこともせずなりぬると思ひつつ、いみじう泣くと思ひしほどに、その後のことは、絶えていかにもいかにもおぼえず、（⑥二九六～七頁）

この記憶からすれば、川波の音も荒々しく聞こえるほど風が激しく吹いている中で、もし宇治川に投身すればまず絶命することは間違いなく、浮舟は死をためらったのではなく、眼前の自然の猛威にたじろぎ一歩降り立つことができないまま「簀子の端に足をさし下ろし」ながら「つくづくとゐ」たのであろう。その時、匂宮と錯覚することになる「いときよげなる男」（傍線箇所）が近づいて来て、その男に抱かれるまま気がついたら「知らぬ所」（傍線箇所）、つまり宇治院裏手の大木の根元に据え置かれ、その男は消え失せたというのである。だから結局、浮舟は「本意のこともせずなりぬる」（傍線箇所）と入水は実行されず生き残った訳で、「いみじう泣く」（傍線箇所）というのも、前掲引用本文の末尾に「いみじう泣く」とあった発見時の様子に一致していることからしても、この記憶の信憑性に疑念を抱く必要もあるまいと思われる。

だからと言って、浮舟を宇治院にまで連れてきたこの「いときよげなる男」とはいったい誰だったのであろうか、という疑問は解消されずにある。匂宮ならば浮舟を放置したまま消え失せることもなかろうから、別人ということになるのだが、差し当たって該当者は見当たらない。そこで浮舟の意識を回復させた横川僧都の加持祈禱で調伏した物の怪の言に耳を傾けざるを得ない。

「おのれは、ここまで参で来て、かく調ぜられたてまつるべき身にもあらず。昔は、行ひせし法師の、いささかなる世に恨みをとどめて漂ひ歩きしほどに、よき女のあまた住みたまひし所に住みつきて、かたへは失ひてしに、この人は、心と世を恨みたまひて、我いかで死なんといふことを、夜昼のたまひしに頼りを得て、いと暗き夜、独りものしたまひしをとりてしなり。されど観音とざまかうざまにはぐくみたまひければ、この僧都に負けたまひぬ。今はまかりなん」とののしる。（⑥二九四～五頁）

浮舟に憑いている物の怪の正体は、「行ひせし法師」（傍線箇所）だと言うのである。浮舟の死にたいとの言を得て、物の怪は「いと暗き夜、独りものしたまひしをとりてしなり」（傍線箇所）と説明するのだが、この状況は前掲引用本文に「独りもの恐ろしかりしかば」とあって失踪当夜、簀子の端に一人で思いつめていた浮舟の姿と合致するとみて差し支えないだろう。ただ「とりてしなり」の『新編全集』現代語訳は「さらってきたのだ」とあり、あたかも「いときよげなる男」と同一人物と解しているようで、その頭注にも「前の法師の霊が、人の形になって現れたか。」（⑥二九六頁）としている。注(31)

もしもその法師の霊が「いときよげなる男」に化身しているならば、「この男は消え失せぬ」とあったのだから、いまだ執念深く浮舟に憑依しているのは別物と判断され得るし、当該引用本文中にあるように宇治の山荘故八の宮邸での大君（かたへ―傍線箇所）の死にこの死霊が関わったとするならば、注(32)浮舟を宇治川へと誘って入水死を導くはずであるのに、宇治院の裏手にまで運んでその一命を救うきっかけを自ら作り出した行為は不合理で理会し難いことになろう。

そこで「とりてしなり」の現代語訳に戻れば、素直に「とりついたのだ」とすべきであった。この法師の死霊は大君の死後、相当長い期間を経た後にようやく浮舟に取り憑くことができたことになるが、その間虎視眈眈と機会を狙っていたにも拘らず実行できなかった理由は、その告白に拠ると傍点箇所「観音とざまかうざまにはぐくみたまひければ」とあって、観音の加護によって妨害されていたのだと察しがつく。「とざまかうざまに」というからには、あれやこれやとさまざまな機会やいろいろな方法で観音の守護は繰り返し加えられていたのであり、さらに「はぐくみ」とまであって、これまでも観音は並々ならぬ効験を示していたのだと知られよう。この「はぐくみ」は、小野への帰路妹尼が懸命に浮舟を介抱する時にも用いられていて、注(33)「はぐくむ」の意味合は辞書的な養育の次元を超えて生命の危機を救おうと親身で献身的な庇護が施されている状況が浮かび上がってくるようである。しかもこの妹尼の熱心な介抱の根拠が、亡き娘の身代わりとの確信によっているらしいことが、長谷寺での夢告と「初瀬の観音の賜へる人なり」(⑥二九三頁)との発言で知られるところである。

つまり、法師の死霊の祟りを妨害している観音は、妹尼の「はぐくむ」との連関によって長谷観音の霊験であったのであり、浮舟自身もたびたび長谷寺に参詣していたことからすれば、二人の祈願が引き合っての霊験という真相が見えてこよう。注(34)その上、「いときよげなる男」を匂宮と幻視した浮舟だったが、恋い慕うあまり匂宮の夢を見ていたことが、この幻視の誘引となって密接な関連性が考えられるとしても、注(35)その匂宮もまた宇治川対岸の逢瀬以前には初瀬詣を繰り返す人であった(椎本巻々頭)。

また宇治十帖後半浮舟巻では、浮舟の苦悩の渦中で母中将の君との石山参詣がたびたび中止となる経過が執拗に語り出され、蜻蛉巻では薫が母女三の宮の病気平癒祈願のための石山参籠中に失踪事件が起きているから、浮舟入水前後、初瀬と石山とは極めて対置的な設営の中に構造化されているとみられる。つまり、「いときよげなる男」の正体は、浮舟を死に追いやろうとする法師の死霊の変化(へんげ)などではなく、何としてもその命を救おうとする長谷観音の化身と見なければなるまい。坂本共展は既に次のように述べていた。注(36)「清げなる男」は浮舟を宇治院に連れて行き、邸の後の方の木の下に置いたのである。浮舟は「本意の事」、即ち宇治川に身を投げることもしないで、こんな所に来てしまったと思いながら泣いていたが、そのまま意識を失ってしまった。意識を失ったのは、物怪の為である。物怪は、浮舟の命を取るつもりであった。浮舟を八宮の邸から宇治院迄連れて来た「いと、清げなる男」は、この物怪ではない。物怪なら、浮舟の思い通りに彼女の身を宇治川に沈めてしまったであろう。「清げなる男」に抱かれると、浮舟は分別を失ってしまった。しかし、意識を失った訳ではない。知らない所に座らされたのも、憶えている。そこでこの男は、消え失せてしまった。「清げなる男」が浮舟から離れてどこかに行ってしまうと、早速に物怪が彼女の意識を奪い、死に追い遣ろうとしたのである。

物怪は、「(浮舟を)観音、とざまかうざまに、はぐゝみ給ひければ、僧都に負けたてまつりぬ」と言う。観音は、物怪と、浮舟自身の自殺願望とから、彼女を救った。とすれば、宇治院に彼女を連れて来た「清げなる男」は、観音の霊力の現われであったと見なくてはならない。この男の故に浮舟は、宇治川に入水せずにすんだのである。(新字体に統一)

かくて浮舟は宇治川にその身を投じることはなく、宇治院にまで「いと清げなる男」に抱かれて運ばれたのである。その運ばれた宇治院は「故朱雀院」の御領であったことになっていたが、その所在は旧八宮邸の対岸であったのであろうか。そうとすると準拠論に浮上する頼通の宇治の平等院の前身と考えてよいのかどうか。椎本巻「六条院より伝はりて、右大殿しりたまふ所は、川よりをちにいと広くおもしろくてあるに、御設けせさせたまへり」(⑤一六九頁)に関する『花鳥余情』の注からまずは掲出しておこう。注(37)

河原左大臣融の別業宇治郷にあり　陽成天皇しはらくこの所におはしましけり　宇治院といふ所也
宇多天皇朱雀院と申も領し給へる所也　承平の御門是にて御遊猟ありける事李部王記にみへたり　其
後六条左大臣雅信公の所領たりしを長徳四年十月の比御堂関白此院を買とりておなしき五年人々宇治
の家にむかひ遊なとありき　宇治関白の代になりて永承七年に寺になされて法華三昧を修せられ平等
院となつけ侍り　治暦三年に行幸ありき　いまは藤氏の長者のしる所也　六条左大臣より御堂関白に
つたはりたるを六条院よりつたはりてとはかきなし侍なり

『花鳥余情』は「右大殿」つまり夕霧の別荘を実在の宇治院とし、平等院の前身との認識を示していると判断できるのは、後文「かの聖の宮にも、たださし渡るほどなれば」(⑤一七一頁)の注にも「うちの院は平等院をいふへし　河むかへ也　ひしりの宮は河よりこなたなれは舟にてさしわたる程ちかきなり　いまの橋寺のわたりをいへる也」として一貫しているが、ただ「其後六条左大臣雅信公」以下と前文とは切り離して考えるべき研究段階にあって源融の別業＝宇治院であることと、[注38]道長・頼通の別業＝宇治殿[注39]↓平等院とは別物との判断が穏当であろう。さらに確認しておくべきことは、本文上からも「宇治院」は諸本とも正確には「うちの院」[注40]であって、これは宇治川両岸にひろがる宇治の地に存在する院と称する建造物を指示し、固有名詞として特定の建物を指示し得ないのである。

また、肝心の手習巻「故朱雀院の御領にて宇治院といひし所」に関する『花鳥余情』の注は以下の如くである。

李部王記天暦元年十一月三日太上皇(陽成)御二宇治院一遊二猟山野一　又天暦(慶)八年十月十八日朱雀院(宇多帝也)庄牧
勘文云宇治院萱原庄被レ留二後院一云々　今案朱雀院は寛平法皇を申也　それをこの物かたりの朱雀院

にかきなせる也

天暦、天慶の例は[注41]『日本紀略』と対照すれば、前掲源融の宇治別業に関する『李部王記』の記載と考えた方が適切で、なお二箇所の割注（陽成、宇多帝）はともに朱雀上皇のこととすべきかもしれない。[注42]要するに、椎本巻の賑う夕霧の別荘が手習巻の荒廃した宇治院と成りかねない例示であって、一条兼良の手詰り感は否めない。

ただ宇治院を「故朱雀院の御領」とした意図は、『源氏物語』の準拠に一貫性があると言え、例えば若菜上巻における朱雀院の出家に関わる「西山なる御寺」造営を仁和寺を準拠とすることで、『河海抄』『花鳥余情』をはじめとする古注は「歴史上の朱雀上皇に物語中の朱雀院を重ねて理解しようとする姿が窺える。」と看破したのは浅尾広良で、[注43]この「故朱雀院の御領」との設定も、宿木巻の例の「朱雀院の姫宮を六条院に譲りきこえたまひし」に拠る連関性と見れば、今井源衛の「ここの物語の「朱雀院」はその実在の朱雀天皇（天暦六年崩）を材料に用いているらしい。」（⑥四一八頁）との指摘は有効な視点となろう。しかし、今井氏はこの宇治院が御領であったこと及びその位置が確認できないという。[注44]

ところで、陽成・光孝・宇多の治世時に左大臣職にあった一世源氏である源融の京の邸宅と知られる河原院を[注45]夕顔巻の「なにがしの院」の準拠と指摘したのは『河海抄』だが、その「なにがしの院」の注に「大納言源朝臣奉二進於院一」とあり、融の第二子大納言昇が宇多上皇に献上したというのだから、史料に確認できないものの、融の別業をも同時に奉献されたとしても何ら問題はなかろう。それが前掲『花鳥余情』の「宇多天皇朱雀院と申も領し給へる所也」と記載される根拠となったのだと理会できる。さらに『江談抄』等に語られる宇多上皇が京極御息所（時平女褒子）をともなって河原院を訪れたところ、融の亡霊が現れたという河原院説話によって、物の怪による夕顔頓死事件が構想されたとするならば[注(46)]、浮舟が置き去りにされた宇治院がかつての融の別業であり、京の融の河原院が「なにがしの院」となれば、夕顔と浮舟とは、はかなさが付帯する〈白〉のイメージを負う人物造型ばかりではなく、霊に関わる磁場として両院を設定し、六条御息所の生霊と「いとをかしげなる女」との協働に対し、法師の亡霊と「いと清げなる男」[注(47)]との反目対立というその相似と相異が、二人の女の死と生とを分ける結果を導いたのだといえよう。

だがしかし、それでも依然として宇治院の位置を特定できないままなのだが、道綱母一行が初瀬詣の途中で立ち寄る「宇治の院」は宇治川を渡る直前にその所在があったらしい〈蜻蛉日記上巻、安和元〈九六八〉年〉から、八の宮邸と同じく都側となるにしても、それが兼家の別荘となれば、やはり故朱雀院の御領である宇治院の位置は不明と言わざるを得ないものの、宇治が初瀬詣の中継地として都人にイメージされ易かったことは想像できよう。

四　おわりに

この小論は、浮舟物語の主題構造論を目指すにはその糸口程度の問題解決に触れたに過ぎないであろう。残された検討課題は余りにも多くあって、それら全てに言及することはできないにしても従来問題視されていた事柄について最後に若干述べておきたい。

『源氏物語』の最後のヒロイン浮舟が、あたかも紫式部自身の分身であるかのように生起するのは、『紫式部集』五五番歌「かずならぬ心に身をばまかせねど身にしたがふは心なりけり」・五六番歌「心だにいかなる身にかかなふらむおもひしれども思ひしられず[注48]」に表出する「心」と「身」との折り合いのつけ難い生き方の苦悩悲嘆が、この女主人公に具現化されているからであろう。紫式部が抱え込んで終生離れざる「心」と「身」との相克、葛藤が『源氏物語』の終盤に当たって極めて集約的に浮上してくるというのも、式部の人生を規定する根深い本質がその点にあったからとも言えよう。

廣田收は、清水好子、秋山虔、後藤祥子等の五五番歌「数ならぬ心」に関する先行論考を糸口に『源氏物語』の用例を注意深く挙げながら、大君から継承し浮舟が転換する「心」と「身」の相克と葛藤を次のようにまとめている。[注49]

「心」をもって「身」―身の程にあらがった大君に対して、浮舟はまず「身」を捨てようとしたところから始まりながら、なお「身」を捨てきることはできない。宇治十帖における大君から浮舟へ―すなわち宇治十帖の表現を支える思考の転換の枠組みを、『紫式部集』五五・五六番の和歌―「身」と「心」の関係が示している。

薫と匂宮との狭間で揺れる「身」と「心」にまかせぬ嘆きの横溢は、いつしか「身」を「心」に従わせる唯一の方法として浮舟に入水自殺を選び取らせたが、罪深き女の生は、定め難い宿世（若菜上・下巻）の流転にあって、手習巻以降の如何ともし難い浮舟の生に、なお「身を思ひ捨てぬ心」という自己の発見があったのだろう（廣田）。

この「身を思ひ捨てぬ心」というフレーズは、『紫式部日記』消息文の末尾にある紫式部の心境だが、『日記』と宇治十帖との思考が同時期、同次元の位相にあるといえ、[注50]逆に夫となる宣孝との結婚時期らしい『紫式部集』五五・五六番詠歌の流転として、寛弘七（一〇一〇）年当時の作者の感慨が捉え直されていることにその根深さが作者側にもあったと言えるかもしれない。

また、宿世に関して「目にも見えぬ事」（総角巻）と言い放つ大君の宿世観に薫の愛執の前で窮する場面で次のような言も見出せる。

　宿世といふなる方につけて、**身を心ともせぬ**世なれば、みな例のことにてこそは、**人笑へ**なる咎をも隠すなれ、（総角巻。⑤二四六頁）

外聞を憚り、世間の視線に晒される「人笑へ」を怖れる恥の意識の介在は、宮家の尊貴さに根差す大君の在り様であったはずだが、原岡文子は大君の場合、「人笑へ」の自己増殖が死へと追い詰められてゆくのに対し、浮舟の入水決意は「人笑へ」ゆえに必然化される物語性を言う。そして手習巻以降、「人笑へ」の語は消失し、出家、救済という新しい命題が浮上するとも言う。[注51]

「身を心ともせぬ世」に出家によって救済され得るのか。救済され得る対象はその「身」なのか、その「心」なのか、それとも両者なのか。浮舟は心を捨て去ることで一度失敗し、その「身」を晒している。しかし、出家後の浮舟の詠歌「心こそうき世の岸をはなるれど行く方も知らぬあまのうき木を」（手習巻、⑥三四二頁）に拠る限り、浮木のような尼の身は依然として元のままの〈形代〉〈人形〉感覚を、まとっている。[注52]

ここへきて浮舟の救済はあり得るのかという問いと同時に、薫の救済を問題視する論考も多いようだが、夢浮橋巻の末尾で「人の隠しすゑたるにやあらん」との憶測は、光源氏的生き方を選び取った（宿木巻）薫に愛執の罪を拭い去ることはもはや期待すべくもなく迷妄の闇にたたずむ姿しか提示され得ないのは明らかであろう。

それにしても浮舟が大君の再生形象としてようやく自らの「心」で薫を拒絶するようになったとしても、[注(53)]その「身」が救われることになるとは予示できまい。つまり、物語の結末を仁平道明が次のようにまとめているのも首肯せざるを得ないところとなろうか。[注(54)]

末尾切断形式による『源氏物語』の終結は、単に〈終わり〉のかたちを示したというものではもちろんなく、「大団円」でもなく、物語の〈終わり〉の先に〝救済〟を予見させるのでもない。それ以前の物語で提示されたものを受け継ぎながらも光源氏の物語が収束した方向とは統合すべくもない薫や大君・浮舟たちの絶望的な地点で終わる物語世界を終結させる唯一のかたちだったのかもしれない。

この仁平氏の説述を導くことになったのかはわからないが、廣田收の前掲論考「入水しない浮舟、成長しない薫」にも「物語は救いよりも、救いのなさを描こうとしているのではないか」との指摘がみえる。浮舟は如何ともし難いうき世にその身を晒し置き去りにされている。

注

（1）代表的論考に寺本直彦「浮舟物語と生田川伝説」（「むらさき」19、昭和57〈一九八二〉年7月、のち『物語文学論考』風間書房、平成3〈一九九一〉年）。久下『物語の廻廊―『源氏物語』からの挑発』（新典社、平成12〈二〇〇〇〉年）「入水譚」等がある。

（2）代表的論考に豊島秀範「『伊勢物語』と『源氏物語』の交渉―浮舟の登場をめぐって―」（「国学院大学大学院文学研究科論集」1、昭和49〈一九七四〉年3月）。杉山康彦「かぐや姫と浮舟―物語の他者・他者の物語―」（「文学」昭和63〈一九八八〉年10月）等がある。

（3）代表的論考に今井源衛「浮舟の造型―夕顔・かぐや姫の面影をめぐって―」（「文学」昭和57〈一九八二〉年7月）、

のち『源氏物語の思念』（笠間書院、昭和62〈一九八七〉年）『今井源衛著作集第2巻 源氏物語登場人物論』（笠間書院、平成16〈二〇〇四〉年）。吉井美弥子「浮舟物語の一方法―装置としての夕顔」（「中古文学」38、昭和61〈一九八六〉年11月、のち『読む源氏物語 読まれる源氏物語』森話社、平成20〈二〇〇八〉年）等がある。筆者の関心は何故『源氏物語』の初期の物語への回帰が必要だったのかを考えるに、作者紫式部の具平親王家から道長家への再出仕に関わる状況にその理由があるのではないかと思っている。そこに宇治十帖特に浮舟物語執筆の動機が隠されているという見通しである。久下『源氏物語の記憶―時代との交差』（武蔵野書院、平成29〈二〇一七〉年）「宇治十帖の執筆契機―繰り返される意図―」

（4）八の宮の遺言とは椎本巻に山寺参籠に際して姫君たちに訓戒した「おぼろけのよすがならで、人の言にうちなびき、この山里をあくがれたまふな」（小学館新編全集⑤一八五頁）以下を指す。

（5）吉井美弥子前掲書「浮舟と父八の宮」では「父八の宮が希求しつつもなしえなかった「聖」としての生きかたを父に成り代わって実現していくという緊密な関係」を指摘するならば、薫との関係においても出家願望の挫折と現世執着で停滞した意思に成り代わって実現していく関係にも想倒すべきであろう。

（6）森岡常夫『源氏物語の研究』（弘文堂、昭和23〈一九四八〉年）。但し同氏『平安朝物語の研究』（風間書房、昭和42〈一九六七〉年）「浮舟論」には「浮舟を伏せておいたと言えなくもない」との言もみえる。

（7）藤村潔『源氏物語の構造』（桜楓社、昭和41〈一九六六〉年）「橋姫物語と浮舟物語の交渉」（原題「右近と侍従」）。但し偽装とはいえ薫ではなく匂宮を中の君のもとに導き入れたのは弁であって何故大輔の君ではなかったのか等中の君入水構想に関わるとすれば、この登場時点に疑問が残る。また大輔の役割はその娘の右近を投入して中の君に仕えていた右近を浮舟付きの女房として派遣したとする稲賀敬二「夕顔の右近と宇治十帖の右近―作者の構想と読者の想像力―」（菊田茂男編『源氏物語の世界 方法と構造の諸相』風間書房、平成13〈二〇〇一〉年、のち『稲賀敬二コレクション③『源氏物語』とその享受資料』笠間書院、平成19〈二〇〇七〉年）がある。

者は傾倒する。

（8）藤村説から派生し現今大勢を占める右近別人説と対立するが、構想上の問題を踏まえながらも稲賀説に筆

藤村潔前掲書「宿木巻の巻頭」。なお近時総角巻で薫と中の君とが一夜を過ごす場面で男女関係成立の可能性を表現上から読みとる櫻井清華「『源氏物語』総角巻の一場面―宇治中君と薫の一夜」（「物語研究」12、平成24〈二〇一二〉年3月）があり、また藤本勝義『源氏物語の人ことば文化』（新典社、平成11〈一九九九〉年）「宇治中君―古代文学に於けるヒロインの系譜―」にも「薫・中君結合の構想があったが、薫・大君の交渉が膨らむことにより、結局、中君は匂宮と結びつき、幸い人としてのルートを進むプロットにすりかわっていったものと想像される。」とする。だからといって両者とも中の君入水構想を認めている訳ではない。さらに浮舟が匂宮の子を懐妊した可能性をいう大森純子「源氏物語・孕みの時間―懐妊、出産の言説をめぐって」（「日本文学」平成7〈一九九五〉年6月）を加えて考えれば、特異な表現が緊迫する物語的状況（中の君に薫の子が誕生し、浮舟に匂宮の子が誕生するようなこと）へとせり上げ読者の想像力をかき立てる手法であり、中の君の入水等も構想の次元で論ずべきかおのずと疑問となろう。

（9）岡一男『源氏物語の基礎的研究』（東京堂出版、増訂初版昭和41〈一九六六〉年。五二一～二頁）。但し橋姫巻執筆時には既に浮舟構想があったとして森岡説は反証にはならないとする。

（10）成長する女主人公として中の君物語の自立性を評価する論に工藤進思郎「『源氏物語』宇治十帖の中君についての試論」（「文学・語学」55、昭和45〈一九七〇〉年3月）「宇治の中君再論―独自の生とその位置づけをめぐって―」（森一郎編『源氏物語作中人物論集』勉誠社、平成5〈一九九三〉年）。岩佐美代子「宇治の中君―紫式部の人物造型―」（国文学研究資料館編『伊勢と源氏 物語本文の受容』臨川書店、平成12〈二〇〇〇〉年）等がある。

（11）後藤幸良『平安朝物語の形成』（笠間書院、平成20〈二〇〇八〉年）「中君の造型と役割―中君入水構想はあったか㈠」「中君・浮舟物語構想の形成―中君入水構想はあったか㈡」

（12）小穴規矩子「浮舟物語の構想」（『国語国文』昭和31〈一九五六〉年5月）「源氏物語第三部の創造」（『国語国文』昭和33〈一九五八〉年4月）が今上帝女二の宮と浮舟の登場を早蕨巻と宿木巻との間で一連の構想とする。

（13）吉岡曠『源氏物語論』（笠間書院、昭和47〈一九七二〉年）「宇治十帖の構想」

（14）『紫式部日記』に道長が式部の局に入り新作物語を盗む記事がある。その盗まれた物語こそが現行匂宮三帖に当たるものだと考えている。道長から依頼を受けた彰子の妹尚侍妍子のための物語である。

（15）藤村潔前掲書「宇治十帖の予告」

（16）『源氏物語』では夕霧巻と手習巻の二巻にしか描出されない「引板（ひた）」に関して、井野葉子『源氏物語 宇治の言の葉』（森話社、平成23〈二〇一一〉年）「手習巻の引板―歌ことばの喚起するもの（二）」に、男の侵入を象徴し浮舟の危うき不安を予告する機能があるとの卓見がある。

（17）久下前掲書「夕霧巻と宇治十帖―落葉の宮獲得の要因―」

（18）久下論考注（17）では夕霧巻々末の正妻雲居雁腹の子たちと妾妻典侍腹の子たちを列挙し、典侍腹で劣る六の君の養母に落葉の宮を設定する目的があったことを述べる。

（19）平井仁子「「中の君」論―その子の意味―」（『源氏物語の鑑賞と基礎知識㊶宿木（前半）』至文堂、平成17〈二〇〇五〉年6月）

（20）原岡文子「幸い人中の君」（『源氏物語の人物と表現―その両義的展開―』翰林書房、平成15〈二〇〇三〉年）は、「幸ひ人」とは貴族社会の秩序の中で出自や境遇に反して幸運にめぐまれるという意外性を含意することばであり、しかも女房達の論理に合致して発せられることばであるとする。

（21）『紫式部日記』寛弘五（一〇〇八）年敦成親王の産養と日程等一致することは成立上注意すべき要件となる。因みに七日目は帝主催の産養で主催側も一致する。

（22）伊藤博『源氏物語の基底と創造』（武蔵野書院、平成6〈一九九四〉年）「愛執の薫」は、柏木への小侍従の返歌

「いまさらに色にな出でそ山ざくらおよばぬ枝に心かけきと」（若菜上巻）の歌句「およばぬ枝に」が対応し、今上皇女に「袖かけ」た子の薫によって実父柏木の無念が晴らされたとする。

(23) 保坂本は夕霧を例外的に「左大将」とする本文で宿木・手習巻で一貫するという大内英範「「青表紙本」が揺らいだ後—これからの源氏物語本文研究—」（「文学・語学」206、平成25〈二〇一三〉年7月）の指摘があるが、青表紙系本文にも不安がない訳ではない。

(24) 藤本勝義『源氏物語の表現と史実』（笠間書院、平成24〈二〇一二〉年）「女二の宮を娶る薫—「宿木」巻の連続する儀式」

(25) 吉野瑞恵「物語の変質を証す二つの儀式—『源氏物語』宿木巻の産養と藤花の宴—」（小嶋菜温子編『王朝文学と通過儀礼』竹林舎、平成19〈二〇〇七〉年、のち『王朝文学の生成『源氏物語』の発想・「日記文学」の形態』笠間書院、平成23〈二〇一一〉年）

(26) 血の系譜・生き方の系譜の言説は益田勝美を継ぐ日向一雅に展開される。久下『王朝物語文学の研究』（武蔵野書院、平成24〈二〇一二〉年）「『源氏物語』第二部主題論—父桐壺帝との出会い—」参照。

(27) 有馬義貴『源氏物語続編の人間関係 付物語文学教材試論』（新典社、平成26〈二〇一四〉年）「「宿木」における二つの結婚—薫と匂宮の社会的身分と相互意識—」

(28) 前者は小嶋菜温子『源氏物語批評』（有精堂出版、平成7〈一九九五〉年）「浮舟と〈女の罪〉—ジェンダーの解体」、後者は小嶋菜温子「かぐや姫と〈女の罪〉—浮舟との比較から」（『王朝文学と仏教・神道・陰陽道』竹林舎、平成19〈二〇〇七〉年）

(29) 豊島秀範「須磨・明石の巻における信仰と文学の基層—『住吉大社神代記』をめぐって—」（『源氏物語の探求第十二輯』風間書房、昭和62〈一九八七〉年）。多田一臣「須磨・明石巻の基底—住吉信仰をめぐって—」（『文学史上の『源氏物語』』至文堂、平成10〈一九九八〉年）。なお浮舟巻において匂宮と小舟で通過する「橘の小島の崎」

は七瀬の祓所としての相貌を呈することを指摘する原田敦子「浮舟入水と橘の小島」(『古代伝承と王朝文学』和泉書院、平成10〈一九九八〉年)がある。

(30)飯村博『源氏物語のなぞ―夕顔・葵の上・浮舟を中心に―』(右文書院、平成6〈一九九四〉年)

(31)「いときよげなる男」がこの法師の化身とする説に池田和臣『源氏物語 表現構造と水脈』(武蔵野書院、平成13〈二〇〇一〉年)「手習巻物怪攷―浮舟物語の主題と構造―」があるが、これが現今でも大勢の説だと思われる。

(32)法師の死霊が大君をとり殺したとの主張は総角巻の大君臨終場面にその気配が全くないことから、新編全集はその頭注で「先行巻と新構想とのつながりをつけるための記述」で「浮舟の登場が、早蕨巻以降に新しく着想されたことの一証でもあろう。」(⑥二九五頁)と成立構想論上に関わる事例として指摘する。先行巻に語られなかった事柄を後に付加する手法はまま見られることで、それを成立構想論の次元ではなく主題構造論の視座とした前掲池田論考は「大君物語を照らし返す物怪の告白によって、すでに浮舟の来たるべき生は、主題的に方向づけられているのである。」と述べる。当該論考の主旨はこの点で評価できよう。

(33)「この知らぬ人をはぐくみて」(⑥二九一頁)とあり、「源氏物語の鑑賞と基礎知識㊵手習」(至文堂、平成17〈二〇〇五〉5月)に指摘されるように長谷観音の霊験とのつながりを当「はぐくみ」によって重視する(五七頁)。

(34)上京した玉鬘と夕顔の侍女であった右近との遭遇を導いたのも長谷観音であった。

(35)久富木原玲「憑く夢・憑かれる夢―六条御息所と浮舟―」(『夢と物の怪の源氏物語』翰林書房、平成22〈二〇一〇〉年)

(36)坂本共展「玉鬘と浮舟」(『論集平安文学Ⅰ 文学空間としての平安京』勉誠社、平成6〈一九九四〉年)。なお「浮舟に入水させなかったところに、物語の意図がある」とする廣田收「入水しない浮舟、成長しない薫」(『源

氏物語 宇治十帖の企て』おうふう、平成17〈二〇〇五〉年。のち『源氏物語』の系譜と構造』笠間書院、平成19〈二〇〇七〉年）もある。

(37) 引用は中野幸一編『源氏物語古註釈叢刊第二巻』（武蔵野書院、昭和53〈一九七八〉年）

(38) 『扶桑略記』寛平元（八八九）年十二月二十四日条に「左大臣源朝臣融奏曰、臣之別業在二宇治郷一、陽成帝二幸其処一（以下略）」とあってその所在が確認できる。新編全集⑤付録（今井源衛）五一九～二〇頁参照。そして「雅信」を「重信」と訂正し得る。

(39) 頼通の別業として「宇治殿」と記すのは、『入道右大臣集』『範永集』『経衡集』『経信集』『江帥集』『定頼集』等である。

(40) 『源氏物語大成第三巻』（中央公論社）一九八九頁。

(41) 但し天暦八（九五四）年にしても天慶八（九四五）年にしても史料に確認できない。ただ『貞信公記』（大日本古記録）天慶九（九四六）年十二月三日条に「朱雀上皇幸宇治」とあり『日本紀略』にも「太上皇従二朱雀院一幸二宇治院一、遊猟」とみえる。朱雀上皇のことである。

(42) 新編全集⑥付録（今井源衛）四一八頁に指摘がある。

(43) 浅尾広良『源氏物語の准拠と系譜』（翰林書房、平成16〈二〇〇四〉年）「朱雀院の出家―「西山なる御寺」仁和寺准拠の意味―」。なお当論考で重視したいもう一つの指摘は、出家や造営が朱雀院自身の意志によって選ばれた行為で自身の生き方の選択と緊密な関係があると説くことである。

(44) 今井源衛「宇治の山里」（『講座源氏物語の世界第八集』有斐閣、昭和58〈一九八三〉年）は、『花鳥余情』の説を検討し、なお『馬内侍集』『公任集』の宇治院の例を挙げつつ別物とし、それが現在の平等院の対岸、つまり宇治川の東岸にも複数の宇治院という建造物が存在していたらしいことをいう。

(45) 河原院は『拾芥抄』に「六条坊門南、万里小路東八町云云、融大臣家、後寛平法皇御所、本四町京極西、号東六条院」とある。
（46）田中隆昭『源氏物語 引用の研究』（勉誠出版、平成11〈一九九九〉年）「河原院と塩釜と夕顔巻」
（47）池田和臣前掲論考「手習巻物怪攷」は「いときよげなる男」は夕顔巻の物の怪「いとをかしげなる女」と隔たりながらも表現上の呼応をなすとする。
（48）引用は久保田孝夫・廣田收・横井孝編『紫式部集大成』（笠間書院、平成20〈二〇〇八〉年）陽明文庫本『紫式部集』翻刻。
（49）廣田收「『紫式部集』「数ならぬ心」考」（南波浩編『紫式部の方法』笠間書院、平成14〈二〇〇二〉年）
（50）佐藤勢紀子「紫式部の「憂き身」意識―浮舟の物語をめぐって―」（東北大学「文化」282・283合併号、昭和58〈一九八三〉年9月）は、浮舟の「憂き身」の意識形成に潜在的な作者の「憂き身」の思念が働いたことを言うが、『家集』一一四番歌「いづくとも身をやるかたの知られねば憂しと見つつもながらふるかな」の上句を注視する立場から下句を重視する転換がまさに「身を思ひ捨てぬ心」であり、紫式部の後半生の生き方であったはずだろう。
（51）原岡文子「浮舟物語と「人笑へ」」（「国文学」平成5〈一九九三〉年10月、のち『源氏物語の人物と表現 その両義的展開』翰林書房、平成15〈二〇〇三〉年）
（52）小山清文「〈河辺〉の邸宅と〈源氏〉の物語」（『叢書想像する平安文学第6巻 家と血のイリュージョン』勉誠出版、平成13〈二〇〇一〉年）
（53）清水好子「世をうぢ山のをんなぎみ」（『鑑賞日本古典文学第9巻 源氏物語』角川書店、昭和50〈一九七五〉年）
（54）仁平道明「暗い〈終わり〉―『源氏物語』の結末」（「国文学解釈と鑑賞」平成22〈二〇一〇〉年3月）

按察大納言の羨望
――繰り返される〈按察使大納言〉――

浅尾広良

一　はじめに

宿木巻の冒頭で語られる藤壺女御の逝去によって、帝は藤壺腹の女二宮を薫に託す決断をする。朱雀院の女二宮が柏木に降嫁されて以来の皇女降嫁である。女二宮が薫邸に引き取られる直前に、帝主催による飛香舎（藤壺）での藤の花宴が行われた。そこでの上の御遊びでは、薫が柏木遺愛の横笛を吹き、「今日ぞ世になき音の限りは吹きたてたまひける」（宿木⑤四八二頁）注(1)として注目を浴び、また帝から下賜される天盃を受けた際も「下りて舞踏したまへるほどいとたぐひなし」（宿木⑤四八三頁）と繰り返し賞賛される。まさに、女二宮の婿となるに相応しい存在として薫に注目が集まる語られ方である。ところが、そうした祝賀ムードの中で、一人「按察大納言」だけが、私こそこうした光栄に浴するはずであったのにと不満を抱く存在として語られてくる。

そもそも、この藤の花宴自体が、女二宮の婿となる薫に人々の視線が集まり、羨望の的となるように語られているのに、按察大納言のあり方を語る必要はどこにあるのか。また、彼は柏木の弟として長らく物語に登場してきた歴史があり、そうした人物を敢えてここで登場させ、薫をライバル視することの意味はどこにあるのかも問題となろう。本稿はこうした問題について考えてみたい。

二　藤の花宴での按察大納言

宿木巻の巻末近くで行われた藤の花宴は、女二宮が薫の三条宮に降嫁するにあたって、夏になると三条宮が方塞がりになるとの理由から、四月一日に飛香舎において帝主催で行われた。『河海抄』は延喜二（九〇二）年三月二十日の飛香舎での藤の花宴を、『花鳥余情』は天暦三（九四九）年四月十二日のそれを准拠として語られていると指摘する。さらに、『花鳥余情』は、天暦三（九四九）年の藤の花宴で、醍醐天皇が皇女勤子内親王に賜った箏の琴の譜や、貞保親王の横笛、元良親王の螺鈿細工の箏の琴などを右大臣藤原師輔が村上天皇に奉ったことを指摘し、それが『源氏物語』の中の

故六条院の御手づから書きたまひて、入道の宮に奉らせたまひし琴(きん)の譜(ふ)二巻、五葉(ごえふ)の枝につけたるを、大臣(おとど)取りたまひて奏したまふ。次々に、箏(さう)の御琴(こと)、琵琶(びは)、和琴(わごん)など、朱雀院(すざくゐん)の物どもなりけり。笛は、かの夢に伝へし、いにしへの形見のを、またなきものの音(ね)なりとめでさせたまひければ、このをりのきよらより、または、いつかははえばえしきついでのあらむと思して、取(と)う出(で)たまへるなめり。

（宿木⑤四八一～四八二頁）

とある、光源氏が女三宮に奉った琴の琴の譜や、柏木が夕霧の夢に現れて後世まで長く子孫に伝えて欲しいと訴えた「陽成院の御笛」と呼ばれる横笛に、重なるとしたのである。注(2) 延喜二(九〇二)年の藤の花宴では詠歌と御遊が行われ、天暦三(九四九)年のそれでは賦詩と詠歌が行われ、楽人による奏楽の記録もあるが、物語中のそれでは、奏楽に関する内容は語られるものの、詠歌や賦詩などに関する記述はない。飛香舎における藤の花宴は、先の二例の他に朱雀天皇御代の承平三(九三三)年四月十七日に行われた例もあり、こうしたいくつもの例を重ねながら、宿木巻のそれは語られていると見て良い。

さらに、帝から臣下に盃を賜る天盃に関して『花鳥余情』は天暦以来の数例を指摘して、それが如何に貴重な機会であるかを指摘する。こうした歴史上で行われた藤の花宴や天盃の例を具体的に想起させながら、女二宮の婿となる薫を祝福し賞賛するのが宿木巻の藤の花宴なのである。

ところが、そうした祝賀ムードの中で、それを相対化する視点として語られてくるのが按察大納言の心中思惟である。

按察大納言は、我こそかかる目も見んと思ひしか、ねたのわざやと思ひゐたまへり。この宮の御母女御をぞ、昔、心かけきこえたまへりけるを、参りたまひて後も、なほ思ひ離れぬさまに聞こえ通ひたまひて、はては宮を得たてまつらむの心つきたりければ、御後見のぞむ気色も漏らし申しけれど、聞こしめしだに伝へずなりにければ、いと心やましと思ひて、「人柄は、げに契りことなめれど、なぞ時の帝のことごとしきまで婿かしづきたまふべき。またあらじかし。九重の内に、おはします殿近きほどにて、ただ人のうちとけさぶらひて、はては宴や何やともて騒がるることは」など、いみじく譏りつぶやき申したまひけれど、さすがゆかしかりければ参りて、心の中にぞ腹立ちゐたまへりけ

る。（宿木⑤四八三～四八四頁）

「私こそ女二宮の降嫁の栄に浴したいと思っていたのに」「本当は母の藤壺女御に心を寄せていたのに叶えられず、女二宮がお生まれになってからは宮の降嫁をお願いしたのに、帝の耳にも入らずじまいになってしまった」と思う。そもそも、藤壺女御はもとは麗景殿女御と呼ばれ、今上帝がまだ東宮だった梅枝巻で、元服して最初に参内した左大臣の三の君である。按察大納言は梅枝巻のころ、弁少将と呼ばれていたが、左大臣の三の君に思いを寄せていたなど何も語られていなかったし、ましてや、女二宮が生まれて以降、その降嫁を望んでいたなどと物語に語られることはなかった。語られる心中思惟のすべてが唐突の感を免れない。加えて、按察大納言はこの時五十六、七歳である。十六歳の女二宮との結婚というのも、あまりにかけ離れていると言わざるを得ない。

　問題は、なぜここでこのような心中思惟を語る必要があったのかなのである。しかも、按察大納言は、紅梅巻に「そのころ、按察（あぜちの）大納言と聞こゆるは、故致仕（こちじ）の大臣（おとど）の二郎なり」（紅梅⑤三九頁）と言われた所謂紅梅大納言であり、竹河巻で右大臣となった人であるが、その人が登場する必要はどこにあるのか。

　按察大納言はこの場面の最後で和歌を唱和し、昔から賞賛されていた美声を披露して以降、物語に再び登場することはない。まさに、薫を相対化するためだけに登場させられた人物と言ってよい。ならば、問題はその役割を紅梅大納言がする意味であり、かつ彼を「按察大納言」と呼称することにどのような意味があるかに絞られることになる。

三　〈按察使大納言〉に関する研究史

按察使大納言については、これまでいくつもの論述がある。『源氏物語』を対象としたものが中心だが、『栄花物語』など歴史物語や『海人の苅藻』など後期物語に関するものもある。按察使大納言の意味付けに関しては、『源氏物語』のそれを基本とし、その延長として、もしくはその対照として位置づけるというものである。歴史上の按察使大納言がどのような官職であったかを考察することから、それの持つイメージを物語に当て嵌めて考えるという手法を用いているが、そこから導き出される結論は相反する二つの見方に分かれていると言って良い。それは、

（1）格式が高く、大臣目前の官職で、大臣になって然るべき人のイメージ

（2）按察使に補されると、そこで官途は行き止まる、極官のイメージ

である。研究史では、概ね（1）の見方が先行し、（2）に推移した後、（2）のもつ内実をもう少し丁寧に読み解く試みが行われてきた。

（1）の見方を明確に提示したのは、高橋和夫である。高橋は光源氏が賜姓されることに触れて、

史上源氏の外祖父で一番位階が高かったのは参議の藤原菅根の、女淑子(ママ)の腹の、醍醐源氏兼明、自明の例であって、この菅根も延喜二十年の賜姓の詔に先立つ延喜八年に、それも半年の参議経験で薨じている。（中略）源氏たちの母系はこの一例を除き、いずれも生涯公卿に列していない。そう見ると、たとい死後とはいえ「按察使大納言女」とは相当な高位なのである。（中略）もし大納言が生きてい

たら、彼は当然、物語のスタート時においてすでに大臣だったのである。注(3)
源氏となる皇子の母更衣の父（皇子の祖父）は、ほとんど公卿には列していないことを指摘し、それに比べて更衣の父が按察大納言であるのは、相当な高位であるとし、生きていれば当然大臣となっているはずだという。日向一雅も、これに対して「ありうべきこと」と支持しながら、一方で

> 二人の大納言と入道と、かれらはそれぞれ一人娘に過大な夢を荷わせたが、その夢の実現によって、かれらみずからが、ないし息男による外戚として権勢の伸長を期待できないのであった。これは後宮政策に家の命運を賭けた平安貴族の歴史的現実と根本でズレているのではなかろうか。（中略）物語の按察使大納言たちには直系の嗣子が当初からいなかった。にもかかわらず、摂関家と同じ後宮政策をめざしたことは、家の繁栄や権勢の獲得を摂関家と同じ水準で目的としていたのではなく、それが物語の固有の論理として設定されたことを意味するであろう。注(4)

として、後宮政策に家の命運を賭けるあり方が、平安貴族の歴史的現実とは根本でズレていて、物語固有の論理であるとする。これらの意見は、前代の権門であった明石大臣・桐壺大納言家が何らかの理由で没落し、今では別の系譜の藤原氏が大臣職など要職を占めているとする立場で、按察大納言は天皇家に自家の血の存続を願いながら薨じてしまうという極めて特異な物語だと考えている。久下晴康（裕利）は、「物語取り」という視点に立って、按察使大納言が物語を展開形成する中心人物周辺に位置すること、必ずといってよい程姫君入内の件がまとわりつくことを指摘する。注(5) 浅尾もこうした見方の掉尾に列し、若紫巻が『伊勢物語』を引用することに血の繋がりを連想させ、按察使大納言の物語が同じ型をもって繰り返されることに注目し、史上の按察使大納言が兄弟で任官する例がいくつもあることから、紫上の祖父と光

源氏の祖父が兄弟である可能性を考えてみた。注(6)
　こうした大臣目前とする見方を根本的に問い直したのが、高田信敬である。注(7) 高田は平安時代初期から院政期直前までの間の按察使兼帯者を並べ上げ、大納言が按察使を兼ねるようになるのは朱雀村上朝あたりからで、特に円融朝以降それは原則として確立すると言う。その意味で、『源氏物語』の按察使に関する限り、延喜天暦の聖代に準拠を求めえず、むしろ当代的だとした。さらに、按察使に補せられるとそこで官途が行き止まりとなる例が醍醐朝からあらわれ始め、特に一条朝以降にその傾向が強く、『源氏物語』でも按察大納言を極官とする例が多いことから、ここにもやはり当代の風が反映していると言う。按察使に補任されることは、大臣目前とは即断できず、むしろ昇進に一定の見通しが立ってしまったことを意味すると主張し、これまでの読み方に疑念を呈した。
　この後に提示された按察使大納言に関する論は、おしなべてこの高田論文の影響下にあると見て良い。岡田奈美は、桓武朝から一条朝までの按察使大納言を五期に分け、その特徴をまとめる。平安初期の段階では「按察使大納言」の存在はなく、大納言が按察使を兼任するパターンが定着するのは先の高田の言う通り大体朱雀・村上朝からで、特に円融朝以降これは原則確立するから『源氏物語』の按察使大納言は当代的だと説く。注(8) さらに、岡田は、正篇での按察使大納言には、《不利な状況にもかかわらず、娘の入内に固執する人物》のイメージが与えられ、それは物語が進むにつれて一層強化されていくとし、続篇の紅梅大納言には政界二番手の地位を与えて、新たな按察使大納言像を造り出そうとして、うまくいかなかったのだという。按察使大納言は、さまざまな政治的位置づけが可能で、政権構想に関わる人物が任官し、兄弟任官が多い職であることを指摘して、主人公の悲劇性を高める土台としてうってつけの職であったと述

べる。[注(9)]

高屋久美子は、『源氏物語』の按察使大納言について、桐壺大納言の子息は出家して雲林院律師となっている点や、兄大臣の子息明石入道が近衛中将の職を捨て播磨守となっていることなどを挙げ、按察使大納言としての権勢ある様は見られないとし、雲居雁の義父にしても、大納言として登場するのが最後であることなどを根拠として、按察使大納言が大臣に昇るべき筆頭大納言であるとは断言できないと言う。さらに史上の按察使大納言を見ても、兼家以後、為光、源重信、公季、実資らが大臣職に就いているが、いずれも摂関家の者ではなく、実権は握っていないとし、先の高田の説を承け、将来昇進の見込みのない、そこで官途が行き止まりとなる官職だと述べる。唯一の例外となる紅梅大納言については、娘が麗景殿女御となることが不遇な女御の暗いイメージをもつと言い、紅梅大納言が大臣に昇進する竹河巻自体が、前後の巻と辻褄が合わない問題を抱えているとして武田宗俊の作者別人説まで持ち出している。[注(10)]徹底して「不遇」「官途の行き止まり」という読みを展開する。しかし、麗景殿女御と呼ばれること自体が不遇な女御を象徴するとする意味付けには根拠が乏しく、結論ありきの印象は否めない。

池田節子は、平安時代の文献に現れる「按察使大納言」と呼ばれる例を取り上げ、それのもつイメージを考える。史上では按察使を兼ねても按察使大納言と呼ばれない例があるためである。例えば『御堂関白記』に登場する按察使は、道綱・実資・斉信であるが、道綱は右大将・東宮大夫、実資は右大将と呼ばれ、一度も按察使・按察使大納言と呼ばれていない。『大鏡』兼通伝でも「御病も重くて、大将も辞したまひてこそ、口惜しかりしか。さて、ただ按察大納言とぞ聞こえさせし」とあることを根拠に、「按察大納言」とよばれることは、それでしかないことを意味したものと思われる。前記した、按察使をへて後、位を極めた人々にしても、それぞれほとんどの期間、ほかに兼官を有していても、按察大納言と呼ばれたことはあまりなかったであろう。それゆえ『源氏物語』の按察大納言たちは、摂関などにはなりえない、その周辺に属する人々とみなしてよいであろう。

と、述べる。紅梅大納言にしても、祖父・父ともに太政大臣まで進んだ家柄にも関わらず、権力を担い得ない一貴族に成り下がってしまっていることを意味するという。[注11] 按察使を兼ねても按察使大納言と呼ばれない場合があり、一方で按察使大納言としか呼称されない場合もあって、その差が何に由来するのかを問うた点は評価される。

高木和子に至って、呼称の意味はより丁寧に読み解かれることになる。桐壺巻の時点での桐壺更衣の父は、大臣昇進を目前とする可能性を帯びているからこそ「故大納言」と呼ばれるのであり、須磨巻で明石入道の言葉で「按察使大納言」と呼ばれるのは、極官の印象を与え、微妙ながら確かな改変が加えられているという。さらに、娘の入内を悲願としつつ失意のうちに亡くなるという「按察使大納言」に典型化された物語の型は、雲居雁の義父や紅梅大納言にも影響を及ぼし、反復や重層化が行われる。紅梅大納言では、娘の入内を悲願とする姿が、初めて物語内の現在として語られ、謂わば、光源氏や紫上の、物語に描かれざる前史にこそ焦点をあてたものとなるという。問題の宿木巻の藤壺での藤の花宴で、薫と女二宮の婚儀に際して、宮への思慕が設定されるのは、柏木の物語の反復だとし、薫の婚儀を讃美する一人物にとどまる紅梅大納言の造型は、多分に戯画化されていると述べる。さらに、「按察大納言」と呼称されるしかないのは、夕霧一族の繁栄と対比的に、旧頭中将家の没落を描こうとする物語の論理のためだと分析する。[注12]

これらに対して、歴史上の太政官と物語のそれを精査して論じたのが今井久代である。今井は、物語に描かれた太政官の様相が一条天皇御代のそれと同じではないとする。その理由は、第一に光源氏の四十賀の出席者を見ても、十世紀後期のような納言の増員はなされていないこと、第二に光源氏が太政大臣として頭中将が内大臣になった後も依然として内大臣を圧倒し、太政大臣として大局から政務全体を領導していること、第三に摂政関白について、冷泉帝の最初に摂政を置くものの、摂関常置ではなく、摂政未経験者が関白に任ぜられることがないこと、第四に政権担当者たちがいずれも関白とは呼ばれていないことだという。これらを根拠とすれば、十世紀半ば頃までの摂関体制に近い。つまり、太政官の内実は、十世紀後期の転成を遂げる以前の延喜天暦時代のそれに似ているとする。しかし、その一方で、光源氏が公私にわたり帝を後見するあり方は、藤原道長のそれと同様で、一条天皇と同時代（十世紀後期以降）の権力掌握の現実を踏まえた書き方となっているとも述べる。謂わば、異なる時代の状況が一つの作品の中で現出しているると述べるのである。今井はさらに加えて、『源氏物語』では「大納言」と呼ばれること自体に、真の権威から遠い悲劇的イメージを孕むのではないかともいう。物語登場時から既に大臣であった者はむろんのこと、頭中将・鬚黒・夕霧・薫などの主要人物たちが、大納言だった時期がありながら、「大納言」とは呼ばれていない。皆、執政の中心となった人々は、兼官している「大将」の呼称が優先され、大納言とは呼ばれないのだと言う。注(13) 今井に至って初めて「按察使大納言」を含めた太政官全体に関する視点を得て、物語の太政官がいつの時代を踏まえるのかがより明確となるとともに、物語の虚構の論理がどのあたりにあるのかも意識されたと言える。

これ以外では、例えば杉田まゆ子が藤原公任の出家について、『栄花物語』を用いて按察使大納言という官職から論じているが、これは高田の論の延長としてあり、按察使大納言として何か新見があるわけではない。注(14) また後期物語では、横溝博が『海人の苅藻』を取り上げ、その中心に按察大納言があることを指摘し、それが『源氏物語』の紅梅大納言とは対照的であり、三条朝以降の政治状況と重なるところがあるという。注(15)

このように、按察使大納言の意味づけについては、その歴史的状況をどのように解釈するのか、そのどこに注目するのかによって、大きく二つの見方があり、意味付けも変わってくる。さらに物語がそれをどう受容したのかも問題となってくる。

四　歴史上の〈按察使大納言〉

歴史上の按察使大納言がどのように位置づけられるのか、さらに、物語の按察使大納言が歴史上のそれとどのように関わるのかについて、以下に考えてみたい。歴史上の按察使大納言の評価を従来のそれから大きく変えたのは、高田信敬である。そこで、高田が按察使大納言の特徴として述べた四つの点を検証するところから始めてみたい。四点とは以下の通りである。なお、歴代の按察使兼帯者は高田がすべてを列挙しているので、ここで繰り返すことはしない。

Ⅰ　大納言が按察使を兼帯するようになるのは朱雀村上朝あたりからで、特に円融朝以降それは原則として確立――41源雅信から64源俊房までに例外三名――した。その意味で『源氏物語』は按察使に関する限り、延喜天暦の聖代に準拠を求めえず、むしろ当代的である。『源氏物語』の当代性については、もっと注意が払われてよい。

Ⅱ　位人臣を極め摂関の貴きに至る人物は、11藤原良房・16藤原基経・33藤原実頼・42藤原兼家・43藤原為光・48藤原公季であって、一条朝以前に属する。寛和二年（九八六）七月兼家が摂政のまま右大臣を辞したことは、太政大臣以下三公を越えた独自の存在として摂関を位置づけ、さらに正暦二年（九九一）右大臣から摂関の地位とかかわりなく為光が太政大臣に任ぜられて、太政大臣の名誉職化が進んだ点も考慮すれば、按察使兼帯者が真に権力の頂点へ登りつめる例は花山朝以前にしか存しない。しかもそれは上掲六十四名中四名のみ。したがって『宇津保物語』初秋に見える正頼の位署書「大納言正三位兼行左近衛大将陸奥出羽按察使源朝臣」は、後に左大臣に昇って政務を執るところからすれば、花山朝以前の例に対応する按察使大納言のあり方である。

Ⅲ　逆に兼帯時からまったく官位の昇進のない人物のうち、補せられてまもなく没した例、したがって制度的と言うよりむしろ偶然そうなった25藤原国経・27藤原有実の二例を除くと、24藤原定国以下62源隆国まで十一例、これに権官から正官への転、あるいは一階程度の昇叙で官は動かないもの49源時中から三名を加えて十四名を数えうる。すなわち按察使に補せられるとそこで官途が行き止まりとなる例が醍醐朝からあらわれ始め、特に46藤原済時以降の一条朝にその傾向が強く、『源氏物語』でも按察大納言を極官とする例の多いことから、ここにもやはり当代の風が反映していると考えられる。

Ⅳ　兼帯者が大臣以上に至ったのは2藤原緒嗣以下二十七名で、半数に満たない。この数字だけでも按察使兼帯者を「大臣目前」と速断できないことがわかる。目前かもしれないが、足ぶみしたまま到達できないことの方が多いのである。そして補せられた人物の系譜を考えてみると、摂関家の嫡流は16

藤原基経・33藤原実頼くらいであって、42藤原兼家の場合、兄たちに遅れをとっていた時期の兼帯である。大納言程度が出世の限界である門流の人々、まだ摂関家の子弟であっても、56藤原頼宗・57藤原能信・58藤原長家のように嫡妻ではない女性を母——高松殿明子——とする者が補せられる官であった。栄達の官途たる権大納言での兼帯が後一条朝以前ではごく稀であり、年令もまた春秋に富む、と言えるどころか、昇進に一定の見通しがついてしまった時点の任官である例がほぼ全部で、三十才以下の兼帯を見ない。調査範囲をさらに拡大しても、結果は同様である。ただし院政期になると、藤原公通のように、大納言を辞して本官がなくなっても按察使であり続ける例が出現し、補任制度上おもしろい話題を提供する。注(16)

以上から判るように、高田の述べる論理は、大納言が按察使を兼帯するようになるのは朱雀村上朝あたりからで、円融朝以降確立するから『源氏物語』の描く按察使大納言は当代的だとし、按察使大納言に補されるとそこで官途が行き止まる例が醍醐朝から現れ始め、一条朝以降その傾向が強まるという。さらに、按察使兼帯者が大臣に昇った例は全体の半数にも満たないから大臣目前とは即断できず、目前かもしれないが、足ぶみしたまま到達できないことの方が多いのだという。『源氏物語』の按察使大納言は極官の例が多いから当代的だとし、格式が高く大臣になって然るべき人とする従来の考えを誤りだとした。

基本的に数の多い少ないを根拠とし、「按察使大納言は円融朝以降確立するから当代的だ」「按察使兼帯者が大臣に昇る例は全体の半分に満たないから官途の行き止まりだ」「『源氏物語』の按察使大納言は極官が多いから当代的だ」と述べ、按察使大納言が太政官においてそもそもどういう位置を占める官職なのか、なぜ一条朝以降官途が行き止まるのかについては、なんら触れることはない。

最初に、ここで述べている内容に問題点がないのかどうか、以下に詳しく見てみたい。Ⅰについて、大納言が按察使を兼帯するようになった時期を朱雀から村上朝以降とするが、これ以前にも何人もの例がある。注(17) 確かに朱雀朝以降は増える傾向にあるが、これのみをもって大納言が按察使を兼帯するようになるのは朱雀村上朝あたりからと一概には言えない。ましてや按察使大納言は円融朝以降に確立するから当代的だと言うのはあまりに乱暴である。

Ⅱについて、按察使大納言が真の権力の頂点に登りつめる例は花山朝以前にしかないという指摘は正しい。正暦二（九九一）年に藤原為光が太政大臣に任ぜられて太政大臣の名誉職化が進んだという。しかし、『源氏物語』における太政大臣は、朱雀帝御代の祖父（もと右大臣）、冷泉帝御代の三人の太政大臣（もと左大臣・光源氏・もと頭中将）らがいて、天皇の後見人としての役割を果たしており、決して名誉職と化していない。よって、これをもってしても物語のあり方は正暦二（九九一）年以前のそれであり、少なくとも物語の太政大臣は当代的とは言えない。

Ⅲについて、一条朝において官途が伸び悩むのは、藤原兼家から道隆、道長、そして顕光、公季らが大臣職をすべて独占し続けた期間が長きに亘ったからである。そのために按察使大納言が極官となったり、按察使大納言を経てもその後昇進できないという例が続出したのである。ちなみに、『源氏物語』の中の四人の「按察使大納言」のうち、光源氏の祖父大納言と、紫上の祖父大納言は、極官が按察使大納言であったというだけで、官途が行き止まったのかどうかはこれだけでは分からない。しかも、光源氏の祖父按察使大納言と明石入道の父大臣は兄弟であったから、この兄弟は、明らかに権門である。現在の左右大臣が明石の兄弟とは全く別の系譜であることを考えると、時勢が変わり、今や全く中央政界から消えてしまった権門の面影をもっている。

Ⅳの「大臣目前」かどうかについては、権門が固定化し大臣職を独占するようになる前か後かで見方は変わる。大臣に昇進した人が全体の半数に満たないと述べたところで、それをもってして按察使大納言の特徴と位置づけることは難しい。

これらで判るように、高田の述べる「按察使大納言は昇進に一定の目途のついたそれ以上の昇進を望めない官職」という見解は、『源氏物語』の舞台を「当代的」とする限りにおいては当てはまるが、それ以前と考えると必ずしもそうではなくなる。さらに、太政大臣のあり方は少なくとも当代的とは言えない。つまり、物語の舞台の時代設定をどう考えるかが一つの鍵となり、その上で、按察使大納言の特徴を位置づける必要がある。

歴史上の按察使の特徴については、高田の述べることの他にもいくつかの特徴がある。それについて以下に述べてみたい。

按察使は、もともと参議や中納言などが兼帯する官職であったが、嵯峨天皇御代で藤原冬嗣が大納言で按察使を兼帯したのを嚆矢とし、参議から大納言までの間で兼帯する官職となる。左右大将は大臣でも兼帯するのに対して、按察使は大納言までで、大臣が兼帯することはない。他の兼官と大きく違うのは、任期があることである。通常四年から五年である。再任されて長期に渡って兼官した例としては藤原仲平の九年の例があるが、基本的に再任はなく、最長五年で交替している。兼官としては、左大将、右大将に次いで第三位程度に位置するため、大納言が兼帯することが多くなる。按察使を兼ねながら大将を兼官する例もいくつかあり、右大将と兼官する例は一条朝までの間で十九名[注(18)]を数える。左大将を兼ねる例も九名[注(19)]あり、按察使大納言から政界の中心となった人は多数いる。さらに、東宮傅を兼ねる例が五名[注(20)]、東宮大夫を兼ねる例が十名[注(21)]あるなど、次の天皇となる東宮と深い関わりをもつ例もある。

一方で、醍醐朝の藤原時平以降、藤原忠平・実頼・師輔・伊尹・兼通・頼忠・兼家・為光・道隆・道長・顕光など一部の権門が次々と他の殿上人を追い抜いて出世し、上位の官位を独占するようになると、大納言が極官になる例もしばしば現れるようになる。冷泉朝以降、権門による支配が顕著となり、特に一条朝の後半、長徳三（九九七）年以降の十五年間は、左大臣藤原道長、右大臣藤原顕光、内大臣藤原公季の体制は全く動くことはなかったため、大納言から大臣に昇進する例も全くなかった。そういう時代にあっては、按察使を兼ねようが兼ねまいが大納言の人事そのものが硬直化しているので、そこからの昇進は望むべくもない。

このように、按察使大納言のイメージを考える際には、いつの時代に焦点を当てるかでそれは変わるのである。『源氏物語』の按察使大納言を当代的だと考えれば、人事が硬直化した時代ということになるが、延喜天暦のころと考えれば、その見方は大きく変わる。左右大将や民部卿などは、任命された人がそれを辞めないかぎり兼官が続く。東宮傅にしても、ほとんどの場合は東宮が天皇となるまで続く。いわば官職が人と一致して、イメージが固定化するのに対し、按察使は四〜五年を限りとして持ち回りで兼官するため、人に固定化せず、大まかに筆頭の大納言、もしくは次席のそれが任官するようになる。よって、按察使を兼官した途端に官途が止まるなどということは、基本的にない。按察使大納言が極官となるのは、任官した時がすでに老齢であったために任期途中で亡くなる場合か、左右大臣・内大臣が一部の人々によって長く独占され、昇進が叶わない場合なのである。結局、物語の按察使大納言を読み解くためには、物語の時代設定と物語の方法を見極めなければならないのである。

五　物語の時代と物語の方法

『源氏物語』の舞台の時代設定については、早くに『河海抄』が延喜天暦のころとしたのをはじめ、それを遡る時代や、一条朝と同時代など、さまざまな意見が出ている。注(22) ただし、これは一つの時代に準拠して物語が書かれているのではなく、物語が舞台として設定する時代の中に、複数の時代に関わる内容が入りこんでいるためである。しかし、こと按察使大納言に関して見た場合、先の今井久代が提示した太政官全体の構成および内実は、時代意識を考える上で、外すことはできない。歴史上の大納言の数は、権官を含めて三人という時代が稀にあるものの、基本的に二人であった。それが、村上天皇の天徳四（九六〇）年ごろから権大納言を含んで三人体制となり、冷泉天皇安和二（九六九）年からは大納言二人、権大納言二人の計四人体制が常態化する。ところが『源氏物語』では、例えば光源氏が須磨・明石から京に帰還した際や、薫が女二宮の降嫁を受ける直前に臨時的に権大納言になる例はあるが、若菜上巻の冷泉帝主催の光源氏の四十賀宴の際にも「左右の大臣、大納言二人、中納言三人、宰相五人、殿上人は、例の内裏、東宮、院、残る少なし」（若菜上④九十九頁）とあるように、増員される以前の二人体制の時代なのである。さらに、太政大臣にしても左右大臣や内大臣に対して隠然たる権威を有し、大局から政務全体を領導していて、権威が形骸化する以前の姿と言って良い。さらに、歴代の政権担当者が「関白」と呼ばれていないのも歴史上の冷泉朝以前の形である。このように太政官の構成および内実は、確実に村上朝までの形なのである。

桐壺更衣の父大納言は、桐壺巻で既に故人であって、桐壺帝かその前の帝の御代で大納言であったことになるし、紫上祖父大納言も、だいたい同じような状況であるから、いずれも前代のイメージを抱えている。しかも桐壺巻の時代設定は、明らかに醍醐天皇御代のころを中心としている。注(23)となると、故人として回想される先の二人の按察使大納言は、桐壺帝御代かそれより前の時代を生きた人なのである。これを按察使大納言が確立するのは、円融朝以降だからという理由で、当代的だとするのは明らかに無理がある。『源氏物語』に登場する四人の按察使大納言は同じ時代を生きているわけではない。少なくとも、死後に回想される前半の二人と、物語の現在に生きている後半の二人は別に考えるべきではないのか。その意味で、桐壺大納言と紫上祖父大納言は、人事が硬直化する前の有り様を背景とし、権門の出でありながら何らかの理由で家は没落し、大臣を目前として娘の入内を図りながら再起を夢見て、しかし志半ばで失意のまま亡くなった、そういう悲劇性を抱えていると考えるべきであろう。

一方、雲居雁の義父の按察使大納言や、紅梅大納言はやや意味づけが異なる。こちらは、一部の権門が大臣職を独占している状態であり、そのために按察使大納言に留まったままの状態を表している。ただし、昇進が完全に止まった状態であると言うのは早計である。雲居雁の義父の按察使大納言は、そもそもその後の物語に登場することはないし、紅梅大納言は竹河巻で大臣に昇進してもいる。ただし、宿木巻で「按察大納言」と語られるのは、むしろ「昔、権門であったにも関わらず、今は高齢になるまで按察大納言に留まっている」という意味で、祖父左大臣は、桐壺帝の妹の后腹内親王の大宮の降嫁を受けるほど、帝の信頼を得て権力の中枢にいて、さらに息子の頭中将も太政大臣まで登りつめた名門である。兄柏木は、朱雀院から更衣腹とはいえ女二宮の降嫁を得ているし、その意味でも皇統と近しい関係を結んできたが、今回の女二宮の降嫁にあたって候補にも入らず、薫に降嫁させたことを残念に思っている。紅梅大納言は、早くから物語に登場し、容貌や才気に優れ美声を誇るなど、物語ではむしろ優れた人物として点描されてきたが、ここでは明らかに薫の引き立て役である。さらにここで「按察大納言」と語られることは、大納言の筆頭でありながら、高齢となるまで「按察使大納言」に留まっていることを表し、異例の若さで権大納言となり、かつ右大将を兼ねて、女二宮の降嫁を受ける薫とは対照的に位置づけられている。それは、紅梅だけでなく、女二宮と結婚したいと思っていた人々の気持ちを代弁し、薫の栄花が大勢の嫉視の中にあることと、紅梅大納言が歴代の太政大臣を輩出した名門の出でありながら、すでに政界の中心には存在せず、他の人々の後塵を拝する立場にいることを象徴しているのであろう。

こうしてみると、「按察使大納言」はそこで官途が止まるイメージなのではなく、筆頭もしくは次席の大納言として大臣目前でありながら、他の人々との関係でやや遅れを取ってしまい、政界の中心から外れてしまっている人を表すと言って良い。

これに対して、兼官として注目すべきは「右大将」である。史上では藤原兼通が「大将」を経由せずに内大臣になった例はあるもの[注(24)]の、通常執政官になる者は、その昇進の過程で「大将」――その最初である「右大将」を兼ねるのが通例である。『源氏物語』においても、次の執政官となる者が右大将を兼ねるあり方は同じである。換言すれば「右大将」を兼官することが次の執政官であることを意味する。葵巻の光源氏、薄雲巻の大納言（もと頭中将）、胡蝶巻の鬚黒、若菜上巻の夕霧、宿木巻の薫といった人々である。これらの人々は、右大将を兼帯した後、大臣に昇進し、政界の中心人物となった人々である。先述した通り、史上で按察使大納言が右大将を兼ねる場合は多数あり、按察使兼帯の意味する筆頭もしくは次席大納言という位置づけと右大将は矛盾しなかったのであり、それらの人々の将来性を占う指標でもあった。その意味でいうと、宿木巻の藤の花宴の直前に「二月の朔日ごろに、直物とかいふことに、権大納言になりたまひて、右大将かけたまひつ。」（宿木⑤四七一頁）として、薫が右大将を兼帯する権大納言となることは、彼の確かな将来性を示している。それと比較された紅梅大納言が「按察大納言」と呼称されたことには、若くして将来を嘱望された薫に対する、通常の昇進ルートを辿りながらすでに高齢に達している紅梅の対比となっていることは明らかである。

「按察大納言」は、必ずしも極官をイメージするものではない。次に大臣の道があるからこそ、それへの期待があり、重みのある兼官としてイメージされたものと考える。しかし、若くして亡くなる場合や大臣職が権門に独占されるなど、何らかの理由でその後の昇進が閉ざされた場合に、その複雑な想いは怨念として形象化されるのである。紅梅大納言の場合も同じことで、もしそれで官途が途切れることが分かっているのなら、世代も違う若い薫に対してライバル心を持つのは文脈として合わなくなる。「本来なら私が」という思いがあるからこその思いではないのか。

六　むすび

女二宮の婿となる薫を賞賛する宿木巻の藤の花宴の中において、なぜ不満を抱く紅梅大納言のような姿を描く必要があったのか。しかもそれを「按察大納言」と呼称して語る必然性について、これまでの見解を通覧するとともに、「按察大納言」のもつ歴史的意味を考えてみた。「按察大納言」は按察使を兼帯した大納言の意であり、それは筆頭もしくは次席の大納言としての位置づけを持っていた。しかし、一部の権門が大臣職や摂政関白を独占するようになると、序列を無視し、按察使大納言を飛び越えて先に大臣となる者が現れるようになる。そうして「按察使大納言」は大臣目前でありながら、権門の人々にやや遅れを取ってしまった人の意味づけが加わってくる。紅梅大納言の発言は、まさにこの立場からのそれであり、異例の若さで右大将を兼ねて権大納言となり、将来を嘱望された薫を対象化する存在としてあるのだと言える。歴代の太政大臣を輩出した権門の出でありながら、按察大納言に留まっている紅梅の発言であることで、おのおのの政界における位置づけを象徴してくるとみて良い。

注

(1)『源氏物語』本文の引用は、小学館刊行新編日本古典文学全集『源氏物語』に拠り、巻名と巻数、頁数を記した。
(2)拙稿「柏木遺愛の笛とその相承」(『源氏物語の准拠と系譜』所収、翰林書房、平成16〈二〇〇四〉年)
(3)高橋和夫「光源氏の生涯」(『平安京文学』所収、赤尾照文堂、昭和49〈一九七四〉年)四一九~四二〇頁
(4)日向一雅「光源氏論への一視点―「家」の遺志と王権と―」(『源氏物語の主題―「家」の遺志と宿世の物語の構造―』所収、桜楓社、昭和58〈一九八三〉年)六三頁
(5)久下晴康(裕利)「『狭衣物語』の影響―「物語取り」の方法から―」(『平安後期物語の研究 狭衣 浜松』所収、新典社、昭和59〈一九八四〉年)
(6)拙稿「按察大納言と若紫―「春日野」の変奏―」注(2)に同じ
(7)高田信敬「按察大納言―権力からの距離―」(『源氏物語考証稿』所収、武蔵野書院、平成22〈二〇一〇〉年)

（8）岡田奈美「『源氏物語』における按察大納言―二つの「故按察大納言家」―」（「王朝文学研究誌」第7号、平成8〈一九九六〉年3月）

（9）岡田奈美「『源氏物語』における按察大納言（二）―紅梅の官職設定を考える―」（「王朝文学研究誌」第8号、平成9〈一九九七〉年3月）

（10）高屋久美子「源氏物語における紅梅大納言―その按察使大納言である意義―」（「国語国文学研究」第35号、熊本大学文学部国語国文学会、平成12〈二〇〇〇〉年2月）

（11）池田節子「あぜち　按察使・按察」（『王朝語辞典』東京大学出版会、平成12〈二〇〇〇〉年）

（12）高木和子「「按察大納言」にみる方法意識」（『源氏物語の思考』所収、風間書房、平成14〈二〇〇二〉年）

（13）今井久代「太政官（大納言）―「大納言」と呼ばれる人々」（『王朝文学と官職・位階　平安文学と隣接諸学4』所収、竹林舎、平成20〈二〇〇八〉年）

（14）杉田まゆ子「按察使大納言公任の出家―『栄花物語』と古記録における―」（「国文学研究資料館紀要」第23号、平成9〈一九九七〉年3月）

（15）横溝博「按察家の人々―『海人の苅藻』を中心として―」（『考えるシリーズ4　源氏以後の物語を考える―継承の構図』所収、武蔵野書院、平成24〈二〇一二〉年）

（16）高田信敬　注（7）に同じ　二一六～二一八頁

（17）具体的には、嵯峨朝の藤原冬嗣、淳和朝の藤原緒嗣、仁明朝の藤原良房、文徳朝の藤原良相・安倍安仁、清和朝の藤原基経・藤原常行・源多、陽成朝の藤原良世、宇多朝の源能有、醍醐朝の源光・藤原定国・藤原国経・藤原定方・藤原仲平などの人々。

（18）右大将と按察使を兼帯した十九名は以下の通り。巨勢野足・良峯安世・藤原良房・藤原良相・安倍安仁・藤原常行・藤原良世・源能有・藤原定国・藤原定方・藤原仲平・藤原保忠・藤原実頼・藤原師輔・藤原顕忠・藤原師尹・藤原兼家・藤原顕光・藤原実資。

(19)左大将と按察使を兼帯した九名は以下の通り。藤原冬嗣・藤原基経・源多・源能有・藤原仲平・藤原顕忠・藤原朝光・藤原済時・藤原公季。

(20)東宮傅と按察使を兼帯した五名は、藤原緒嗣・源能有・藤原定方・藤原師氏・藤原道綱。

(21)東宮大夫と按察使を兼帯した十名は以下の通り。藤原冬嗣・良峯安世・藤原良相・藤原定国・藤原師輔・藤原師尹・藤原師氏・藤原朝光・藤原公季・藤原道綱。

(22)拙稿「皇統の歴史と物語の論理」(『源氏物語の皇統と論理』所収、翰林書房、平成28〈二〇一六〉年)

(23)拙稿「女御・更衣と賜姓源氏—桐壺巻の歴史意識—」注(22)に同じ

(24)『公卿補任』は、天禄三(九七二)年の藤原兼通の任内大臣を「執政人不経大将初例」と記す。藤原兼通は、安和二(九六九)年に参議の末席に連なってから、たった三年後の天禄三(九七二)年の二月二十九日には権中納言、同年十一月二十七日に内大臣となって関白を兼ねるという異例の昇進を遂げた。「大将」を経ずに執政官になった初例で、これが如何に異例であったかが分かる。

式部卿宮の姫君の出仕

廣田　收

一　はじめに

宇治十帖を読み進めようとするとき、無意識のうちに小説的な読みに陥ってしまうことのないように留意したとしても、あるいは、古代物語の特性をあれこれと勘案したとしても、緊迫した浮舟巻巻末から、宮廷社会を舞台とする蜻蛉巻への大きな転換には、少なからず唐突という印象を持ったり、弛緩している印象を持ったりして、何がしか「違和感」を抱かざるを得ない。この違和感は、どのようにして整合性を持って読み解けるだろうか。

誰もが気付くように、蜻蛉巻には「ゆかり」という語が頻出する。宇治の橋姫のゆかりの系譜を伝える物語は、蜻蛉巻における薫の女一宮・女二宮に対する恋の系譜の物語と響き合っているということもできよう。ただ、それにしても、橋姫のゆかりと女一宮・女二宮のゆかりとは、どういう関係にあるのか、なかなか納得できる成案を得ない。

そもそもこの蜻蛉巻は『源氏物語』の全体の中でどのように位置づけられるのだろうか。早く『河海抄』が比定したように、桐壺帝の時代を醍醐天皇の御代と想定するとして、物語の時代がストーリーの展開とともに、次第に紫式部の生きている現在へと近づいてくるということは考えやすい。この問題は、いうまでもなく光源氏その人にしても誰をモデルとするかということと連動するであろう。すなわち、『源氏物語』の制作そのものが藤原道長によって要請されたものであれば、澪標巻以降において、光源氏像に道長の面影が交錯することもありうることとして指摘されてきたところである。特に宇治十帖に至ると、物語は紫式部の生きた現代に近づき、それまでの過去の時代のこととして仮構されたはずの物語に、時代の状況が「侵食」[注(1)]してくるという様態は認めてよいであろう。

そのように考えてきたとき、蜻蛉巻にみえる式部卿宮の姫君の出仕は、どのように捉えることができるであろうか。

二　式部卿宮の姫君に関する研究史

まず、蜻蛉巻における式部卿宮の姫君に関する代表的な研究を辿り直しておこう。

早く原陽子氏は、蜻蛉巻の後半に「六条院世界を舞台に日常生活に戻った薫の姿」が描かれるが、「浮舟物語の流れ」からみると「逸脱」とみえ、「薫のいわゆる宮廷恋愛の件り」をどう捉えるかを問われている。ここに「挫折した「女一宮物語」の構想の存在」を想定するという、かつての議論[注(2)]に対して、「女一宮思慕にのみ焦点を絞ること」が「巻全体の論理を見えにくくする」として、むしろ「新たな物語状況を創出」していると捉え「蜻蛉巻と次の手習巻とがともに浮舟巻を承けて並列している」（傍点・廣田）といわれる。そして「浮舟巻→蜻蛉巻→手習巻へと積み上げられ進行してゆく物語の方法を考えたい」とされる。すなわち「浮舟事件の顛末を語り終えた今、薫を中心に語られる都世界での新たなエピソードが浮舟事件に対して担っている問題は何か」と問われる。そして「物語が新たに呼び出してくる人物」として、小宰相、女二の宮、女一の宮付きの女房たち、宮の君（故式部卿宮の姫君）等が登場し、「薫のエピソード」が「浮舟入水以前の過去を現出させる形で進展してゆく」ことによって、「物語が浮舟巻を想起させ、そのヴァリエーションを現出させる形で進展していく」といわれる。

原氏は特に、「物語は薫の主観によって宇治と都とが渾然一体とした時空を創出」して「薫の周囲にかつての浮舟をめぐる匂宮との三角関係のヴァリエーションを再び設定」しているという。そして小宰相の君を中心とする「擬似過去のシステム（1）」と、女一の宮と宮の君とを中心とする「擬似過去のシステム（2）」とをみてとる。特に後者は「正夫人をその姉宮の「形代」に仕立て」ながら「失望する」ところに「過去の薫像が浮き彫りにされる」という。さらに、宮の君が「継子譚的背景を背負った登場」をすることに「浮舟のパロディ」をみてとる。すなわち「宮仕えの身となった宮の君」に「かくはかなき世の衰へ」をみることで、薫が「浮舟が入水したことも咎めるべきではないと考え直す契機」となったとみる。

すなわち、蜻蛉巻後半は「薫の意識において都と宇治とが融合した、いわば薫の内的世界」（傍点・廣田）であり、上記すべての「登場人物たち」は薫の「過去を想起させその意味」を問わせるために「イメージを付与されて呼びおこされている」という。そして「女宮は皇統への強い憧憬と、浄土に向かう仏

道への志向」とが薫において「〝成就しない恋〟の形をとって等価な情動として磁場を形成している」といわれる。注(3)

次に、藤村潔氏は、『源氏物語』の「準拠と虚構の問題」について、「架空の物語に現実性を付与したのが、源氏物語の準拠と呼ばれる、虚構の場面と史実等の事実との関係」であり、「分離した虚構と歴史とを連合させたのが源氏物語の準拠である」という。そして、朝顔姫君と紫上とが「式部卿宮の姫君と設定されていること」に注目する。さらに「正編」を「紫のゆかりの物語」、宇治十帖を「宇治のゆかりの物語」と捉える。そして「代替の愛の世界」の有無として捉え、「正編の世界では、ゆかりの愛が成り立ち、光源氏の物語は、紫上の死をいたみ、ありし日の妻の回想・追慕の中で閉じられる」のに対して、「続篇の世界では、ゆかりの愛は実を結ぶことなく、薫の思いは大君への回帰を繰り返す」のだという。そして、蜻蛉巻の式部卿宮の「宮の君」については、「継子譚の女主人公の立場にあり、継母によって、継母の兄の平凡な右馬の頭との結婚を強いられるところを、危く中宮に救い出された」とみる。この点について藤村氏は、後の箇所で、「中宮の立場からは救済だが、薫の立場からは、その救済を」姫君が「甘んじて受けていること」に「はがゆい」思いをしていることをいう。

このように論旨を辿ってみると、藤村氏は、あたかも式部卿宮の姫君という設定を視点として、『源氏物語』の全体を読み直す試みをされたものと見えてくる。

すなわち、藤村氏によれば、宇治大君は朝顔姫君と「同類の境遇」であるだけでなく、「境遇を更に数段きびしく設定しなおした関係にある」という。藤村氏は、蜻蛉巻が「浮舟の水死を薫と匂宮とおよび生母に知らせる準備をしているといえる巻」であると捉え、「物語の進展の全体にからませて宮の君を引き出すことによって、巻を閉じている」といい、薫が女一宮を「遠くない間柄でありながら思うようにならない関係」から総角巻が「最終的には女一宮の侍女たちのことに話が及んで、終わっている」し、匂宮も「話の終わりは女一宮の侍女のことで」あると指摘する。一方、中君も「蜻蛉巻の宮の君のように女一宮の侍女になる」可能性をいう。すなわち、「女一宮が椎本巻まで、宇治の中君にかかわって想起され、そのあと女一宮のことが出るたびに、話が侍女の事に移って終わっている」といわれる。そして、

朝顔の姫君が式部卿宮の姫君として、正篇の物語の初めの部分に出てくるのに対して、宮の君のほうは、式部卿宮の姫君として、続篇の物語の終わりのほうで姿を見せる。朝顔の姫君が正篇の紫のゆかりの物語の前提という立場に立たされていたとすれば、宮の君は、続篇の宇治のゆかりの物語の跡始末を引き受けさせられているといえよう（三二頁）（傍点・廣田）。

と論を結んでいる。注(4) すなわち、「宇治のゆかりの物語の跡始末」をするという意味で、宮の君の存在は重い。

次に、野村倫子氏は、特に宮の君について「「蜻蛉」は女主人公不在のまま、「浮舟物語」の前半を終了させる」が、「四十九日の法要を境に都に戻って薫の女一宮思慕が前面に出る」という転換がある。そのとき、「中宮付きの女房達が新たに登場」し、「女房という存在が薫に意識されるようになるのも、「蜻蛉」の一つの特徴」であり、特に「宮の君」は「主題と深く関わる」ゆえに浮舟と関係があるという。そこで野村氏は「宮の君登場の意味」を考える必要があるとされる。

野村氏は、蜻蛉式部卿宮が「桐壺皇子で光源氏の弟という血筋の優位性、姫君に東宮入内の話があるなど、一部世界の式部卿宮と同じ政治的位置にあった」という。ところが「この式部卿宮没後に式部卿宮を襲ったのは当代の第二皇子で次期東宮の噂もあるまだ若い皇子で、蜻蛉宮(ママ)以前の式部卿宮達とは明らかに

異質である」といい、この「歴史的変化」は「現実社会を反映するものであった」とみる。
そして野村氏は、宮の君が「姫宮の御具」であるという表現について、「付属物でしかない人間」を意味するという。さらに「宮の君」という名は、「宮の君」と呼ばれる「女房が複数存在しており、当時の読者には共通する印象があった」と推測される。そして宮の君は、「浮舟の別の顔（本性）をついた理解できず喪失感に打ちのめされる薫の心の中で、浮舟女君として確定し、追慕の対象と昇華させる為の存在」であるという。そのことによって、浮舟は「宇治の「一つのゆかり」の女房になりおおせ、「手習」以降も薫を引きつけてやまない存在となった」とみる。注(5)
さらに、久下裕利氏は、『源氏物語』の「正篇が、その時代設定において醍醐・村上朝の儀式行事を準拠とする場合が多」いのに対して、「宇治十帖」は「作者の生きている時代、一条朝を背景とする史実や史上の人物像の摂り込み」があるとされる。そして、久下氏は「作者の生きた時代の史実や人物造型のイメージ化」があることを『紫式部日記』によって推測しようとされる（四頁）。ここで『紫式部日記』を論証に用いられることは、実に興味深い。
そして久下氏は「作者の生きている時代の多様な史実との接点が、物語形成に反映」していることは、「宿木巻に於ける中の君の産養」に「『物語』と『日記』との関わり」があるとされる（一三～五頁）。また、「『物語』と『日記』と関わり」については、影響というよりも、「作者の目的意図」が「相互補完的に両方に生かされている」（一五頁）といわれる。さらに、蜻蛉巻における式部卿宮の姫君の出仕は「明石中宮の配慮」の問題というよりも、「式部卿宮の姫君だからこそ一品宮の話し相手として最も相応しい品格ある女房」として「別格に待遇している」のだといわれる。つまり、「語り手の「いとあはれなりける」

との表出」が「虚構の物語だけに存する事例への哀感」だけではなく、「作者紫式部を取り囲む現実世界に於いて直面していた同様の事例」（二七頁）に対する「哀感」でもあったことを重視すべきだとされる。すなわち「蜻蛉巻の創作方法」からすると、「「宮の君」が出仕するという設定も、現実に起り得る事例の反映」であったとされる（二八頁）。つまり「宮没後、姫君の御具」として明石中宮に女房勤めを強いられ」、薫や匂宮の手に委ねられるに至る「立場、環境にある」ことを指摘されている[注(6)]（三〇頁）（傍点・廣田）。

　また、高橋由記氏は、蜻蛉巻において宮の君が「式部卿宮の姫でありながら、父宮の死後」、「結局、明石中宮の配慮によって今上帝の女一宮に出仕することになった」けれども、式部卿宮は「生前、姫宮を東宮妃にすること、あるいは薫を婿取ることを望んで」いた。薫は「女房として、出仕した宮の君の零落に較べれば、浮舟の入水も非難すべきではないと思いいたる」と読む。そこで、高橋氏は「式部卿宮家は宮家の中でもっとも格式が高く、卑母でない式部卿宮女が出仕することは異例」だとして、「式部卿宮女の出仕という設定を可能にした時代性を探るとともに、宮の君が物語内で果たした役割を再確認することを目的」とされる。高橋氏は特に、「式部卿宮女の出仕を考察するために史実との関係」を調べる。すなわち、「史実の式部卿宮の姫の中で存在が確認できるのは、仲野親王班子女王（宇多母）や重明親王女徽子女王（村上帝女御）・旅子女王（斎宮）、為平親王婉子女王（花山帝女御）・具平親王室・恭子女王（斎宮）、さらには敦康親王嫄子女王（後朱雀中宮）など、入内したり、斎宮になったり、あるいは貴顕の執になったりしたごくわずかな人だけである」という。

　さらに高橋氏は、「史実に見る宮の君」を調査され「複数人の宮の君は出自が不明で、なぜ宮の君と呼ばれたかははっきりしていない」ものの、「宮家の姫でありながら出仕したために「宮の君」と呼ばれたと推定できる女房」として、後一条天皇の即位の折、「「褰帳」をつとめた」「一品宮々君」（『天祚礼祀職掌録』）に付けられた割注「故章明親王女」すなわち「醍醐皇子章明親王の女」であったことを指摘している。そして高橋氏は、

宮の君の出仕は、特定の一族にだけ権力が集中した時代様相を色濃く表しているといえる。政治抗争に敗れた宇治八宮を父に持つ中の君が父宮没後に結婚し、なおかつ匂宮の妻として認められている希有な幸運は、一条朝以降では夢物語といえる。その一方で宮の君の出仕が語られている。『源氏物語』には夢物語だけではなく、現実よりも更に厳しい進退も描かれていたことになる。

といわれる。それこそ「物語に現実味を持たせる役割も果たしている」という。注(7)

このように研究史を顧みると、個別の表現にこそ異同はあるものの、宮の君の出仕は、野村氏が「現実社会を反映するものであった」といわれ、久下氏が「現実に起り得る事例の反映」であったとされ、高橋氏が「時代様相を色濃く表している」といわれるように、物語の表現が時代の歴史に強く影響されているという理解において共通しているといえるだろう。

歴史の現実による物語への「侵食」は、しかし直ちに物語の解体を意味しない。物語の舞台として都の「隅っこ」である宇治の物語を始めたことからすれば、浮舟失踪後に改めて都の物語を始めることも不自然とはいえない。そのことによって宇治の物語が相対化されることも必然であったといえる。

三　蜻蛉巻の構成

それでは、以上の議論を踏まえ、改めて宮の君の宮仕えの意味とは何か、ということについて考えてみたい。そのためにまず、蜻蛉巻の構成を辿ってみよう。この構成は、ひとまず、

1　浮舟失踪に対する登場人物たちの認識
2　式部卿宮の薨去
3　匂宮兄二宮が式部卿宮となる
4　明石中宮御八講／薫、女一宮を垣間見する／薫、女二宮を女一宮と比べる
[5]　明石中宮の総括と薫の総括と
6　匂宮、侍従を二条院に迎える
7　明石中宮、式部卿宮の娘（宮の君）を宮仕えさせる。
8　匂宮、宮の君を浮舟の身代わりとする／薫、宮の君を女一宮と同類とみる
[9]　薫の宇治の経験に対する最終的総括

と、まとめることができる。

物語はまず何よりも、浮舟がいなくなったことを、多くの登場人物たちによって、どう受けとめるかから始まる。興味深いことに、ここには人物間において微妙で丁寧な描き分けがある。

乳母　　身を投げたまへるかとは思ひ寄りける。（⑥二〇一頁）[注(8)]〔**入水**〕

匂宮　鬼神も、あが君をばえ領じたてまつらじ、（⑥二〇六頁）〔**鬼物のしわざ**〕

時方　ほかへ行き隠れんとにやあらむ、と思し騒ぎて、（⑥二〇三頁）〔**失踪**〕

浮舟母　もし人の隠しきこえたまへるか。（⑥二〇六頁）〔**人のしわざ**〕

鬼や食ひつらん、狐めくものやとりてもて去ぬらむ、いと昔物語のあやしきものの事のたとひにか、さやうなることも言ふなりしと思ひ出づ。（⑥二〇九頁）〔**鬼物のしわざ**〕

たばかりたる人もやあらむと、下衆などを疑ひ、（⑥二〇九頁）〔**人のしわざ**〕

侍従　「身を失ひてばや」など泣き入りたまひしをりをりのありさま、書きおきたまへる文をも見るに、（略）川の方を見やりつつ、響きののしる水の音を聞くにも疎ましく悲しと思ひつつ、（⑥二一〇頁）〔**入水**〕

行く方も知らぬ大海の原にこそおはしましにけめ。（⑥二一一頁）〔**入水**〕

右近　さば、このいと荒ましと思ふ川に流れ亡せたまひにけりと思ふに（⑥二一一頁）〔**入水**〕

いかなる人か率て隠しけんなどぞ、（⑥二一三頁）〔**人のしわざ**〕

鬼などの隠しきこゆとも、いささか残るところもはべるなるものを」とて、（⑥二一三頁）〔**鬼物のしわざ**〕

登場人物の中で、浮舟失踪に対して、受け止め方のひとり異なるのが薫である。

1　心憂かりける所かな、鬼などや住むらむ、

2　かかることの筋につけて、いみじうもの思ふべき宿世なりけり、（⑥二一五頁）〔**鬼物のしわざ**〕

3　ただ今は、さらに思ひしづめん方なきままに、悔しきことの数知らず、かかることの筋につけて、いみじうもの思ふべき宿世なりけり、さま異に心ざしたりし身の、思ひの外に、かく、例の人にてながらふふるを、仏なども憎しと見たまふにや、

（⑥二一六頁）〔**薫の総括①**〕

4　（浮舟）いみじくも思したりつるかな、いとはかなかりけれど、さすがに高き人の宿世なりけり、当時の帝、后のさばかりかしづきたてまつりたまふ親王、御容貌よりはじめて、

（⑥、二一六頁）〔**薫の総括②**〕

5　いかなる契りにて、この父親王の御もとに来そめけむ、かく思ひかけぬはてまで思ひあつかひ、このゆかりにつけてはものをのみ思ふよ、

（⑥、二二一頁）〔**薫の総括③**〕

6　いみじううき水の契りかなと、この川の疎ましう思さるることいと悲し。

（⑥二三〇頁）〔**薫の総括④**〕

（⑥二三五頁）〔**薫の総括⑤**〕

7　「御供に具して失せたる人やある。

（⑥二三一頁）〔**人のしわざ**〕

8　いかなるさまにて、いづれの底のうつせにまじりけむなど、やる方なく思す。

（⑥二三八頁）〔**入水**〕

9　なほ心憂く、わが心乱りたまひける橋姫かな、と思ひあまりては、

（⑥二六〇頁）〔**薫の総括⑥**〕

10　何ごとにつけても、ただ**かの一つゆかり**をぞ思ひ出たまひける。あやしうつらかりける契りどもを、つくづくと思ひつづけながめたまふ夕暮、蜻蛉のものはかなげに飛びちがふを、

ここには色々な思いや推測が錯綜しているけれども、結局、浮舟失踪の真相は不明のまま、うやむやになってしまう。いずれにしても、決定的なことは、やがて叙述の重心が、ひとり薫の認識に収束することである。薫は、浮舟の失踪を、鬼のしわざか、人のしわざか、入水かなど、あれこれと疑いながらも、「かかることの筋につけて、いみじうもの思ふべき宿世なりけり」と認識して「行ひをのみ」するに至る（⑥二一六頁）。つまり、薫はひとり、事態を内面において引き受けているのである。

さてここで、興味深いことだが、次の時方の発言は妙に重く感じられる。

「女の道にまどひたまふことは、他（ひと）の朝廷にも古き例どもありけれど、まだ、かかることはこの世にはあらじとなん見たてまつる」と言ふに、げにいとあはれなる御使にこそあれ、

（⑥二〇七頁）

この時方の言葉は、薫の宇治における体験にひとつの評価を与えるものとみえる。つまり、このように「女は」云々と説いてみせる表現は、桐壺巻から繰り返し認められるものであり、『源氏物語』の主題を言い当てているともみえる。注(9) すなわち、薫にとって宇治とは何であったかを総括する言葉と受け取ることもできる。

一方、構成という点からみると、重要な問題は、この浮舟失踪についてさまざまの反応が記されるタイミングで、式部卿宮の薨去が語られることである。

なぜここで、式部卿宮は他界するのか。このような有無を言わせぬ場面転換、すなわちそれまでの物語の展開にはなかった新たな事実の提示といったことは、葵巻の冒頭の六条御息所の紹介や、若菜上巻の女

（⑥二七五頁）〔**薫の総括⑦**〕

三宮降嫁から始まる一連の出来事に代表されるように、作者が一方的に物語の行く方を導いて行くことは、この『源氏物語』の全体を通してしばしば認められることである。注(10)

なぜ式部卿宮の薨去なのか、という疑問は、すでに式部卿宮に関する歴史的な考察を辿るだけ注(11)では明らかにならない。すなわち、紫式部によって意図的に仕掛けられるものだからである。ということは、蜻蛉巻は、浮舟失踪によって引き起こされる波紋に対して、新たに式部卿宮の薨去によって引き起こされる波紋との交響が企てられているといえる。すなわち、式部卿宮の薨去によって、明石中宮のもと、薫の懸想人としての小宰相も、宮の君の出仕という問題も引き寄せられてくるからである。

四　蜻蛉巻の「ゆかり」

問題は二つある。ひとつは、蜻蛉巻を構成する事項について、二節に示した5と9との項目に掲げた総括、また〔薫の総括〕①から⑦の総括的な言辞である。

注目すべきことは、これらの総括が、薫が浮舟の失踪について、宇治の経験を内面化して捉えるのみならず、橋姫巻から浮舟巻までのすべてを踏まえた、薫以外には吐けない発言だということである。さらに、重要な点は、薫の認識が「ゆかり」という語とともに説明されていることである。

それでは蜻蛉巻における他の「ゆかり」の用例を見ておこう。問題は、小宰相や宮の君が、「ゆかり」の論理によって呼び出されてくるのかどうか、である。

1 「昔、御覧ぜし山里に、はかなくて亡せはべりにし人（大君）の、同じ**ゆかり**なる人、おぼえぬ所

にはべり」と聞きつけはべりて、（⑥二二〇頁）

2　これ（浮舟）に御心を尽くし、世の人立ち騒ぎて、修法、読経、祭、祓と、道々に騒ぐは、この人（浮舟）を思す**ゆかり**の（匂宮）御心地のあやまりにこそはありけれ、我も、かばかりの身にて、時の帝の御むすめをもちたてまつりながら、（⑥二二二頁）

③　いかなる契りにて、この父親王（八宮）の御もとに来そめけむ、かく思ひかけぬはてまで思ひあつかひ、この**ゆかり**につけてはものをのみ思ふよ、（⑥二三〇頁）

④　さばかりの人の子にては、いとめでたかりし人を、忍びたることは必ずしもえ知らで、わが**ゆかり**（女二宮）にいかなることのありけるならむとぞ思ふなるらむかし、などよろづにいとほしく思す。（⑥二三六頁）

5　げにことなることなき**ゆかり睦び**にぞあるべけれど、帝にも、さばかりの人のむすめ奉らずやはある。（⑥二四一頁）

6　一人の子をいたづらになして、思ふらん親の心に、なほこの（浮舟の）**ゆかり**こそ面だたしかりけれと思ひ知るばかり、用意はかならず見すべきこと、と思す。（⑥二四一頁）

⑦　「かれよりはいかでかは。もとより数まへさせたまはざらむをも、かく親しくてさぶらふべき**ゆかり**（女一宮）に寄せて、思しめし数まへさせたまはんこそ、うれしくははべるべけれ。（⑥二五五頁）

8　女は、さもこそ負けたてまつらめ、わが、さも、口惜しう、この**御ゆかり**に（匂宮）は、ねたく心憂くのみあるかな、いかで、このわたりにも、めづらしからむ人の、例の心入れて騒ぎたまはんを

語らひ取りて、

⑨　と何ごとにつけても、ただかの一**つゆかり**をぞ思ひ出たまひける。あやしうつらかりける契りども
を、つくづくと思ひつづけながめたまふ夕暮、蜻蛉のものはかなげに飛びちがふを、

（⑥二七五頁）

この用例で見るかぎり、蜻蛉巻の「ゆかり」は、③・⑨の事例のように、大君・中君・浮舟を中心とする「ゆかり」の系譜と、④・⑦の事例のように、女一宮と女二宮の「ゆかり」の系譜とが、併存している。薫が、女二宮に女一宮をみて犯そうとする醜悪さは、藤壺を思い若紫を手に入れた光源氏と同列とみてよいであろうか。光源氏物語における人物の系譜をなす類同性を想定すると、大君の身代わりに中君、浮舟へと思いを移してきた薫は、なおこの期に及んでなぜ、女二宮に女一宮を重ねてみようとする類同性の認識から逃れられないのであろうか。

五　物語の中の「式部卿宮」

今度は、『源氏物語』において、「式部卿宮」という呼称で喚起される人物とはどのような存在かを考えてみよう。式部卿宮はまず、皇位継承から排除されている存在ではあるが、最も高貴なる存在だとはいえるだろう。

例えば、藤本勝義氏は紫上の父について、母の出自が高く、かつ妹の内親王が入内するという条件に合致する「式部卿宮のイメージ」は、是忠親王ひとりだという。注(12)また、袴田光康氏は、朝顔姫君の父につい

て、「式部卿宮のイメージ」に該当するのは是忠親王だという。注(13) また、この宮の君の父式部卿宮について、高橋由記氏は、章明親王を比定している。注(14)

このような手続きによって得られるイメージというものは、歴史的な事例からできるかぎりひとりの人物の特定をめざして絞って行く考えのもとで得られた結論であろうが、このような分析は登場人物個別に議論されるべきものなのか、あるいは個別の議論を個別に進めるものではなく、もっと緩やかに想定されるべきものであろうか。すなわち、式部卿宮というときには、例えば『吏部王記』の重明親王のような、抜群の認知度をもつ存在が強く想定されるということはないか。歴史と対照させて細部の異同があるとしても、『源氏物語』の人物設定における準拠とは、もっと緩やかなものではないか。式部卿宮という存在は、姫君が高貴な出自をもつことだけを徴し付けるものなのか、なお検討すべきことは残されているであろう。

一方、歴史的な対照軸からの考察と同時に、物語内部の「式部卿宮のイメージ」の連鎖はあるのだろうか。すなわち、天皇の代を越えて「式部卿宮」が系譜を形成しているのかどうかである。

それでは、『源氏物語』内部における「式部卿宮」には、どのような人物がいるか改めて確認しておこう。注(15)

1 朝顔姫君の父、桐壺帝の皇弟。薄雲巻で他界。桃園宮。(桐壺帝代、帚木巻〜少女巻)
2 藤壺の兄。紫上の父。若菜下巻で朱雀院五十賀に参列。(冷泉帝代、少女巻〜若菜下巻)
3 陽成院から笛を相伝し、柏木に贈った。(帝代は不明)
4 桐壺帝の皇子、光源氏の弟、八宮の兄、薫の叔父。蜻蛉巻で他界。(冷泉帝代、少女巻〜蜻蛉巻)
5 今上帝の二宮。母は明石中宮。蜻蛉巻で、蜻蛉式部卿宮の死後、式部卿宮に就く。(今上帝代、若菜

下巻〜蜻蛉巻）[注16]

概観すると、作者の側からみれば、ひとりの帝の代ごとに（置かなくてもよいが、兵部卿宮からの昇任があるとしても、原則として）式部卿宮を置くことができる。つまり、式部卿宮の呼称をもって人物の系譜が設定されていることはないか。とすれば、ひとりの帝の代に、皇族の血を引きつつ最も高貴なる姫君を設定することができる。その姫君が、

朝顔姫君

若紫（紫上）

宮の君

だったということになる。そうであれば、宮の君という存在は、朝顔姫君や紫上の存在を想起させることになるのだが、そうであれば宮の君は、主題を担う可能性がありつつ、以後の物語展開の可能性は結局閉じられていいることが、逆に明らかになるであろう。

六　まとめにかえて――蜻蛉巻における宮の君の出仕の意味――

改めて問うならば、物語は、浮舟失踪後の記事に接して、なぜ式部卿宮の薨去に明石中宮が服喪し、式部卿宮に匂宮の兄が就くというふうに展開して行くのか。明らかに物語は明石中宮方に、薫を連れて来ようとしている。薫を明石中宮のもとに連れて来ることによって、

女一宮・女二宮

小宰相・宮の君

という、用意した二つの人物群が前景に出てくる。しかも、

宮の君／匂宮

明石中宮

小宰相／薫

というふうに、明石中宮をめぐって両者は対照性をもつ人物群として置かれる。行き着くところは、これらの人物が、浮舟を失った薫の性向を浮かび上がらせることになることである。

明石中宮からすると、小宰相は「いとうしろやすし」（⑥二五六頁）と評されるほど「安全な」存在とされる一方、明石中宮からは薫の「ゆかり」の系譜は見えない。繁栄を誇る明石中宮はただ「宇治の族の命短かりけること」と、薫の宇治の物語を一括してしまう（⑥二五八頁）。

ところが、薫は「なほ心憂く、わが心乱りたまひける橋姫かな」（⑥二六〇頁）と呟く。さらに、薫は宮の君を、「いで、あはれ、これもまた同じ人ぞかし」（⑥二七三頁）という。ここに至ってもなお、薫は、「ゆかり」とみる人物は同じだという人間の類同の認識[注17]に囚われている。そのことからすれば、大君から浮舟まで姫君に対して「ゆかり」の論理で向き合う薫に、姫君たちはことごとく異議を申し立てたということができる。にもかかわらず、薫はなお式部卿宮の姫君も類同の認識で取り込んで行くことになっている。薫はさらに、「この人（宮の君）ぞ、また、例の、かの御心（匂宮）乱るべきつまなめる」（⑥二七五頁）と不安にかられるが、結局、薫は宇治八宮の周りの女性たちは格別だと認識を新たにして「何ごとにつけても、ただかの一つゆかり」なのだ（⑥二七五頁）と総括する。

このように物語を辿り直してみると、蜻蛉巻で小宰相と宮の君を登場させることが、その後の物語の行く方を予感させるというよりも、「宇治のゆかりの物語の跡始末」であるという藤村潔氏の指摘は示唆的とみえてくる。

繰り返すことになるが、物語の内在的論理と歴史状況の「侵食」が、明瞭に切り結ぶところに蜻蛉巻の特徴がある。当代の歴史性、強い現実性を背負う宮の君の登場によって女一宮のおほけなき物語は可能性が閉じられ、後景に遠ざけられてしまうのである。

そうであってこそ、手習巻と夢浮橋巻は、薫と浮舟との対偶にだけ引き絞られることになる。手習巻以降、なお「ゆかり」といった人間の類同を追いかける薫と、そのような人間観を認めない浮舟を突き合わせ、「ゆかり」の物語の可能性を閉じてゆくところに、紫式部の最期の賭け、すれ違いに終わる最後の確認があったといえる。

注

（1）田中隆昭氏は、「時間の形象化における歴史とフィクションの交叉」は「フィクションの準歴史的契機が、歴史の準虚構的契機と交代しながら、相互に侵食しあうところに存する」（『時間と物語　Ⅲ』久米博訳、新曜社、一九九〇年）というポール・リクールの考えを引用し、「物語と歴史は交叉する特性がある」と論じている（『源氏物語　歴史と虚構』「まえがき」勉誠社、一九九三年、二頁）。
　私は、田中氏のこの見解に従うものであるが、翻訳語ではあるけれども「侵食」という用語のニュアンスに惹かれ、この語でもって物語の設定や展開が歴史的なものによって「侵食」されるという印象を表現したいと考える。

(2) 小山敦子「女一宮と浮舟物語―源氏物語成立論序説―」(『国語と国文学』第三五巻四号、一九五九年五月)。
(3) 原陽子「女一宮物語のゆくえ―蜻蛉巻―」(今井卓爾他編『源氏物語講座』第四巻、勉誠社、一九九二年)。
(4) 藤村潔「源氏物語の枠組と式部卿宮の姫君」(『藤女子大学・藤女子短期大学紀要』第I部、第三一号、一九九四年二月)。女一宮は蜻蛉巻で突然登場するのではなく、早くから伏線のあることは藤村氏に詳しい。なお、「ゆかり」の代替と情愛の問題は、すでに「源氏物語における「ゆかり」から他者の発見へ」(『中古文学』一九七七年一〇月)で論じたことがある。
(5) 野村倫子「「蜻蛉」の宮の君―薫の浮舟評を対女房意識よりみる―」(『日本文芸学』一九九九年三月)。なお、野村氏には、この論考の他にも「宮の君をめぐる「いとほし」と「あはれ」―続・「蜻蛉」の宮の君―」(南波浩編『紫式部の方法』笠間書院、二〇〇二年)などがある。のち『『源氏物語』宇治十帖の継承と展開』(和泉書院、二〇一一年)に所収。
(6) 久下裕利「宇治十帖の表現位相―作者の時代との交差―」(『源氏物語の記憶―時代との交差』武蔵野書院、二〇一七年、三頁。初出、二〇一〇年三月)。
(7) 高橋由記「「蜻蛉」巻の宮の君―式部卿宮女の出仕―」(『国語国文』第七〇巻第二号、二〇〇一年二月)。なお他にも参看すべき論考は数多あるが、紙幅の都合から省略せざるをえなかった。記して謝したい。
(8) 阿部秋生他校注・訳『新編日本古典文学全集　源氏物語』(第六巻、小学館、一九九八年)。以下、『源氏物語』の本文はこれに拠る。
(9) 廣田收「『源氏物語』宇治十帖論」(『『源氏物語』系譜と構造』笠間書院、二〇〇七年)。
(10) 廣田收「源氏物語における人物造型の枠組み―若菜巻における光源氏像をめぐって―」(同志社大学人文学会編『人文学』第一九四号、二〇一四年一一月)。
(11) 茨木一成「式部卿の研究―律令宮制における藤氏勢力の一考察―」(『続日本紀研究』第一〇巻、一九六三年)、安

田政彦「平安時代の式部卿」（『平安時代皇親の研究』吉川弘文館、一九九八年。初出、一九九二年一二月）。

（12）藤本勝義「式部卿宮―「少女」巻の構造―」（『源氏物語の想像力―史実と虚構―』笠間書院、一九九四年、五八頁）。

（13）袴田光康「『源氏物語』における式部卿任官の論理―先帝と一院の皇統に関する一視点―」（『国語と国文学』二〇〇〇年九月）。

（14）注（7）に同じ。

（15）人物論として式部卿宮にかかわる論考に、木村祐子「兵部卿宮と桃園式部卿宮―光源氏との政治的関係―」（『中古文学』第六五号、二〇〇〇年六月）、篠原昭二「式部卿宮家」（『源氏物語の論理』東京大学出版会、一九九二年）などがある。

（16）有馬義貴氏は「なんら物語展開には関与しない」にもかかわらず「二の宮の式部卿任官が語られているのはなぜ」かと問う（「『源氏物語』「蜻蛉」巻における二の宮の式部卿任官記事―当該場面の不自然な文脈をめぐって―」『中古文学』第九〇号、二〇一二年一一月）。

（17）廣田收「『源氏物語』における「ゆかり」から他者の発見へ」（『中古文学』第二〇号、一九七七年一〇月）。のち、『『源氏物語』系譜と構造』（笠間書院、二〇〇七年）に所収。

宇治十帖と漢詩文世界

新間一美

一　はじめに

『源氏物語』における漢詩文受容という観点から物語全体を見ると、同じ典拠を繰り返し利用していることに気付く。繰り返しを恐れていない、と言っても良いだろう。例えば、白居易「長恨歌」〔〇五九六〕注(1)については、桐壺巻冒頭における桐壺帝と桐壺の更衣の人物設定や更衣を失った帝の悲しみを描く時に利用している。葵巻では、葵の上を追悼する光源氏の悲しみはやはり「長恨歌」を用いているし、一年に亙って紫の上を失った光源氏の悲しみを描く幻巻では、あたかも桐壺巻における桐壺帝の悲しみが再現されているかのようである。

宇治十帖においても大君死後の薫の思いや行動を描く時に「長恨歌」が引かれる。特に物語全体の結末を示す夢浮橋巻の末尾においても「長恨歌（伝）」が用いられていることに注目される。繰り返しを恐れず、むしろ何度も引用を重ねることにより、その効果が強調されているようにも見える。玄宗から哀惜される楊貴妃の分身ともいうべき桐壺の更衣、葵の上、紫の上、大君、浮舟などの個性を思い起こしてみても、決して同じように設定されているということではない。むしろさまざまな個性を「長恨歌」という素材を使って描き分けているということになろう。

本稿では、宇治十帖に見られるいくつかの漢詩文引用の様相について、宇治十帖以前の引用を確認しつつ考察してみたい。

二　「長恨歌」と李夫人、及び『法華経』

「長恨歌」は唐の玄宗と楊貴妃の悲恋を描いた作品であるが、その背景に漢の武帝と寵妃李夫人の物語がある。例えば、初句の「漢皇重色思傾国」（漢皇色を重んじて傾国を思ふ）の「漢皇」は武帝を意識しており、「傾国」は「傾城」と共に李夫人を指し示す語である。陳鴻作の「長恨歌伝」も玄宗と結婚する以前の楊貴妃の美女ぶりを「如漢武帝李夫人」（漢の武帝の李夫人の如し）と言っている。楊貴妃像は、傾城の美女であった李夫人像に依拠して成立したところがある。

李夫人の物語は、主に『漢書』「外戚伝」によって知られるが、そこには、神秘的な「反魂香（はんごんこう）」が登場する。病を得て死んだ李夫人の魂を招くと言って、斉人の少翁という方士が反魂香を焚くのである。その結果、李夫人の霊が降りて来たように見える。それを見て武帝は悲しんで詩を作る。

上愈益相思悲感。為作詩曰、　上（しょう）愈（いよいよ）益（ますます）相思ひて悲感す。為に詩を作りて曰く、

是邪非邪、立而望之
偏何、姍々其来遅

是か非か、立ちて之れを望めば
偏として何ぞ、姍々として其の来ること遅し

この詩ばかりでなく、「外戚伝」には武帝の賦が載せられている。李夫人を失った武帝の悲しみが文学作品として残っているのである。『文選』に見える潘岳の悼亡詩や白居易の「長恨歌」「李夫人」〔〇一〇六〕などはその延長線上にあると言えよう。注(2)

愛する者が死んだ時に、もう一度再会したいというのは普遍的な人間の感情であろう。それを実現するのが反魂香である。「長恨歌」では、蜀から来た方士が反魂香を焚くが、反魂に失敗し、さらに神秘的な力をもって自ら楊貴妃の魂の捜索に乗り出す。天の果て、地下の黄泉の国などに赴き、ついに東海上の蓬萊山に仙女に転生した楊貴妃を見出す。これは李夫人の反魂の故事に基づいた筋の展開である。

楊貴妃と対面した方士は玄宗の言葉を伝え、楊貴妃は験の「金釵」（黄金のかんざし）と「鈿合」（螺鈿の合わせ箱）を持ち出し、それぞれを二つに分けてその半分を方士に与える。この黄金と螺鈿の堅さをもって二人の愛の堅固さを確認したいと言う。しかし、方士は素直にそれを受け取ることはなく、不満の様子であった。楊貴妃が不満の理由を問うと、それらの品物は偽物と受け取られて玄宗から罰されかねない、是非とも玄宗とあなたしか知らない「密契」があれば教えてもらいたい、それを玄宗に伝え、確かにあなたと会ったことを証明したい、と方士は訴える。

楊貴妃は驪山の温泉宮における七月七日の夜の二人だけの愛の誓いを思い出し、方士に伝える。それが「比翼連理」の誓いである。「長恨歌伝」や「長恨歌序」に拠れば、方士がそれを玄宗に知らせたために、玄宗は楊貴妃の転生を確信し、その後間もなく死ぬ。この死は予想されたものであり、蓬萊山において死

を迎える楊貴妃と共に、転生した次の世で二人は再会するであろう、というところで物語は終わる。

桐壺巻の重要場面を一つ挙げるならば、次の場面であろう。帝が靫負の命婦の復奏を受け、更衣の母から贈られた形見の品々を見て、その品々が更衣の魂の存在を示すものでないことを嘆くのである。

尋ねゆく幻もがなつてにても魂(たま)のありかをそこと知るべく
(桐壺・二七頁)[注(3)]

この帝の歌は物語の大筋において大きな転換点を示していると思う。ここまでは「長恨歌」を踏まえて、帝が玄宗の後追いをしている。そうであれば、玄宗が楊貴妃の蓬萊山での転生を確信したように、帝が更衣の魂の存在を知ることができるはずである。ここで帝が更衣の魂を得られないことが確言され、更衣に酷似する藤壺の登場を促すことになる。言わば、更衣の魂の身代わりが藤壺である。李夫人の反魂香の故事を利用して設定された蓬萊山の楊貴妃の存在が藤壺の登場に利用されたことになる。光源氏から見れば、母の死と母そっくりの藤壺の登場が物語の出発点であるから、李夫人、「長恨歌」の故事を用いながら、基本的な物語の設定を終わったことになるのである。

宇治十帖の主要な登場人物は薫と匂宮と宇治の三姉妹である。薫は光源氏と女三の宮との間に生まれたが、実父は柏木である。それと知らないまでも光源氏を父親としては不自然なものに思っており、母親の女三の宮も出家している。その不自然さが薫を仏教志向の性格にしており、宇治で在家のまま仏道を学ぶ叔父の八の宮のもとに通う原因となる。

仏道志向の薫が宇治の姉妹と出逢い、そのうちの姉大君に初めて恋心を感ずることになるが、容貌の衰えを感じ、姉らしい心で妹の幸せを願う大君は、薫を妹に譲ろうとする。薫は匂宮を妹の中の君に引き合わせることによって、大君を手に入れようとするが、それが却って大君の意に反したことになり、気を病んだ大君は病を得て死去する。薫は大君の面影を追って、中の君に近づくが、今は匂宮の妻となり、中の君としても薫の希望に応えることはできない。その代わりに、姉大君によく似た異母妹の浮舟を薫に紹介する。このことについて物語では、「人形（ひとがた）」（宿木・二二二頁）、「形代（かたしろ）」の語を用いて表わされている。注(4) 例えば、大君の身代わりとしての浮舟を中の君から紹介されて、会うことを期待する薫の歌に、

見し人の形代ならば身に添へて恋しき瀬々のなでものにせむ　（宿木・三〇二頁）

とある。浮舟は大君の形代として物語に登場してくるのである。この形代と把握された浮舟の登場は、李夫人の反魂香の故事と「長恨歌」の蓬萊山の故事を背景としており、桐壺巻と同様、そこから発想されたことは明らかである。しかし、桐壺巻との間には違いもある。桐壺帝にとって藤壺は先帝の娘であり、更衣とは異なって血筋も十分であった。精神的にも藤壺に対する愛情は更衣を失った悲しみに代わり得るものであった。光源氏にとっては、母更衣は藤壺に似ている人と言われる存在でしかなく、母親がいないままに、藤壺は擬似的な母親として絶対的な存在であった。

それに対し、浮舟は大君の形代でしかない。母親の身分も大君よりも劣り、常陸という田舎育ちであることが物語の中で強調されている。反魂香によって呼び戻された李夫人の魂と同様、あくまで一時的な再会をもたらす幻影のような存在である。実際に浮舟は薫の前から姿を消してしまうが、それを実在の不確かな「蜻蛉（かげろふ）」に喩えている。注(5) 蜻蛉巻末尾から引用しよう。

蜻蛉のものはかなげに飛びちがふを、

「ありと見て手にはとられず見ればまたゆくへもしらず消えし蜻蛉
あるかなきかの」と、例の、ひとりごちたまふとかや。　（蜻蛉・一七〇頁）

大君を失い、浮舟を失った薫の世の無常を嘆いた歌である。

仏道を志向する薫は大君を愛するという煩悩を得る結果になり、その形代である浮舟を得たように思うが、さらにそれを失って、煩悩を深めるのである。

浮舟は八の宮の娘とはいえ、田舎育ちで教養も不十分である。匂宮の強引な策略によって宮と関係を結び、薫との三角関係に巻き込まれるが、その中で死を思うに至る。たまたま宇治に立ち寄った横川の僧都に助けられて、僧都の妹の尼君が住持する比叡山麓の小野の尼寺にかくまわれ、そこで僧都の導きで出家する。尼君の亡き娘の婿の中将から思いを寄せられたりもするが、それに応えることもなく、薫から派遣された弟の小君と対面することも拒否する。その場面が、夢浮橋巻の末尾に出てくる。

わざと奉れさせ給へるしるしに、何ごとをかは聞こえさせむとすらむ。ただ一言をのたまはせよかし。

（夢浮橋・二七八頁）

この「しるし」「一言」の語に「長恨歌伝」の典拠を指摘されたのは表規矩子であった。注(6)

請、当時一事不聞于他人者、験於太上皇。不然、恐鈿合金釵、負新垣平之詐也。

請ふ、当時（そのかみ）の一事の他人に聞かしめざりけむ者をもて、太上皇に験ぜむ。然らずんば、恐らくは鈿合金釵、新垣平が詐（いつはり）を負はむことを。注(7)

浮舟は、この小君の言葉を伝え聞いても何も言わず、妹尼が、

ただ、かくおぼつかなき御ありさまを聞こえさせたまふべきなめり。雲のはるかに隔たらぬほどにもはべめるを、山風吹くとも、またもかならず立ち寄らせたまひなむかし。

（夢浮橋・二七九頁）

と、とりなしたので、小君は致し方なく小野の地を後にし、帰って薫に対面する。

いつしかと待ちおはするに、かくたどたどしくて帰り来たれば、すさまじく、なかなかなりと、おぼすことさまざまにて、人の隠しすゑたるにやあらむと、わが御心の思ひ寄らぬ隈なく、落し置き給へりしならひに、とぞ本に侍るめる。

（夢浮橋・二七九頁）

浮舟とおぼしき女性に会えもせず、伝言もなかったという小君の報告は、薫をいたく落胆させた。別な男性の存在などを邪推するところで長い物語は終わる。これが『源氏物語』五十四帖の終着点である。

　仏道を志向していた薫の、愛する大君の幻影とも言うべき浮舟をあくまで求める惑える心と、運命に翻弄されるままに出家し、薫からの誘いを断る浮舟の行動の対比がこの結末にはある。宇治十帖は仏教色が著しいが、仏道に近づくのは薫ではなく浮舟である。『本朝文粋』や『本朝続文粋』に載せる女人供養の願文には、「長恨歌」や李夫人の故事を用いつつ、輪廻転生を避けて、浄土への往生を願うという内容が見られる。それと同じ方法が『源氏物語』末尾にもあるのである。注(8)

　女性である浮舟が仏道志向の薫よりも却って仏道に帰依し、そこから迷いもなく道に従うという結末は、天台宗の中心教義である『法華経』の、巻第五、提婆達多（だいばだった）品第十二に見える「変成男子（へんじょうなんし）」「女人往生」に適うものである。

　『源氏物語』の内部においても、御法巻に紫の上が主催する法華経千部供養のさまが描かれている。供養の中で僧侶の「薪（たきぎ）こる讃嘆の声も」（御法・一〇四頁）とあるのは、同品の「採レ菓汲レ水、拾レ薪設レ食、…于レ時奉事、経二於千載一、為二於法一故、精勤給侍、令レ無レ所レ乏」を誦するところである。王が『法華経』を保つ仙人に仕え、木の実を採り、水を汲み、薪を拾って千年に亙って奉仕したという内容である。同所を踏まえた歌を紫の上と明石の上が唱和している。

惜しからぬこの身ながらもかぎりとて薪尽きなむことの悲しさ（紫上）

薪こる思ひはけふをはじめにてこの世に願ふ法ぞはるけき（明石上）（御法・一〇四頁）

この仙人が悪人提婆達多であり、仙人に仕える王が釈迦であると明かされる。悪人提婆達多も成仏できるという所謂悪人成仏説を説く目的の説話である。提婆達多品では、龍女が男子に変化して成仏するという女人往生も説かれるのであり、それが女性が供養する時にこの提婆達多品を用いる理由となっている。

この『法華経』の故事は、宿木巻、手習巻において繰り返して登場する。宿木巻では、宇治の八の宮が死去した後の新春に、宇治山の寺の阿闍梨から初蕨と共に歌が贈られて来た。

君にとてあまたの春を摘みしかば常を忘れぬ初蕨なり（宿木・一二六頁）

八の宮を仙人に見立てて長い間蕨を摘んで奉仕してきたが、それを八の宮の死後も忘れずにお贈りしましょう、と言う。ここでは、阿闍梨が自らを仙人に仕えた王に見立て、八の宮を仙人に見立てている。仙人は提婆達多品では成仏するから、結局、八の宮の成仏を願うことになっている。

手習巻では、やはり新春の小野の尼寺で妹尼が差し入れの若菜と共に出家した浮舟に歌を贈り、浮舟が唱和している。

山里の雪間の若菜摘みはやしなほ生ひさきのたのまるるかな（妹尼）

雪深き野辺の若菜も今よりは君がためにぞ年もつむべき（浮舟）（手習・二四三頁）

浮舟の歌は「なぐさめの手習」の続きにある。妹尼を『法華経』を保つ仙人に見立て、自らを釈迦の前生の姿に見立てており、今から千載の未来に向かって奉仕することにより成仏を遂げようという意志が見られる。この両巻での『法華経』の故事の利用は、共に「早蕨」「手習」という巻名と関わり、重要である。

特に浮舟歌での提婆達多品利用は、明確に女人往生を目指しており、妹尼君への奉仕が長く続くことが浮舟成仏の条件となる。このことを夢浮橋巻末尾の「長恨歌伝」引用と併せて考慮するならば、宇治十帖の「女人往生」を目指すという仏教的主題が明確になるのである。

三　『遊仙窟』との関わり

唐代伝奇の『遊仙窟』は、八世紀の初頭頃におそらく山上憶良によってわが国にもたらされ、『万葉集』の歌や文章に多大な影響を与えた。『遊仙窟』は、初唐の文人張鷟（さく）（張文成、文成は字（あざな））の作であるが、わが国にのみ残り、中国においては早く佚した。平安時代に入ってからも引き続き読まれ、『文華秀麗集』の詩や『伊勢物語』、『源氏物語』等に大きな影響を与えている。[注(9)] 丸山キヨ子氏は、『伊勢物語』初段（所謂「初冠（ういこうぶり）」の段）における『遊仙窟』の受容と『源氏物語』における同書の受容についての論文[注(10)]で、若紫巻、橋姫巻での受容を指摘された。よく知られている蜻蛉巻での『遊仙窟』引用を含めて、その人間関係を表示してみる。

	『遊仙窟』	若紫巻	橋姫巻	蜻蛉巻	（『伊勢物語』初段）
男	張文成	光源氏	薫	薫	昔男
女1	王五嫂	尼君	大君		女はらから
女2	崔十娘	若紫	中の君	女一の宮	女はらから

右の表の女1は年上の姉格の方で、妹格の女2と男との間を取り持つ役割を果たす。『伊勢物語』初段では、女1と女2の区別はない。その女1の役を若紫巻では尼君が果たし、橋姫巻では姉の大君が果たそうとする。薫の方は、魅力を感ずる大君に女2（十娘）の立場を期待している。その点、五嫂が単純に取り持ちの役割を果たす『遊仙窟』とは異なる設定となっている。薫と女1であろうとする大君の気持ちのすれ違いが大君の死という悲劇の一因になっているから、『遊仙窟』を利用しながら、立場を変えることによって筋を展開しているのである。

橋姫巻での問題部分を次に挙げよう。薫は、琴の音をきっかけにその音の流れるところを垣間見る。

近くなるほどに、そのことども聞き分かれぬものの音ども、いとすごげに聞こゆ。…琵琶の声の響きなりけり。…掻き返す撥の音も、ものきよげにおもしろし。箏の琴、あはれになまめいたる声して、たえだえ聞こゆ。（橋姫・二七三頁）

あなたに通ふべかめる透垣の戸を、すこし押しあけて見たまへば、月をかしきほどに霧わたれるをながめて、簾を短く巻き上げて、人々ゐたり。簀子に、いと寒げに、身細く萎えばめる童女一人、同じさまなる大人などゐたり。内なる人一人、柱に少しゐ隠れ、琵琶を前に置きて、撥を手まさぐりにしつつゐたるに、雲隠れたりつる月の、にはかにいと明くさし出でたれば、「扇ならで、これしても、月は招きつべかりけり」とて、さしのぞきたる顔、いみじくらうたげににほひやかなるべし。添ひ臥したる人は、琴の上に傾きかかりて、「入る日を返す撥こそありけれ、さま異にも思ひ及びたまふ御心かな」とて、うち笑ひたるけはひ、今少し重りかによしづきたり。…昔物語などに語り伝へて、若き女房などの読むを聞くに、かならずかやうのことを言ひたる、さしもあらざりけむと、憎くおしはからるるを、げにあはれなるものの隈ありぬべき世なりけりと、心移りぬべし。霧の深ければ、さやかに見ゆべくもあらず。また月さし出でなむとおぼすほどに、奥のかたより、「人おはす」と告げきこゆる人やあらむ、簾おろして皆入りぬ。おどろき顔にはあらず、なごやかにもてなして、やをら隠れぬるけはひども、衣の音もせず、いとなよよかに心苦しくて、いみじうあてにみやびかなるを、あはれと思ひたまふ。

（橋姫・二七五頁）

右の薫が箏の琴を聞く場面は、後段で引用する張文成が十娘の箏を聞いて魅力を感ずる場面に基づき、垣間見の場面は、『伊勢物語』初段や若紫巻の北山での垣間見の場面と同じく、張文成が十娘の半面を垣間見る場面に基づくとするのである。

丸山氏は、「都離れた幽邃な、あるひは辺鄙な境地における意外な邂逅」という「目新しい構図」を「遊仙窟に触発されたもの」と言われる。これを認めると、『伊勢物語』初段における春日の里、若紫巻における北山のなにがし寺、橋姫巻における宇治の山荘という出逢いの地は、いずれも『遊仙窟』に触発されて生まれたことになる。宇治十帖を取り上げる場合、平安京の東南方の宇治の地が選ばれた理由の一つとして『遊仙窟』を挙げなければならないのである。

丸山氏の指摘は訓読には及んでいない。拙稿注(11)では、訓読との関わりで、琵琶の音色を「おもしろし」と言い、箏を「あはれになまめいたる声」と言っていることについて、『遊仙窟』では、文成が十娘の箏の音を聞く場面に「眼に見んときに若為憐（いかばかりかおもしろ）からむ」〔5ウ〕とあるし、「なまめく」も「華（はな）の容（かほ）婀娜（あだ）とたをやかにして」〔4ウ〕の「婀娜」に対する別訓であることを指摘した。右の「みやびかなる」も五嫂や十娘の美を表わす「妍雅とみやびかなる」〔22ウ〕や「風流のみやびかなる」〔50ウ〕などと関わりがある。
蜻蛉巻における『遊仙窟』の引用は、『奥入』以来諸注に指摘がある。どのように受容されているであろうか。

秋に明石の中宮が六条院に下がっている時、浮舟を失って鬱々としている薫が女一の宮を垣間見られるかと思って西の渡殿を訪れるが、残念ながら不在であった。その時に月のもとで女房の中将の君が弾く箏の音が聞こえた。この中将の君が女一の宮（女2）の代役を務めているのである。

箏の琴いとなつかしう弾きすさぶ爪音、をかしく聞ゆ。思ひかけぬに寄りおはして、「などねたまし顔にかき鳴らしたまふ」とのたまふに、皆おどろかるべかめれど、すこしあげたる簾うちおろしなどもせず、起きあがりて、「似るべき兄やははべるべき」といらふる声、中将のおもととか言ひつるなりけり。「まろこそ御母方の叔父なれ」と、はかなきことをのたまひて、（蜻蛉・一六六頁）

ここでは、『遊仙窟』の十娘が箏を弾く次の場面が踏まえられている。

須臾之間、忽聞内裏調箏之声。僕因詠曰、自隠多姿則、欺他独自眠。故故将繊手、時時弄小絃。耳聞猶気絶、眼見若為憐。従渠痛不肯、人更別求天。

須臾のしばらくの間に、忽ちに内裏に箏を調ぶる声を聞く。僕因りて詠じて曰く、自は姿則とうつくしげなる多れたることを隠して、他を欺きて独り自ら眠る。故故とねたましがほに繊かなる手を将ちて、時時に小き絃を弄す。耳に聞くだも猶気の絶えなんとするものを、眼に見んときに若為憐からむ。従渠痛不肯びつるものならば、人更に別に天に求めむや。〔5ウ〕

また、薫の「まろこそ御母方の叔父なれ」という発言は、

余問曰、此誰家舎也。女子答曰、此是崔女郎之舎耳。余問曰、崔女郎何人也。女子答曰、博陵王之苗裔、清河公之旧族也。「容貌似舅、潘安仁之外甥。気調如兄、崔季珪之小妹。」

余問ひて曰く、此れは誰が家舎のいへとかする。女子答へて曰く、此れは是れ崔女郎といふひとの舎ならくのみ。余問ひて曰く、崔女郎何なる人ぞ。女子答へて曰く、博陵王の苗裔のはつまご、清河公の旧き族なり。「容貌のかほばせは舅に似ぬ、潘安仁が外の甥なれば。気調のいきざしは兄の如し、崔季珪が小妹なれば。」（4オ）　（「　」内は『和漢朗詠集』妓女部〔七〇五〕所載）

に拠る。薫は『遊仙窟』の男主人公の張文成を気取っており、十娘の母方の叔父で絶世の美男子であった潘岳に等しいとも言っていることになる。『遊仙窟』における張文成は、ひたすら崔十娘に思い焦がれ、惑い乱れる存在であり、「煩悩」（11ウ）の語も見える。右の『遊仙窟』引用は、仏道を志向していた薫が、好色の男性としての面を見せ、煩悩の世界に入って行く姿を描くことを目的としていよう。

四　新楽府「陵園妾」詩の受容

第二節で言及した白居易「李夫人」は、「新楽府」五十首中の詩である。『紫式部日記』によれば、白居易の「新楽府」は、紫式部が中宮彰子に教えた教材である。「新楽府」の中でも特に女性を描いた詩は、紫式部が力を入れて教えていたはずである。近世の刊行物として、慶長勅版の『白氏五妃曲』なるものが残っている。そこで取り上げられた五人は、上陽白髪人、李夫人、陵園妾、楊貴妃、王昭君である。[注(12)] この五人の選択は近世のものかも知れないが、いずれも身分の高い后妃もしくは後宮に仕えるものであり、

『源氏物語』との関係は深い。「長恨歌」「李夫人」については前述した。「陵園妾」〔〇一六一〕については、かつて帚木巻他での受容を指摘した。注(13) 全体を引用しよう（本文、訓読は神田本『白氏文集』に基づく）。

陵園妾、憐幽閉　　陵園妾は、幽閉を憐（かなし）べり
陵園妾　陵園妾　　陵園妾　陵園妾
顔色如花命如葉　　顔色花の如く命（いのち）は葉の如し
命如葉薄将奈何　　命は葉の薄きが如く将（まさ）に奈何（いかが）せむとする
一奉寝宮年月多　　一たび寝宮に奉（つかへまつ）つて年月多し
春愁秋思知何限　　春の愁へ秋の思ひ何の限りをか知らむ
青糸髪落抜鬢疎　　青糸の髪落ちて鬢を抜くこと疎（おろそ）かなり
紅玉膚銷繋裙慢　　紅玉の膚（はだへ）は銷えて裙（ものこし）を繋くること慢（ゆる）し
憶在宮中被妬猜　　憶在（そのかみ）宮中に妬（ねた）み猜（そね）まれき
因讒得罪配陵来　　讒に因つて罪を得て陵に配せられて来（きた）る
老母啼呼趁車別　　老母啼き呼びて車を趁（とど）めて別れたり
中宮監送鎖門廻　　中宮監送して門を鎖（さ）して廻（かへ）る
山宮一鎖無開日　　山宮一たび鎖して開く日無く
未死此身不合出　　死せざれば此の身出づべからず
松門到暁月徘徊　　松門暁に到つて月徘徊す
栢城尽日風蕭瑟　　栢城（はくせい）尽日（ひねもす）に風蕭瑟（せうしつ）たり

松門栢城幽閉深
聞蟬聴鶯感光陰
眼看菊蕊重陽涙
手把梨花寒食心
緑蕪牆遶青苔院
四季徒支粧粉銭
三朝不識君王面
遙想六宮奉至尊
宣徽雪夜浴堂春
雨露之恩不及者
猶聞不啻三千人
三千人我爾
君恩何厚薄
願令輪転直陵園
三歳一来均苦楽

松門栢城幽閉深し
蟬を聞き鶯を聴きてのみ光陰に感ず
眼（まなこ）に菊蕊を看れば重陽の涙
手に梨花を把れば寒食の心
緑蕪の牆（かき）青苔の院を遶れり
四季に徒（いたづら）に粧粉の銭を支（わか）つ
三朝までに君王の面（おもて）を識らず
遙かに想ふ六宮の至尊に奉（つかへまつ）らむことを
宣徽の雪の夜（よる）浴堂の春
雨露の恩及ばざる者
猶聞く啻（ただ）三千人にあらず
三千人我れと爾（なむぢ）となり
君の恩何ぞ厚薄なる
願はくは輪転して陵園に直せしめて
三歳（さんせい）に一たび来（きた）つて苦楽を均しうせしめむ

後宮で嫉妬されて御陵の管理役として山陵に配せられ、月光と寂しく吹く風の音のもとで、蟬や鶯の声に季節の推移を感じ、秋の重陽節には菊を眺めて涙し、春の寒食の時期には梨の花を手に取り涙するという孤独な女性像を描いている。帚木巻における常夏の女（のちの夕顔）の造型にこの詩が使われているのである。女が身分の高い妻から嫉妬され、嫌がらせを受けて涙を流して山の中で花を摘んでいる基本的な様子が共通する。女から頭の中将に次の歌がよこされた。

　山がつの垣ほ荒るともをりをりにあはれはかけよ撫子の露　（帚木・七二頁）

「撫子」は、二人の間に生まれた女の子（のちの玉鬘）を指す。賤しい私があなたから無視されるのは致し方ないとしても、折々にあの子には露のあはれをかけて下さい、と女は訴えている。「陵園妾」でも詩の主旨は帝の「雨露の恩」を願うことであった。せめて三年に一度は宮中に仕える恵まれている者と山陵で苦しんでいる私とを交代させてもらえないか、と訴えているのである。女が山の中で苦しい思いをしていること、荒れた垣根（「緑蕪の牆」）などの表現の共通性がある。

　常夏の女は久しぶりにやって来た頭の中将と唱和するが、女の歌に、

　うち払ふ袖も露けき常夏にあらし吹きそふ秋も来にけり　（帚木・七三頁）

とある。頭の中将は気付かなかったが、ここでの秋の「あらし」は正妻四の君の常夏の女に対する嫌がらせを意味している。「陵園妾」の受容を考慮すれば、詩中の「栢城尽日風蕭瑟」（栢城尽日に風蕭瑟たり）を承けていると思われる。詩中の「妾」（「私」の意の一人称）は帝の愛情を受けられず、山の冷たい風の中で苦しんでいる。それを訴えるが、帝のもとにそれが届くかどうかは分からない。女は美しく花のような容貌であったが、木の葉のような「薄命」（拙い運命）であった。「常夏」に喩えられる女も、秋風に枯れるしかない、という歌の内容となっている。注(14) 女は花の顔を持つ薄命の女、「夕顔」としてのちに光源氏

の前に現われる。

この帚木巻の「陵園妾」詩の受容は、状況設定や表現の利用であるが、手習巻では、この詩が直接的に引用されている。比叡山麓の小野で横川僧都が浮舟に説教するところである。


「……かかる林のなかに行ひ勤めたまはむ身は、何ごとかはうらめしくもはづかしくもおぼすべき。このあらむ命は、葉の薄きがごとし」と言ひ知らせて、「松門に暁に到りて月徘徊す」と、法師なれど、いとよしよししくはづかしげなるさまにてのたまふことどもを、思ふやうにも言ひ聞かせたまふかな、と聞きゐたり。

今日は、ひねもすに吹く風の音もいと心細きに、おはしたる人も、「あはれ〔僧都〕山伏は、かかる日にぞ音（ね）は泣かるなるかし」と言ふを聞きて、われも今は山伏ぞかし、ことわりにとまらぬ涙なりけり、と思ひつつ……。　（手習・二三七頁）

「命は葉の薄きが如く」、「松門暁に到つて月徘徊す」が僧都によって語られたり、朗詠されたりし、「尽日（ひねもす）に風蕭瑟（せうしつ）たり」が「ひねもすに吹く風の音もいと心細き」と言い換えられている。さらにこの後段の浮舟の描写にも「陵園妾」が用いられている。久保重氏は、小野の雪に閉じこめられた浮舟の「髪は五重（いつへ）の扇を広げたるやうに、こちたき末つきなり」「こまかにうつくしき面様（おもやう）の、化粧をいみじくしたらむやうに、赤くにほひたり」（手習・二三九頁）という髪や膚の様子は「陵園妾」の「青糸髪」「紅玉膚」を意識したものであり、「若菜」（手習・二四三頁）や「紅梅」（手習・二四四頁）を手にするのは、「菊蕊」に涙し、「梨花」を手に取る「陵園妾」の女性の姿に拠るとする。注(15) 中西進氏も「いたくわづらひしけにや、髪も少し落ち細りにたる心地すれど」（手習・二二三頁）に「青糸髪落抜レ鬢疎」との関わりを見る。注(16)

ここでの「このあらむ命は、葉の薄きがごとし」という僧都の「陵園妾」詩引用は、山陵に生きることを強いられた「妾」の個別の運命を言うのではなく、仏教的な人間一般の「無常」に生きる運命を指す。浮舟に向かって、あなたが特別に薄命なのではなく、人間というものは誰でも薄命の中に生きるものなのですよ、と教え諭しているのである。帚木巻での同詩の利用が、常夏の女、即ち夕顔という女性の個別の不幸を描くことを目的とするのに対し、僧都も含めた人間一般の薄命を説明するために引用されている。浮舟という女性が仏道を目指す道を歩む、その過程でこの「新楽府」の詩が使われているのである。

五　東屋巻における「楚王の台の上」の句の朗詠

本節では、東屋巻の「東屋（あづまや）」という巻名をまず問題としたい。この巻名は、薫が雨の中を浮舟が一時的に滞在する三条の小家を訪うところの薫の歌に由来する。

雨やや降りくれば、…「佐野のわたりに家もあらなくに」など口ずさびて、里びたる簀子（すのこ）の端つ方にゐたまへり。

さしとむるむぐらやしげき東屋のあまりほどふる雨そそきかな

とうち払ひたまへる追風、いとかたはなるまで、東（あづま）の里人もおどろきぬべし。（東屋・三三六頁）

雨の中を女のいる東屋の中に入って行くというのは、催馬楽の「東屋」を踏まえて言う。催馬楽中の女の詞の中に「われや人妻」（私があなた以外の人の妻でありましょうか）という句があるから、曲名の「あづまや」は、「東国（あづま）」の語の語源譚中の「吾妻（あづま）」（わたしの妻）の語を意識していると見てよい。そうすると、

「東屋」は、薫が積極的に自分の妻としたい女性のいる粗末な家の中に入って行くという意味になる。催馬楽に従えば、女も自らの意志で戸鎖しもせず、男を迎え入れるということである。

物語では、浮舟の母は今は常陸の介の妻であり、浮舟と左近の少将との結婚を望む。しかし、少将は常陸の介の財力に期待する心を持っているために浮舟が常陸の介の実子でないことを知り、実子との結婚を選ぶのである。浮舟の母は落胆するが、そうしたところに少将とは段違いに優れた身分、容貌の薫が現われるのである。

薫と浮舟は結ばれて朝を迎える。薫は、この共寝について、

かかる蓬のまろ寝にならひたまはぬここちもをかしくもありけり。

（東屋・三三八頁）

と、粗末な家での出逢いを珍しいが故に趣き深いものと思っている。前引の薫の歌中に「むぐらやしげき」とあったから、三条の小家は、薫にとって「葎」「蓬」の荒れた住まいであった。このことは、五条における夕顔の仮住まいと同じ設定である。

この早朝、薫は牛車で浮舟を宇治に連れ出す。浮舟の母君も驚くほどの強引な行動であり、浮舟という女性を軽くみていることになる。

宇治では、薫は琴の琴（七絃琴）と箏を召し出して、九月十三夜の月のもとで、八の宮を思い出しながら琴の琴を弾く。浮舟に対し、ここで八の宮と共に成長したならば良かったのにと、母親に従って東国の常陸で育ったことを惜しむ発言をする。それを聞いた浮舟の様子は以下のように記されている。

いとはづかしくて、白き扇をまさぐりつつ添ひ臥したるかたはらめ、いと隈なう白うて、なまめいたる額髪の隙など、いとよく思ひ出でられてあはれなり。まいて、かやうのこともつきなからず、教へ

なさばや、とおぼして、「これはすこしほのめかいたまひたりや。あはれわがつまといふ琴は、さりとも手ならしたまひけむ」など問ひたまふ。その大和言葉だに、つきなくならひにければ、ましてこれは」と言ふ。いとかたはに心後(おく)れたりとは見えず。ここに置きて、え思ふままにも来ざらむことをおぼすが、今より苦しきは、なのめにはおぼさぬなるべし。琴は押しやりて、「楚王の台(たい)の上(うへ)の夜(よる)の琴(きん)の声」と誦(ず)じたまへるも、かの弓をのみ引くあたりにならひて、いとめでたく、思ふやうなりと、侍従も聞きゐたりけり。さるは、扇の色も心おきつべき閨(ねや)のいにしへをば知らねば、ひとへにめでこゆるぞ、後れたるなめるかし。ことこそあれ、あやしくも言ひつるかな、とおぼす。

（東屋・三四四頁）

この場面については、河村奈穂子氏の好論[注(17)]があるが、補うべき点もあると思うので、論じて見たい。まず、場面の前提として九月十三夜の月が出ていることがある。前節、及び本節において夕顔と浮舟の共通点、相違点に言及したが、この場面においても光源氏と夕顔が八月十五夜を二人で過ごす場面との共通性が著しい。夕顔については、夕顔の白い花から出発して、白い扇、月の白い光、白い衣など、「白」ということが強調されているのであり[注(18)]、ここも白い月の光のもとで、白い扇をまさぐり、大君を思い起こさせる浮舟の白い容姿が強調されている。

その中で薫は、「楚王の台の上の夜の琴の声」と誦するが、これは『和漢朗詠集』雪部〔三八〇〕に見える尊敬(そんぎよう)（橘在列(ありつら)）の句である。

班女閨中秋扇色　　班女が閨(ねや)の中(うち)の秋の扇の色
楚王台上夜琴声　　楚王の台の上の夜の琴(きん)の声

雪は班婕妤の秋の団扇のように真白であり、雪を散らす風の音は楚王の台上で演奏された「白雪の曲」を思い起こさせる、という意である。その雪の句が、秋九月十三夜の月のもとで朗詠されたのには理由がある。それは、もともと尊敬の句が『李嶠百二十詠』の「風」「雪」「蘭」の三つの詩に基づいて作られているからである。まず「風」詩を挙げよう（前半の四句を略す）。

月影臨秋扇、松声入夜琴　　月影秋扇に臨み、松声夜琴に入る
若至蘭台下、還払楚王襟　　若し蘭台の下(もと)に至れば、還りて楚王の襟を払はむ

尊敬の句の「秋扇」や「夜琴」、「楚王」「（蘭）台」の語がこの詩に見えるのである。

『百二十詠』の張庭芳注（天理本、以下同）には、「月影」の句について、「班婕妤詩曰、裁為㆓合歓扇㆒、団々似㆓明月㆒、常恐㆓秋節至㆒、動揺微風発也」とあり、風を起こす班婕妤の秋扇に、白い色と円い形が似た月影を配していることが分かる。「松声」の句については、「琴有㆓風入松曲㆒」とあり、「若至」以下については、「宋玉風賦曰、楚襄王遊㆓蘭台㆒、有㆓風颯然至㆒、乃披㆑襟而当㆑之、曰、快哉此風」とある。

次に、河村氏も引く「雪」詩の第六句には「臨歌扇影飄」（歌に臨みて扇影飄(ひるがへ)る）とあり、注に楚の「白雪曲」を挙げると共に「班婕妤詩」の「（団扇の素(しろぎぬ)が）皎潔如㆓霜雪㆒」の句を記す。雪の降る様子を「白雪の曲」に合わせて翻る白い扇に喩えている。

尊敬は、この「風」と「雪」の詩から「秋扇」の白い色を雪の色とみなし、琴と蘭台と楚王の連想から「白雪の曲」を想起して雪の詩を詠んだ。尊敬の「秋扇」は「月影」を連想させるのである。楚の「白雪の曲」については、河村氏が引く宋玉の「対㆓楚王問㆒」（文選巻四十五）に高尚な曲として見える。

尊敬の「楚王」の「琴」と雪との関わりについては、「蘭」詩の第四句「雪儷楚王琴」（雪は儷(なら)ぶ楚王の

琴）にも見える。これは、「幽蘭の曲」と「白雪の曲」が並列されて、楚王のもとで演奏されることを「蘭」の詩の中で表現したものである。この句について、注には、「琴有二幽蘭白雪之曲一。儷偶也。宋玉曰、主人令三女為レ臣炊二彫胡之飯一。弾二幽蘭白雪曲一也。一本謝恵連雪賦曰、楚王以二幽蘭白雪之曲一也。楚琴有二幽蘭白雪曲一也」とある。「宋玉曰」以下「一本」の前までは、宋玉の「諷賦」（古文苑巻二所収）に基づいている。源光行の『百詠和歌』（蘭）にこの注に拠ると思われる説話が見えるので、それを引用する。注(19)

雪麗（儷）楚王琴　宋玉むかし遠くあるきて〈とも人飢ゑに臨み〉注(20)むまつかれて人の家に立入れり。あるじの女おもはく、宋玉を堂上にすへ（ゑ）んとすれば、たかし。堂下にすへ（ゑ）んとすればひきしと思へり。この故に蘭房をつくりて其中にすへ（ゑ）て炊二彫胡之飯一。琴をとりいだせり。宋玉これをひきて幽蘭白雪の曲をなすに人皆涙をもよほさずと云事なし。

草のいほに雪をしらべし琴の音（ね）のなごりにふるは涙なりけり

宋玉が遠出した時に、女の粗末な家で琴の幽蘭、白雪の曲を弾いた。この説話は、「楚王」と蘭と雪との関わりの中ではよく知られていたのである。「諷賦」を見ると女の姿は「主人之女、翳二承日之華一、披二翠雲之裘一、更被二白縠之単衫一」とあり、女は白い衣を着ている。美男の宋玉が琴を弾き、それを聞く女が白い衣を着ているという状況は、夕顔巻の八月十五夜の場面や右に引いた東屋巻の薫の琴を弾く場面と似ていると言って良いであろう。紫式部は、この「諷賦」に基づいた場面構成をしたと思うのである。

さて、薫が「楚王の台の上」と誦したことについて、浮舟と供人の侍従はいたく感心していた。薫も誦した時には気付かなかったが、尊敬の対句「班女が閨（ねや）の中（うち）の秋の扇の色」の方は漢の成帝に捨てられた班婕妤が、自らの身の上を秋になって捨てられる白い団扇に喩えたことを詠んでいる。これでは、白い扇を持っている浮舟が薫に間もなく捨てられるように聞こえることに薫が気が付く。そう思うと、浮舟達がひたすら感心しているのは田舎育ちの教養のなさの証拠になる。

会話の中では、浮舟は琴も習わず、「あはれわがつまといふ琴」（六絃の東琴、大和琴、和琴）も「大和言葉」（和歌）も大して習っていない、と言う。東国育ちの教養のなさということが、三条の小家を「東屋」と称したことから始まり、琴を弾けない、和琴も和歌も不得手であると、繰り返して確認される。浮舟は夕顔と同じように描かれていると述べたが、夕顔の方は教養のなさがこれほど強調されていない。

浮舟は所詮大君の「形代」であり、大君を思い出すよすがに過ぎないが、それでも薫は執着する。このように浮舟を描く理由はどこにあるのであろうか。そこにやはり、仏教的な側面を考えたい。つまり、特別な女性ではなく、むしろ貴族社会では中下位に属し、教養もさほど持たない女性でも仏道に近づき、努力によって成道でき、成仏の本懐を遂げるのである、ということを作者は主張したいのではないか。

六　終わりに

夕顔巻の冒頭では、光源氏が日常の高貴で贅沢な世界を離れ、小家がちで傾いているような家の中に白い夕顔の花を見出し、そちらの世界に入って行こうとする。その場面では、複数の和歌が引用されている。

さしのぞきたまへれば、門は蔀のやうなる、押しあげたる、見入れのほどもなく、ものはかなき住ひを、あはれに①いづこかさして、と、思ほしなせば、②玉の台も③同じことなり。きりかけだつ物に、いと青やかなるかづらの、ここちよげに這ひかかれるに、白き花ぞ、おのれひとり笑の眉ひらけたる。

（夕顔・一一二頁）

右の①〜③の傍線部について、諸注釈では次のように引歌を指摘している。注(21)

①「いづこかさして」〔源氏釈〕〔奥入〕〔河海抄〕他

世の中はいづこかさしてわがならむ行きとまるをぞ宿と定むる注(22)

（古今集巻十八雑下・題知らず・読み人知らず〔九八七〕）

②「玉の台も」〔河海抄〕〔細流〕〔岷江入楚〕他

何せんに玉の台も八重葎這へらむ宿に二人こそ寝め

（古今六帖・第六・むぐら〔三八七四〕）

③「同じこと」〔源注余滴〕

世の中はとてもかくても同じこと宮も藁屋もはてしなければ

（和漢朗詠集・述懐〔七六三〕、新古今集巻十八・雑下・題知らず・蟬丸〔一八五一〕）

この三首が指し示す意味は、世の中には仮の宿りしかないこと、粗末な荒れた環境であっても愛情があればかまわないこと、立派な御殿も粗末な宿も結局同じであることなどである。その意味のままに光源氏は、氏素姓の知れぬ夕顔との愛に溺れて行く。女性の身分などどうでも良いという世界観がそこにはある。

この世界観は、偉大で長寿のものも卑小で短命のものも結局は同じであるという『荘子』の万物斉同思想に由来する、と最近の拙稿で指摘した。注(23) 特に③の蟬丸歌は、明確にその思想を表現すると論じた。「空蟬」「夕顔」という巻の並びは、『荘子』の逍遙遊篇に見える卑小で短命の例として挙げられている「蟪蛄」（夏の蟬）と「朝菌」（朝顔）に由来する、と結論した。「夕顔」については、「朝顔」の拡張表現とみなすのである。

『源氏物語』は、所謂正篇に限れば、光源氏という高貴な帝の皇子の一代記であるが、その主人公に配する女性については、さまざまな身分の女性像を設定した。その背景として『荘子』の思想を考えるのである。ただし、続篇に含まれる宇治十帖については、これまでに論じて来たように仏教思想が基調となる。『荘子』的な万物斉同思想も仏教的な文脈で捉えられることになろう。この点についても拙稿で論じた。注(24)

釈迦が悟りを求めるに至った大きな動機は、人はすべて無常の世界に生きており、老病死が避けられないという現実に直面したことである(「四門出遊」)。従って、人は無常の前には平等であるということが前提となる。このことを物語上で表現するためには、特別な人間でない方が良い。また、平安朝では、男尊女卑の思想も一般的であり、仏教にもその面がある。その風潮の中で、すべての人を救う大乗的な考えからは悪人成仏、女人成仏を説く『法華経』の提婆達多品が重要視される。

低い身分の女性、仏道とは縁がなさそうな女性が救われるという物語が要請され、その女主人公として浮舟という女性が求められているのである。その対照的な存在として、高貴な男性、仏道を求めようとする男性が男主人公として登場する。それが薫であり、もともと仏道を求めるという意志がありながら、結局は一般の人間と変わらず、煩悩の惑いの中に落ち込んで行くことになる。

注

(1) 以下、白居易詩の作品番号は、花房英樹氏『白氏文集の批判的研究』(朋友書店・昭和三十五年〈一九六〇〉所収の綜合作品表による。
（2）以上の「長恨歌」や李夫人の物語については、藤井貞和氏「光源氏物語の端緒の成立」（『源氏物語の始原と現在』三一書房、昭和四十七年〈一九七二〉、初出『文学』昭和四十七年一月）、拙稿「李夫人と桐壺巻」（『論集　日本文学・日本語　2　中古』（角川書店・昭和五十二年〈一九七七〉）、及び「源氏物語の結末について―長恨歌と李夫人と―」（『国語国文』昭和五十四年〈一九七九〉三月）参照。拙稿については、いずれも拙著『源氏物語と白居易の文学』（和泉書院・平成十五年〈二〇〇三〉）所収。また、潘岳の悼亡詩は妻の死を悼むもので、李夫人の反魂香の故事を引く。拙稿「桐壺更衣の原像について―李夫人と花山院女御忯子―」（『源氏物語作中人物論集』勉誠社・平成五年〈一九九三〉、拙著『源氏物語と白居易の文学』所収）、及び「李夫人と桐壺巻再論―「魂」と「おもかげ」―」（『源氏物語の始発―桐壺巻論集』竹林舎・平成十八年〈二〇〇六〉、拙著『源氏物語の構想と漢詩文』所収・和泉書院・平成二十一年〈二〇〇九〉）参照。
（3）『源氏物語』の引用は、石田穣二・清水好子両氏校注の『新潮日本古典集成』を用い、巻名と頁数を記す。なお、『新編国歌大観』所収作品の本文及び番号は同書によった。表記については一部改めたところがある。
（4）三田村雅子氏「『李夫人』と浮舟物語―宇治十帖試論―」（『文芸と批評』三巻七号・昭和四十六年〈一九七一〉十月、同氏『源氏物語　感覚の論理』所収・有精堂・平成八年〈一九九六〉）参照。
（5）拙稿「平安朝文学における「かげろふ」について―その仏教的背景―」（『源氏物語と日記文学　研究と資料』古代文学論叢第十二輯・武蔵野書院・平成四年〈一九九二〉、拙著『平安朝文学と漢詩文』所収・和泉書院・平成十五年〈二〇〇三〉）参照。
（6）表規矩子氏（旧姓小穴）「源氏物語第三部の創造」（『国語国文』昭和三十三年〈一九五八〉四月）。
（7）この本文、訓読は、袴田光康氏「金沢文庫本「長恨歌」訓読文」（『白居易研究年報』第十二号・平成二十三年

〈二〇一一〉十二月）による。

（8）注（2）の拙稿「源氏物語の結末について―長恨歌と李夫人と―」参照。なお、宇治十帖における仏教については、三角洋一氏『宇治十帖と仏教』（若草書房・平成二十三年〈二〇一一〉）が参考になる。

（9）拙稿「わが国における「長恨歌」の受容について」（『白居易研究年報』第十一号・平成二十二年〈二〇一〇〉十二月）参照。

（10）丸山キヨ子氏「源氏物語・伊勢物語・遊仙窟―わかむらさき北山・はし姫宇治の山荘・うひかうぶりの段と遊仙窟との関係―」（『源氏物語と白氏文集』東京女子大学学会・昭和三十九年〈一九六四〉）。

（11）拙稿「源氏物語若紫巻と遊仙窟」（『源氏物語の展望　第五輯』三弥井書店・平成二十一年〈二〇〇九〉）。なお、『遊仙窟』の引用は、蔵中進氏編『江戸初期無刊記本遊仙窟』（和泉書院・昭和五十六年〈一九八一〉）により、その丁数を記す。

（12）慶長八年（一六〇三）版。昭和四十八年（一九七三）に汲古書院から影印が出版されている。なお、近藤春雄氏「中国の詩と国文学―五妃曲」（『白氏文集と国文学　新楽府・秦中吟の研究』明治書院・平成二年〈一九九〇〉）、及び拙稿「唐土の美女と源氏物語の女性達」（『和漢比較文学』第五十四号・平成二十七年〈二〇一五〉二月）参照。

（13）拙稿「夕顔の誕生と漢詩文―「花の顔」をめぐって―」（『源氏物語の探究　第十輯』風間書房・昭和六十年〈一九八五〉）、及び「新楽府「陵園妾」と源氏物語―松風の吹く風景―」（『国語と国文学』平成十年〈一九九八〉十月）参照。いずれも拙著『源氏物語と白居易の文学』所収。

（14）拙稿「源氏物語帚木巻の「なでしこ」について―漢詩表現との関わりを中心に―」（『源氏物語の新研究―本文と表現を考える』新典社・平成二十年〈二〇〇八〉）参照。

（15）久保重氏「浮舟尼の環境と白詩「陵園妾」とのかかわりについて」（『大阪樟蔭女子大学論集』第十五号、昭和五十三年〈一九七八〉三月）。

（16）中西進氏『源氏物語と白楽天』（岩波書店・平成九年〈一九九七〉）四六七頁。

(17)河村奈穂子氏「『源氏物語』東屋巻「楚王の台の上の夜の琴の声」―白雪曲・廻雪曲との関連について―」(『甲南大学紀要　文学編』一四三集・平成十八年〈二〇〇六〉三月)。なお、中野方子氏「「白雪曲」と「琴心」―貫之の琴の歌と漢詩文」(『中古文学』第五十二号・平成五年〈一九九三〉十一月)も参考になる。

(18)夕顔の「白」については、白衣の美女に変身した妖狐「任氏」との関わりもある。拙稿「もう一人の夕顔―帚木三帖と任氏の物語―」(『源氏物語の人物と構造』笠間書院・昭和五十七年〈一九八二〉、拙著『源氏物語と白居易の文学』所収)、及び「平安朝文学の「白」の世界」(『女子大国文』第百五十七号・平成二十七年〈二〇一五〉九月)参照。

(19)『百詠和歌』の引用は杤尾武氏編『百詠和歌注』(汲古書院・昭和五十四年〈一九七九〉)所載の内閣文庫蔵本の影印による。句読点を加えるなど表記を一部改めた。

(20)〈　〉内について、内閣文庫本には「ともへうへにつみ」とある。続群書類従本(巻四百六)には、「とも人うへに臨み」とあるので、それによって分かりやすく表記した。「諷賦」の「僕飢」とあるところ。

(21)①~③の〔　〕内は、後掲歌を引歌とする注釈書名である。すべて伊井春樹氏編『源氏物語引歌索引』(笠間書院・昭和五十二年〈一九七七〉)によった。

(22)伊達本を底本とする『新編国歌大観』では、「いづれかさして」に作る。ここは、筋切、元永本等によった。

(23)拙稿「源氏物語における荘子受容―「浮生」と「空蟬」「夕顔」「浮舟」など―」(『京都語文』第二十三号・平成二十八年〈二〇一六〉十一月)。

(24)拙稿「源氏物語の「浮舟」と白居易の「浮生」―荘子から仏教へ―」(『白居易研究年報』第十六号・平成二十七年〈二〇一五〉十二月)。

宇治十帖と国宝『源氏物語絵巻』

久下裕利

一　はじめに

近時、国宝絵巻（国宝『源氏物語絵巻』の略称）は、ビジュアル化の流れの中で豪華本ではなく安価でしかも内容的に充実した清水婦久子『国宝「源氏物語絵巻」を読む』（和泉書院、平成23〈二〇一一〉年）注(1)や田口榮一監修『すぐわかる源氏物語の絵画』（東京美術、平成21〈二〇〇九〉年）などを得て手軽に親しめるようになったけれども、最新の科学的調査を経て絵巻復元を試みた一大プロジェクトの成果として『よみがえる源氏物語絵巻　全巻復元に挑む』（NHK出版、平成18〈二〇〇六〉年）を見ると、復元に際し国文学の源氏研究者を交えず最終的な判断は復元図を担当した日本画家に任せるなどという仕儀はあまりにも傲慢な姿勢であり、そうした傾向は最も信頼できるはずの『徳川美術館蔵品抄②　源氏物語絵巻』（徳川美術館、第三版昭和63〈一九八八〉年）の解説にも珍奇な説が見出せて、それが助長されているともいえ、せっかくの国宝絵巻

鑑賞の弊害とも成り得る現状が浮かび上がっていることも言い添えておかねばならない。[注(2)]

そこでまず国宝たる所以の芸術性や学術性を歪めることなくその特徴を確認すべく、段落式の国宝絵巻のような場面選択が『源氏物語』における物語展開の本質に根差すべく絵巻世界の構築を現出させているらしいことを次のような清水好子の言説に着目することから検討していこうと思う。[注(3)]

物語にしろ、小説にしろ、人間への興味から出発するのであるから、源氏物語でも人物が重視されるのは当然であるが、その人物が、どのように用いられたかは、それぞれの時代に、また作品に、独特のものがあるはずである。源氏物語においては、それは、対面し、語り合う人物として描かれる。二人の相対座する中心人物のいる場面、これが、この物語の心象世界を刻みあげてゆく際の原型である。このような場面をいくつか積み重ねることによって（略）、世界に奥行を持たせようとする。したがって、多くの人間が関係し、主人公の運命を左右するような社会的事件でも、一場面―局部に集中的で、完結性を有し、それゆえ孤立化し断片化しようとする一場面、一情景に寸断されて具象化されていった。

『源氏物語』自体の物語進行が、ある事件や事柄を反芻する視点から対座する相互の中心人物によって捉え直され、一つの場面に集約化され寸断化される具象性が、切り取られた物語展開の局面を断片化する絵画性にぴたりと一致することは明白で、その積み重ねがまた物語の主題性に迫まり得る象徴的な世界構築と成り得てゆくというのも理会の及ぶところであろう。

例えば、国宝絵巻の中でもその完成度が高いことで知られる〈柏木〉グループ全八図の中で、〈鈴虫〉第二図は光源氏と冷泉院が対座する場面が描かれているのだが、オリジナルの物語にしっかりと同場面が設定されている訳ではないのである。つまり仮構された場面なのだが、当然そうした場面が物語に存在しても違和感が生じることもなく、自然に物語展開の中に溶け込んであるべき場面として納得できる画面構成となっている。それればかりではなく柏木・女三の宮密通事件によって誕生した薫の存在〈柏木〉第三図〉が、光源氏の若き日の藤壺の宮との密通で誕生した光源氏に生き写しの冷泉院との対面で照らし返され、もの言わぬお互いの視線の交差によって、物語の主題性をせり出している場面構築となっているのである。

そして、さらに画面の対角線上に光源氏と背中合わせに座す横笛を吹く夕霧の存在は、[注4]薫への横笛相伝の夢告（横笛巻）を想起させると同時に、女三の宮への琴（きん）の琴（こと）教授に明け暮れた日々を回想（直前の〈鈴虫〉第一図は女三の宮との対面で久々に光源氏は琴の琴を弾く）させながら、光源氏の琴の琴相伝の真の相手が冷泉院であるはずなのにという今さらながらの《断絶》が、[注5]実子夕霧にいちはやくその伝授を拒絶した過往の件（若菜下巻、女楽後の折）をも含めて、三者の父子間に去来する思いが、画面の静謐さとは裏腹に画中人物の相互の胸中に渦巻いているように見られるのである（生き写しの冷泉院が実父を前にして身をのり出すように描かれる一方、光源氏の後姿に哀感が込められている）。

このような例は国宝絵巻全十九面の残存の中では特異な場面設定ではあるにしても〈柏木〉グループ全八図の中での〈鈴虫〉第二図の存在は、『源氏物語』第二部の主題性に関わる貴重な一図として、主人公同士の対座場面の作図法とともにその意義は評価され得るのである。

本稿は、『源氏物語』の物語性の特徴を捉えた国宝絵巻の存在意義を、匂宮三帖を含めて『源氏物語』第三部に関わる全九図を視野に収めながら述べていきたい。

二 〈かいま見〉の構図

〈かいま見〉は物語文学において激しい恋情を男主人公に抱かせて恋物語を開始するための常套的な手法であったといえよう。『源氏物語』においても物語展開上重要話素となる〈かいま見〉の設定が、第一部若紫巻での光源氏と紫の上、第二部若菜上巻での柏木と女三の宮、そして第三部橋姫巻での薫と宇治の大君・中の君間にあり、いずれも偶然の出会いを男側に導いているのが特徴となっている。これら三巻では唯一橋姫巻だけが現存の国宝絵巻に残っていて、その〈かいま見〉の構図がまた絵巻としての特性を証拠づける結果ともなっていく。

清水好子前掲論考が、〈かいま見〉構図の場面について「作中に、ある人物の視線が設けられることによって」、「視覚的な構造を持つ世界」を、「文章の上で、舞台と観客を作っている」とする。しかし国宝絵巻では、その視線は二重構造となり、〈かいま見〉の主体である男の視線と一体化しつつ、さらに男を含めて見られる側の女をも俯瞰する視座を確保することができ、観客を舞台とする視界の拡大縮小という遠近の移動が可能なのである（但し、物語にも語り手の存在を示す草子地によってこれが可能であり、これも物語の特性を活かした方法といえよう）。しかも、見る側の男は見られる女側への接近を巻物としての絵画の特性を捉える形で、必ず見る主体の男を画面の進行方向にむかって手前側つまり右側に立たせている。

こうした〈かいま見〉の構図が現存するのは〈橋姫〉図だけではなく〈竹河〉第二図も〈かいま見〉る主体の蔵人少将を右側に立たせているし、また玉鬘邸を訪れた薫が右側の簀子に腰かける〈竹河〉第一図

（復元図では紅梅だが白梅が正しい）も然りである。国宝絵巻が横長の大画面だから、訪れる男の位置が右側に描かれるというのではない。巻物としての特性を活かして〈かいま見〉る男の行動に伴う視線の方向性を的確に構図に反映し、見られる側の舞台設定を男の視界とともに開いていき場面の確立をはかっていくのであり、それは物語本文ないし詞書に誘導されるかのように画面の全容が明らかになっていくという行程を踏むことになる。逆に、荒廃した末摘花邸を訪れる光源氏をあえて左側に描く〈蓬生〉図は、特異な表現性を読み解く必要があり、そこにまた国宝絵巻の製作者側の優れた物語理解が示されていることを確認できよう。注(6)

土佐派 源氏絵〈蓬生〉図（架蔵）

そして、〈橋姫〉図が横長大画面ゆえに右端に〈かいま見〉る薫を立たせ、左側に宇治の大君・中の君の楽器弾奏場面を描くことが可能だったのだとする反論があるとすれば、清水婦久子前掲書には国宝絵巻の〈橋姫〉図と慶安三（一六五〇）年跋承応三（一六五四）年版山本春正編絵入り版本『源氏物語』注(7)（以下『絵入源氏』と略称）の見開き挿絵の〈橋姫〉図が掲出されていて（二五〇頁～一頁）、その比較対照が容易に可能で、山本春正が冊子本ゆえに〈かいま見〉る行為者の位置を配慮したということではなかろう。現に『絵入源氏』の〈若紫〉図では一般的な土佐光吉画注(8)などとは違って、

〈かいま見〉る光源氏を右下隅に立たせてはいるが、〈かいま見〉る行為者を必ず右端に立たせるという根拠に欠ける。つまり、そこには一貫した作画理念がある訳ではないと言える。それに対し国宝絵巻は〈竹河〉第二図でも蔵人少将の立ち位置を右端に定位し、視線の方向性は右から左へと向かい、絵巻が開かれていく方向に見られる対象がその座を占めている構図として成り立っている。

　このように〈竹河〉第二図と〈橋姫〉図が近似した〈かいま見〉構図である上、国宝絵巻成立の平安末期十二世紀中葉において現存巻序通りであれば、連続した〈かいま見〉場面となり、[注(9)]それにも拘らず国宝絵巻の一貫した画面構成は揺らがないのである（因みに『絵入源氏』では竹河巻の〈かいま見〉場面は選択されていない）。匂宮三帖と宇治十帖の始発の巻である橋姫巻間に『源氏物語』本体成立上に関わる中断がその背景にあるにしても、〈姉妹〉をモチーフとする恋物語が、夕霧息蔵人少将から柏木息薫に移譲されていく物語展開を確保している点で、二つの〈かいま見〉図はそれなりに有効な視座を提供しているには違いない。

　二つの〈かいま見〉図は、〈竹河〉第二図が晩春の景の中碁を打つ姉妹を描き、それに対して〈橋姫〉図が晩秋の景の中楽器を弾奏する姉妹を描くが、前者は蔵人少将の意中の玉鬘大君を蔵人少将の視線を通して描き分けているにしても、後者は姉妹を描き分けることはなく、薫の視線を通して琵琶の女（ひと）を「顔いみじくらうたげににほひやかなるべし」（詞書「かほつきいみじううつくしげなり」）とし、箏の琴の女（ひと）を「うち笑ひたるけはひ、いますこし重りかによしづきたり」（詞書「うちわらひたまへるいますこしおもりかにあい行つきたまへり」）と容貌・性格の違いを記すだけで、姉妹の特定をしている訳ではない。さらに詞書本文は琵琶の女を「うつくしげなり」と簡略化し、箏の琴の女の「よしづきたり」を「あい行つきたま

へり」に改変しているために両者の区別が一層曖昧となっている。注(10)

というのは、「らうたげ」「にほひやかなる」「重りかに」という形容が、姉妹の判別に極めて有効な語句となっているのは、橋姫巻には〈かいま見〉場面に先行して、姉妹の性格について「姫君は、らうらうじく、深く重りかに見えたまふ。若君は、おほどかにらうたげなるさまして、ものづつみしたるけはひにいとうつくしう、さまざまにおはす」（小学館新編全集⑤一二二頁。傍線波線筆者）とあり、また椎本巻での二度目の〈かいま見〉場面には大君（姫君）を「あてになまめかしさまさりたり」「気高う心にくきけはひそひて見ゆ」（⑤二一八頁）とし、中の君（若君）には「かたはらめなど、あならうたげと見えて、にほひやかにやはらかにおほどきたるけはひ」（⑤二一七頁）とあり、「さまざまにおはす」姉妹を描き分けていて、どちらかと言うと大君の場合は、その落ち着いた上品な人柄を、中の君の方は可憐でつややかな容貌の美しさを重視して、対照的な造型を設定しているといえよう。それは読者にとっては明確に区別し得る姉妹であったが、薫の関心が姉にむかっているのか、それとも妹の方にむかっているのか特定し難い状況で、椎本巻では中の君の美しい容貌から憧れの女(ひと)である明石中宮腹の女一の宮（匂宮の姉）を想起させて、その笑い顔を「いと愛敬づきたり」（⑤二一九頁）として薫の心を惹いているのであり、そうした点からも国宝絵巻が〈橋姫〉図の詞書本文を「あい行つきたまへり」と改変するのは、箏の琴の女(ひと)が大君との判断から、物語が〈かいま見〉以後、薫と大君との恋に発展することをあらかじめ予示したのかもしれないのである。

国宝絵巻の製作当時に箏の琴に「添ひ臥したる人」（⑤一三九頁）を大君と判断していたとすると、中世の注釈書である『畑流抄』『岷江入楚』等が「姫君に琵琶、若君に箏の御琴を」（⑤一二四頁）とする本文を根拠に箏の琴の女を中の君と解していたのに対し、『孟津抄』はその逆であり、従来のように古注と一括され得ないことを清水婦久子前掲書「第八章　橋姫巻の箏と琵琶」は力説している。近世においても北村季吟『湖月抄』は両説共存の可能性を承知しながら『細流抄』説を採用した中で、山本春正『絵入源氏』が本文の傍注に『孟津抄』と一致する姉妹の区別を明記しているので、その挿絵は「柱に隠れて琵琶を持つのが中の君、箏にもたれるのが大君のつもりで描かれていることになる。」として、『絵入源氏』画を評価している。[注(11)] さらに清水氏は薫が〈かいま見〉た楽器交換場面の状況を、「八の宮から伝授された琵琶を、大君は、父宮の代わりに中の君に教えようとしていたのであろう。」と読み解くのである。

しかし、楽器交換の是非だけでは国宝絵巻〈橋姫〉図の読解を終えることはできない。この〈かいま見〉が古代神話型であれば、男の視線にからめとられた女は必ずや男の手中に落ちることが約束されたのであろうが、『源氏物語』が新たに据えた〈姉妹〉のモチーフが見られる側の女たちの所為に男の論理を拒絶する意味を与えていた。〈竹河〉第二図と〈橋姫〉図と繰り返される〈かいま見〉という同構図の中で、前者の玉鬘姉妹は桜の古木を賭物にして碁を打ち、その勝敗が将来の結婚を左右していたのである。〈かいま見〉る蔵人少将の意中に拘らず、敗けた玉鬘大君は今上帝ではなく冷泉院に参院することになってしまう。『源氏物語』では碁の勝負が男女の結びつきに関わる機能として布設されているらしいことは、空蟬巻での空蟬と軒端荻との碁の勝敗とそれを〈かいま見〉ていた光源氏との関係や宿木巻での今上帝と薫との碁の勝敗〈宿木〉第一図で、女二の宮が降嫁することになる。〈竹河〉第二図は画面の構図として左側に男に見られている対象としての〈姉妹〉を御簾越しに描いているというだけではなく、その〈姉妹〉がいったい何をしているのかが問われているのだといえよう。

特に〈橋姫〉図は薫の視線から〈姉妹〉の区別をしている訳ではなく、琵琶の女と箏の琴の女との容貌や人柄の相違を見極めているにすぎない。やはり薫が〈かいま見〉る行為自体には宇治八の宮姉妹の運命が左右されることにはならないのだろう。むしろ琵琶の姫君が、月が急に明るくさし出してきたのをその撥を手にして、「扇ならで、これしても月はまねきつべかりけり」（⑤一三九頁。詞書同じ）と言うのに対し、箏の琴の姫君がすかさず「入る日をかへす撥こそありけれ、さま異にも思ひおよびたまふ（通ひ給へる―詞書）御心かな」（⑤一三九～一四〇頁）とのたわいもない行為と雑談の中に隠された姫君たちの運命が予示されていたとしたらどうなのであろう。

日月は皇権の象徴と認識されていたようだから、扇の形状をしている琵琶の撥をもって月を招くことができたとするのが琵琶の姫君だから、[注12]これは後に匂宮が次兄の式部卿宮を越えて立太子する可能性を物語は予示しているから、その匂宮と結ばれることになる中の君が撥（扇の代用）をもって自らの運命を招き寄せているという物語文脈の構築を先取りした構図を〈橋姫〉図は描出したものと理会してもよいのではなかろうか。もちろん宇治十帖の物語展開を熟知した上での作図であろうし、限られた場面選択の中で、どの場面を選択するかによって物語展開の核心を逃がすことは許されない画面構成が〈鈴虫〉第二図の例からしても絵巻製作には要請されていたに違いなかろう。

〈かいま見〉の構図が恋物語の始発に導入設定される意義が〈竹河〉第二図を経て〈橋姫〉図に結実される時、〈姉妹〉のモチーフが各々の結婚の行方を見守る構図として現出してきているのであり、見る主体の男の意向に関係なく、見られる対象である姫君たちが、ともに自律した世界にあって、必ずしも男の視線によって領略されてしまう結果を導かないのである。

一方、箏の琴を前にしてうつむきかげんの大君は右手を琴の弦にやり、つま弾く体で描かれているが、その先には中途半端に開かれた扇がうち置かれている。注[13]これは物語本文にも詞書にも明記されることはないモチーフで、むろん土佐派の源氏絵などにも描かれることはなく、また大阪女子大学附属図書館所蔵『源氏物語絵詞』注[14]にも指示されることはない、いわば国宝絵巻独自のモチーフとして描出されているのだといえよう。

こうしたうち置かれた扇に着目してその他の図様を見てみると、匂宮と夕霧六の君との婚姻で三日目の所顕しの翌日、匂宮は昼の明るさの中で初めて六の君を見て、その美しさを知りいっそう心惹かれるという場面を描く〈宿木〉第二図において、やはり六の君の前に扇がうち置かれている。当時の貴族にとって扇は常に携帯するアイテムだから、ことさら新妻として恥じらいもあって扇で顔を隠すためにも当然必要で、扇の存在は何ら不自然ではない。しかし、とっさのことだったのか六の君は単衣の袖で顔を隠そうとしているところを匂宮はその袖の端をつかんで強引に顔を見ようとしている体勢の図様となっている。半開きの扇がうち置かれてあるのをはじめとして、上記したような匂宮と六の君との挙措は物語本文や詞書に具体的に指示されている訳ではなく、ただ「宮は、女君の御ありさま昼見きこえたまふに、いとど御心ざしまさりけり（まさりにけり―詞書）。」（⑤四一九頁）とあるばかりだから、絵巻製作者の創作ということになろう。

しかし、夫匂宮が権勢家の左大臣夕霧の娘を正妻としたことで悲運を嘆く中の君と後見をよいことに中の君に近づく薫との間柄を疑う匂宮とが久方ぶりに対面する〈宿木〉第三図では、琵琶を奏でる匂宮の傍で脇息に寄りかかる中の君が、六の君に心を移したことを恨む歌を詠んだことで、さすがに恥ずかしさをおぼえたのだろう、匂宮と視線を合わせず顔をそむけている姿形が描かれている。物語本文や詞書には

「さすがに恥づかしければ、扇を紛らはしておはする」(⑤四六六頁)とあって、その恥ずかしさを紛らわすために顔を隠す扇がしっかりと本文に明記されていて、画中にも匂宮の視線を遮るかのように扇を中の君は手にしている。

〈宿木〉第三図は、匂宮・中の君夫婦間のお互いの疑心に揺れる心情を吐露し、その亀裂が危ぶまれつつ画面が閉じられているが、物語は匂宮の琵琶と中の君の箏の琴とが弾き合わせられて、夫婦和合の体でこの場面は終着しているのである。扇を手にする中の君と半開きのまま放置される扇の画中における象徴性は顕著な対照をみせているといえるのではないか。扇は〈あふ(ぎ)〉であるところから、その用途に拘らず男女の絆を結ぶ役割を象徴するために描かれるモチーフ(小道具)であったのではあるまいか。

〈橋姫〉図において扇の形状をした琵琶の撥で中の君が招き寄せた運命とは今上帝の第三皇子匂宮との結婚であったが、宮家とはいえ落ちぶれた出自の中の君が、王子誕生の産養で明石中宮にも認められ、匂宮からは将来の立后を約束され得る立場になって、『源氏物語』正篇の〈幸ひ人〉が紫の上であるのに対し、続篇では中の君がそう呼ばれるようになったのである。

逆にうち置かれた半開きの扇が箏の琴の前に描かれている大君の方は、薫との恋を成就させることはなかった。そしてその大君の形代(かたしろ)として立ち現れた浮舟への恋情を実らすべく浮舟が隠れている三条の小家を訪れた薫を描くのが〈東屋〉第二図であり、晩秋の寒空から降りそそぐ雨の中で、簀子に座り待たされる薫が、扇を手にしているのである。

その扇は開かれた妻戸から薫の放香を室内にまで届ける役割を担うのだが、その香りの侵入こそが薫の浮舟を宇治へ連れていこうとする強い意思であり、その象徴として扇を描いているのである。その扇は中の君に迫まった時に手にしていた季節外れの「丁子染の扇」（⑤四二三頁）である可能性がある。『源氏物語』正篇では夕顔の白い扇や朧月夜との扇の交換などの例が挙げられるように男女の邂逅と逢瀬の構図を形造り物語自体にその論理が活かされていたが、それを国宝絵巻は続篇において物語本文に明示されることのない扇を画中人物と関わらせることで、ある瞬間を切り取らざるを得ない画中に描出することでその象徴性を確かな形象として国宝絵巻は築き上げているのだといえよう。ゆえに〈東屋〉第二図において薫が手にする扇によって薫の決意の程がうかがわれるのである。

三　〈早蕨〉グループの構成

現存する国宝絵巻十九画面のうち〈柏木〉グループの連続する八画面は一軸一巻を構成すると言われ、第一主題の光源氏家を話題とする36巻柏木・三図、38巻鈴虫・二図、40巻御法・一図の計六図は大画面（たて約二二cm×よこ四八cm）で、それに対し37巻横笛・一図、39巻夕霧・一図の計二図は夕霧家を話題とする第二主題を構成しているから小画面（たて約二二cm×よこ三九cm）となることを指摘したのは秋山光和であった。注(15)

当面の〈早蕨〉グループは、〈柏木〉グループに次ぐ連続する画面の残存で、48巻早蕨・一図、49巻宿木・三図、50巻東屋・二図の計六図であるから、おそらくこれでは一軸一巻を構成できず、前後の巻から数画面を加えることで一軸一巻を成り立たせることができるのであろう。つまり〈早蕨〉グループと言うのも連続する現存図の最初に位置している〈早蕨〉図から採った仮称であり、〈早蕨〉図がこのグループを牽引しているとは限らない。しかもこの推測は〈柏木〉グループに倣えば、大画面が〈宿木〉第三図、〈東屋〉第二図と計二図にすぎず、それに対し小画面が〈早蕨〉図、〈宿木〉第一図、同第二図、〈東屋〉第一図の計四図だから、大画面が第一主題を担うとすれば、逆転するためには少なくともあと大画面が三図加わることが必要となる。但し、これはあくまで〈柏木〉グループに準じての判断だから、大画面と小画面の場面選択の区別がどのような基準によっているのかを考察しなければならないし、また〈柏木〉グループのような第一主題と第二主題とを峻別するに足る明確な主題性の相違が絵巻の構成にあるのかどうかをも検討しなければならなくなる。しかも〈早蕨〉グループとはいえ、物語自体は中の君物語から浮舟物語へと移行する局面で、その両方を抱えもって展開しているのであり、詞書の書風がともにⅢ類と一致するものの、そもそも同グループと認定し得るのかも物語の構造からして不安定と言わざるを得ないのである。

そうした状況下にあるものの、果敢に〈早蕨〉グループの読みの世界を切り拓いたのは稲本万里子であった。[注(16)] 稲本氏は「あるべき一対の男女」を、薫と中の君、匂宮と浮舟ではなく、匂宮と中の君、薫と浮舟とするから、まさに大画面の〈宿木〉第三図が匂宮と中の君を描き、〈東屋〉第二図が薫と浮舟とが描かれている。それは宇治十帖の主題性を担う中心人物の中でも限定的な組み合わせの一対の男女であり、現存する〈早蕨〉グループ内での論理としては成り立ち得る。確かに一対の男女であっても匂宮と夕霧の六の君とが睦み合う〈宿木〉第二図は小画面となっているから、「あるべき一対の男女」の組み合わせは、匂宮と中の君との一対であり、また薫と浮舟との一組なのであろう。そして、なぜかこの二図では「あるべき一対の男女」を描いていながら、その女君たちは男に向き合っていない。男の欲望に抗う女性として対置されるのが〈早蕨〉グループの特異性だとする。その抗う女君たちが、貴族社会の価値観に抵抗する姿を表わしていると稲本氏が解釈するのはともかくとして、〈宿木〉第三図において、匂宮に顔をそむける中の君は、「匂宮に寄り添う六君の陰画である」とする理会は、主従を逆転する結果になりかねないだろう。あくまで〈早蕨〉グループでは大画面の二図が第一主題を担い、だからこそそこに主題性を担うはずの限られた中心人物の一対の男女が描かれていて、その女君が男の欲望に抗う姿勢を見せている。その主題性を前提として〈宿木〉第三図のような場面が選択されているという方向にむかうべきなのであろう。

しかし、そもそも〈早蕨〉グループの大画面の二図が、抗う女君たちを中心に据えての構図を現出させているのかどうか甚だ疑わしいのである。つまり〈宿木〉第三図においては、琵琶を弾く匂宮が画面の主体であろうし、その構図は言うまでもなく大画面である〈橋姫〉図の帰結であろうし、〈東屋〉第二図においては、簀子にこれ見よがしの扇を持ち悠然と座す薫が主体であり、左側の窮屈な画面領域の室内にひしめく女君たちの中に弁の尼に説得されて泣き臥す浮舟の後姿が描かれ、それに抗う女君の意思を読み取るのはよいが、それは薫の威容さに圧倒されるはかない抵抗の姿にすぎない。また薫の手にする扇が、亡き大君の形代となる浮舟へむかい、かつまた大君の面影を宿す中の君に迫まり得なかった薫にとって、〈橋姫〉図では無用としか思えない扇の存在と照応する〈東屋〉第二図の扇と見做してもよいだろう。

稲本氏の言う「あるべき一対の男女」の画像は、〈宿木〉第三図にしても〈東屋〉第二図にしても、その主体は匂宮であり薫であるはずだ。そして物語の展開は宿木巻の次の浮舟巻に入ると、薫によって宇治に隠し据えられた浮舟との間に匂宮の介入を許すことになり、「あるべき一対の男女」の概念は崩れ、薫と浮舟から匂宮と浮舟へと変容し、浮舟は匂宮にのめりこむこととなる。もし「あるべき一対の男女」の関係に包み込まれる可能性があるとすれば、それは薫の三度にも及ぶ大君への求愛を描く総角巻であろうし、そこには抗う大君の姿も描かれてくるはずだ。「あるべき一対の男女」に薫と大君がいることを認めざるを得なくなる。筆者は現存する〈早蕨〉グループには総角巻から大画面三図が加わることで〈柏木〉グループに匹敵する一軸一巻が完成していたのではないかと憶測している。そこには求愛場面ではなく薫の意に反して死にゆく大君をみとる場面があったのではないかとまで。

ところで、小画面の〈東屋〉第一図は、中の君に預けられた浮舟が二条院で匂宮の接近を許した後、物語音読論の核心となる女房の右近に詞を読ませて、浮舟が絵に見入る場面が描かれていることで知られている。従来ほとんど物語音読論の資料として使われるにすぎなかった〈東屋〉第一図の読みを切り拓いたのは池田忍で、[注(17)]その画面中央に描かれる半ば開かれた襖障子の奥の空間に匂宮の存在の残影を読みとり、不在の匂宮が空間のすみずみまで支配する権力作用をこの場にみとどけたのである。しかし、その説が成り立ち得ようもないのは、この画面で最も中心となるモチーフは、その手前に設置される山河の風景が描かれた几帳であり、ありふれた生活調度品の几帳が、なぜか前面に押し出された特異な画面構成を優先せずに、その背後の半開きの襖障子に着目する意味はないと言ってよいのだろう。[注(18)]

池田説は物語展開からつい先程までいた匂宮の存在を重視する読みの方向性にあると言ってよいが、詞書を見てみると肝心の匂宮が浮舟に言い寄った緊急事態の内実を報告する箇所が省略されているのである。つまり、そうした詞書は、残存するはずの匂宮の気配をうち消しているのだといえよう。洗髪をした中の君は女房にその髪を梳かせ後姿に描かれ、絵を見入る浮舟とともに左側の狭い空間に押し込められているように描かれているので、構図としては〈東屋〉第二図に近似していながら、右側には中心人物である薫に代わって山河の風景が描かれた几帳と女房たちが占める空間となっている。その几帳の右側のひとりの女房が絵に見入る浮舟の顔貌と瓜二つに描かれていることにまず注視するべきであった。

〈東屋〉第一図の詞書は、中の君が姉とそっくりな浮舟を見て、亡き大君を思い出している文脈で形成され、いまの不幸せな暮らしから大君とともに暮らした宇治の山里に思いはせるかのように姉に似る美しい浮舟によって慰められているのである。つまり半開きの襖障子も山河の風景で埋めつくされていて、その奥に拡がる空間は、なつかしい宇治へとつながっているのであり、匂宮が領じる空間の拡がりを意味している訳ではないのである。

〈東屋〉第一図で明らかなように女房たちの姿態に注目して他の小画面である〈早蕨〉図、〈宿木〉第一図、〈宿木〉第二図を見てみると、左側に別れを惜しみ涙する中の君と弁の尼を描くのに対し、画面の右側では京の二条院入りを喜ぶ女房たちが生き生きと写し出されているのが〈早蕨〉図であり、〈宿木〉第一図では帝と薫とが碁を打つ様子が右側に描かれ、その勝負の行方を興味深く襖障子の陰で見守る二人の宮廷女官が画面の左側に控えている。

そして、〈宿木〉第二図では匂宮と夕霧六の君の寝所での睦びを屏風や几帳で仕切って、左側の画面には美しく着飾った正装の女房たちが居並ぶが、それぞれが恥じらうように六の君とは違って扇をかざしている。その中で左下隅の女房の一人が、画面の外に向けて視線を投げかけている。この女房の仕草は詞書に明記されている訳ではないが、堅苦しい左大臣家の婿となることを嫌っていた匂宮が、美しい六の君の容姿に心魅かれ昼近くまで寝所に居続ける匂宮の心変わりを揶揄するかのような視線とでも理会できよう。この外に向ける女房の視線は、絵の鑑賞者に何かを訴えかける役割を担っていて、〈柏木〉グループでも

〈柏木〉第三図の画中の左下隅に同じように扇をかかげ外に向けて視線を送る一人の女房が描かれている。それは物語の内容からして薫誕生の五十日の祝儀にその子を抱く光源氏の複雑な心境を察するかのように柏木・女三の宮の密通の子であるという真実を知る女房の存在を知らしめているのかもしれない。そうした女房たちの介在は、主人公たちの本心を暴露したり、皮肉ったり、また揶揄したりする物語にとっては語り手が物語の表面に草子地によって、その姿を現しているのと同じような仕組みを、画中の一人の女房に託して、その視線を外に向けて放っているのだといえよう。注(19) いわば画像空間を相対化する〈まなざし〉が物語の語り手の如く画中の女房の一人に設営されているのである。

〈早蕨〉グループの小画面の四図は、主人公たちを囲み、常にその身辺に仕える女房たちに着目した作図であったようで、時に主人公たちの意に反する行動を示し、また揶揄したり皮肉ったりして批判する場合もあるが、主人公たちに代わってその意中を代弁したり同調する場合もあって、主人公たちを常に見守るさまざまな女房たちの姿態を画中に投入し描出したのだといえよう。そうした意味で小画面の話題性は、やはり大画面の物語の中心となる主人公たちを補助する局面を描いているのであり、〈早蕨〉グループが、〈宿木〉第三図と〈東屋〉第二図の二つの大画面で支えられているのではなく、おそらく総角巻から大画面が補完されることによって、一軸一巻が構成されているのではないかと判断されよう。

四　おわりに

近時の研究動向として、本体の『源氏物語』の世界や国宝絵巻の詞書に無頓着なあまりに珍奇な新説に振り回せられがちなのだが、そうした傾向に歯止めがかかりそうな〈鈴虫〉第一図に関する卓説が倉田実によって発表された。注(20)

画面中央に描かれている女性が裳を着けていることから女三の宮ではなく女房ではないかとする異説が復元図を担当した日本画家から出されるやいなや、その珍説に多くの研究者が靡いたものだが、清水婦久子をはじめ若干の研究者が反対していたのだが、決定的な反証を提出できずにいたのである。出家するに際し、裳が必需品として準備される慣例が知られ、裳を着けているからこそ画面中央の女性は女三の宮として描かれているのだとする倉田氏の切り返しは、あざやかな論破であった。〈鈴虫〉第一図に女三の宮の姿をしっかりと画面に定着できるようになったのは、最近の成果として倉田論考は研究史に刻まれよう。

このように国宝絵巻の図様には『源氏物語』本文や詞書には明記されないゆえ、屏風や几帳などの室内調度品や扇などの日常携帯品が、画面の空間処理として描かれているのではなく、物語の主題性に関わる意図あるモチーフの存在であれば、それを見落とすことはできないのである。

とりわけ〈早蕨〉グループの中では、〈東屋〉第一図の几帳であり、画面の前面にせり出すような設置は意図的で、ふつうの几帳の役割からも逸脱しているのであり、その絵模様がまた一般的な朽木模様ではなく山河の風景であって、襖障子の絵模様とも一体化しているとなると、中の君の日常の生活実体を披瀝していて、そのしつらいによって中の君の心境がうかがい知られるように描かれているのである。〈東屋〉第一図の几帳はもはや単なる調度品として画面中央に設置されているのではなかろう。

ただそうした視点からすると、〈早蕨〉図にはいまだ謎となる衣装箱が画面中央に据えられている。別れを惜しむ中の君と弁の尼の涙を誘うように、その箱に二人の視線が注がれているようなのだが、これは薫から贈られた反物でその誠意に感謝して泣いているのか、それとも宇治を去るに当たって亡き大君の遺品として持ち出されてきた衣装箱であるのか、『源氏物語』本文にも詞書にも書かれていないだけに、いまの筆者にはいかんとも読み解き難いのである。

注

(1) 本書の特徴は清水氏がもう一つの『源氏物語絵巻』とされる木版本を掲載している点である。以下同書を清水婦久子前掲書とする。

(2) 近時国宝絵巻という呼称を用いず所蔵元に拠る徳川・五島本という呼称を用いて先入観的評価を回避しようとする動きがある。

(3) 清水好子「源氏物語の作風」(『源氏物語の文体と方法』東京大学出版会、昭和55〈一九八〇〉年)

(4) 従来横笛を吹く貴公子などと図解されていたのを夕霧と認定することで構図を読み解いた久下「〈鈴虫〉第二図を読む—父子相伝の笛」(『源氏物語絵巻を読む—物語絵の視界』笠間書院、平成8〈一九九六〉年)がある。以下同書を久下著書(A)とする。

(5) 場面選択において作中歌を重視する清水婦久子前掲書等さまざまな見解が出されているが、筆者は一軸一巻を八場面前後で構成するに当たって、それぞれにテーマが定められ、それに従って場面選択が行われ画面構成がされていると考えている。

(6) 久下著書(A)「〈蓬生〉図を読む—末摘花との再会」参照。なお掲出した土佐派の源氏絵は一般的な構図として光源氏一行の進む方向が右から左へであることを示す。

(7) 東京大学文学部国文学研究室蔵『絵入源氏』の挿絵は『絵本源氏物語』(貴重本刊行会、昭和63〈一九八八〉年)として出版されている。

（8）京都国立博物館所蔵『源氏物語画帖』（勉誠社、平成9〈一九九七〉年）

（9）一軸を匂宮三帖をもって構成しない限り、両図は同軸となり得るし、詞書の書風も両図ともⅣ類に分類される。『コンパクト版日本の絵巻1』（中央公論社、平成5〈一九九三〉年）「源氏物語絵巻」現存一覧表」参照。

（10）久下『物語絵・歌仙絵を読む』（武蔵野書院、平成26〈二〇一四〉年）「国宝『源氏物語絵巻』を読む―〈橋姫〉図再説」。以下同書を久下著書(B)とする。

（11）同論は『源氏物語』本文とくに作中歌との対照において『絵入源氏』を評価する清水婦久子『源氏物語版本の研究』（和泉書院、平成15〈二〇〇三〉年）にも所収されている。他に『絵入源氏』の挿絵を評価する小林千草「山本春正『絵入源氏物語』挿絵考―「末摘花」「明石」の巻の事例より―」（「むらさき」45、平成20〈二〇〇八〉年12月）がある。但し当該〈橋姫〉図に関しては、国宝絵巻とは違い薫の視線とは異なる角度から描くため中の君は柱に隠れてはいないし、また大君は箏の琴にうつ伏してもいないから一律に評価はできない。なお春正画を慎重に検討する岩坪健「絵入り版本『源氏物語』（山本春正画）と肉筆画との関係―石山寺蔵『源氏物語画帖』（四百画面）との比較―」（神戸親和女子大学「親和国文」41、平成18〈二〇〇六〉年12月）がある。

（12）簀子に控える女房（女童か）の一人が扇を翳すのは中の君の撥の形状と方向を同じくしている仕草を示すことでその意味を補完している。これは〈夕霧〉図で雲居雁と同じ仕草を女房の一人にさせているのと同様である。

（13）久下著書(B)「国宝『源氏物語絵巻』を読む―うち置かれた扇」

（14）『源氏物語絵詞』（大学堂書店、昭和58〈一九八三〉年）。〈橋姫〉図に関して「はちにてまねき給ふ中君箏によりかゝりゐたまふ」とさらなる混乱がみえる。

（15）秋山光和「源氏物語絵巻の情景選択法と源氏絵の伝統」（『平安時代世俗画の研究』吉川弘文館、昭和39〈一九六

四〉年)、同『王朝絵画の誕生―『源氏物語絵巻』をめぐって―』(中公新書、昭和43〈一九六八〉年)。また秋山説の第二主題の内容把握に対して反論した中川正美「源氏物語絵巻夕霧図を読む」(久下編『源氏物語絵巻とその周辺』新典社、平成13〈二〇〇一〉年)がある。

(16) 稲本万里子「「源氏物語絵巻」の情景選択に関する一考察―早蕨・宿木・東屋段をめぐって―」(「美術史」149、平成12〈二〇〇〇〉年10月)。本論考を再録した『源氏物語の鑑賞と基礎知識 ㊶宿木(前半)』(至文堂、平成17〈二〇〇五〉年)には久下「国宝源氏物語絵巻〈早蕨〉グループについて」(昭和女子大学学苑」738、平成14〈二〇〇二〉年1月。のち久下著書(B)に所収)の疑問に応える補注を付ける。以下の記述はこれを含む。

(17) 池田忍『日本絵画の女性像―ジェンダー美術史の視点から』(筑摩書房、平成10〈一九九八〉年)

(18) 久下「一枚の絵を読む―王朝文化史論―」(「学苑」903、平成28〈二〇一六〉年1月)

(19) 〈夕霧〉図と〈宿木〉第一図とに関する言説だが、安原盛彦『源氏物語空間読解』(鹿島出版会、平成12〈二〇〇〇〉年)「絵巻物の見え方」に「『源氏物語絵巻』を描いた絵師は冷徹にその状況を読んでいたのだ。絵巻には物語の進行と共に、それを女房達が見、さらにそれら全体を見る読者の、絵師の視線が重ね描かれていた。そこには全体を見る視線があった。」とある。

(20) 倉田実「裳を着けた尼姿の女三宮―『源氏物語絵巻』「鈴虫(一)」段から―」(古代文学論叢第二十輯『源氏物語 読みの現在 研究と資料』武蔵野書院、平成27〈二〇一五〉年)

宇治十帖のその後――『雲隠六帖』の世界

咲本英恵

一　はじめに

『源氏物語』夢浮橋巻は、小野に出家遁世した浮舟に再会を拒まれた薫が、浮舟はほかの男に囲われているのではないかと疑惑を抱く場面で終わる。薫はこのまま浮舟を諦めきれるのか、浮舟は出家者としての人生をまっとうできるのか、その後の展開を様々に想像させる終わり方だ。この終わり方に納得のいかない享受者は、院政後期、『山路の露』という物語を創作した。注(1)

本稿が扱う『雲隠六帖』も、光源氏の死を描く一帖と、薫や匂宮、そして浮舟たちのその後を描く五帖で構成された、『源氏物語』のつづきとしてある。これからその研究史や物語世界をたどるとともに、『雲隠六帖』が、どのように「宇治十帖のその後」を作っているのかについて考えてみたいと思う。

二　天台六十帖説と『雲隠六帖』

「作者」という概念がなかった時代、夢浮橋巻のその後に限らず、『源氏物語』は成立直後から享受者によって増補・受容されていた。[注(2)] 我々はいま、『源氏物語』は五十四帖だと当然のように受け入れているが、平安後期には『源氏物語』は六十帖あるという説も存在しており、その『源氏物語』六十帖説は、院政期、仏教の広まりとともに物語を仏教的に解釈しようとする風潮が高まると、やがて天台仏教の経典の数・六十巻、すなわち「天台六十巻」に付会されるようになったのだった。[注(3)]

だが一方で、鎌倉期には『源氏物語』の注釈書が作られ、これまで増補されていた『源氏物語』の巻々は一定の基準によって選別されることになる。現存最古の注釈書である『源氏釈』が「さくら人」「このまきはあるほんもありなくてもありぬへし」とし、[注(4)] また故実書『簾中抄』の異本「白造紙(はくぞうし)」が「源シノモクロク」において、「クモカクレ」を巻数に数えたあと、「コレハナキモアリノチノ人ノツクリタルモノトモ」して「サクヒト、スモリ、サムシロ」を挙げているように、[注(5)] 排除されたのは蛇足的な巻や、紫式部作以外の巻などであったと考えられている。[注(6)] その流れの中で、藤原定家や源光行・親行は、巻名あるのみの、しかし光源氏の死を扱うという説を持つ「雲隠巻」を含めた現在の『源氏物語』五十四帖の形を確定させ、前後して古注釈書も一様に『源氏物語』五十四帖説をとるようになる。十三世紀に成立した『風葉和歌集』に『源氏物語』巣守巻の和歌が採られていることから、五十四帖説の定着は『風葉和歌集』成立以後のことと考えられるが、それが定着し定説化して行くなかで、『源氏物語』六十帖説との矛盾を埋めるために、残りの「六帖」を希求する者たちも現れてゆく。

彼らは、たとえば「この物語六十帖の内に、昔は雲隠の巻もありけれども、その品よろしからざるゆへに、火中にしたりと云ふなり（『源氏物語七箇秘事』）」のように、残りの六帖の中に雲隠巻が入っているとし、あるいは「後の人、桜人、嵯峨野上下、巣守、さしぐし、釣殿の尼などいふ巻作りそへて六十帖に見てむといふ本意は、天台の解釈をおもはへたるにや（『光源氏物語本事』）」のように、残りの六帖は古注釈書が『源氏物語』から排除した巻などによって構成されているともした。注(7)

小川陽子氏は、様々な『源氏物語』受容資料から、六十帖のうち欠けた六帖は、『源氏物語』から排除された巻々を「母胎とし」、それが次第に『雲隠六帖』のかたちに整っていったと論じ、『雲隠六帖』には「成立の根本に、天台六十巻にならい『源氏』を本来の姿である六十帖に戻す、という意図が明確にあ」り、「あえて六帖を自ら新作すること」には、「『源氏』への並々ならぬ関心と同時に、天台六十巻への強い執着があってのことに他な」らないとした。そしてだからこそ「『雲隠六帖』は、『源氏』だけではなく、経典すなわち仏教とのかかわりがその根本において不可欠であった」と、作者の意識を追及している。注(8)

三　『雲隠六帖』の伝本

『雲隠六帖』は、大きく分けて二種類の伝本によって伝わっている。ひとつは江戸・上方で刊行された版本とその写本によって伝わる本文（流布本系統）、もうひとつは七つの写本のみで伝わる本文（異本系統）である。写本については、近年、七つめの本として蓬左文庫蔵堀田文庫本『雲かくれ』を紹介した小川氏によって、堀田文庫本が最も欠損の少ない本に位置づけられた。両者は同じ内容を伝えるが、作中和歌や、物語本文のとくに仏教的要素の強い部分においてかなりの異同があるという。

二種の伝本の成立過程については、語彙や和歌との比較から流布本の成立のほうが早いとした上で、両者の共通祖形を想定する山岸徳平氏・今井源衛氏の説[注(9)]と、漢語や仏教語の多様と内閣文庫蔵本に付された太田南畝の奥書から、流布本は浅井了意による異本の改作であるとする吉田幸一氏の説が併存していたが[注(10)]、吉田氏が説の論拠とする南畝の奥書を検証した小川氏は、『雲隠六帖』の了意改作説を退け、むしろ流布本の八橋巻に和歌だけを残す「内侍のかんのきみ」が、異本においては本の保持者として「天文初の比ほひ肥前高来郡になかされ」たと識語（奥書）に登場することに注目し、現存伝本二類は、『雲隠六帖』は帝から内侍のかみに伝えられた」という内容を持つ共通祖形からそれぞれに派生したものだろうと論じている。

なお、小川氏は、流布本を「『源氏物語』をはじめ、和歌・漢詩・仏教説話などを積極的に摂取し」また「登場人物の心情等に奥行きを与えることを目指し」た本文、異本を「説明的叙述の増補に力を入れ、物語の筋をよりわかりやすく展開することに主眼を置い」た本文と捉えた。妹尾好信氏は、文芸的側面は流布本系本文がすぐれているが、「文脈のたどりやすさや内容の理解しやすさでは異本系本文の方がまさっている」とし、異本系本文の改作度合の低さ、原形への近さを指摘する。[注(11)]本稿では、わかりやすいとされる蓬左文庫蔵堀田文庫本『雲かくれ』を、わたくしに校訂し、扱うこととする。

四　『雲隠六帖』の梗概

『雲隠六帖』の内容はおよそ以下のとおりである。

第一帖「雲隠」は、『源氏物語』幻巻を受け、正月一日未明に、光源氏が随身「これひで」、「おかべ」とともにひっそりと六条院を出立し、兄・朱雀院のいる西山に遁世するところから始まる。西山の麓で光源氏は牛車から降り、徒歩で、二人の随身とともに入山する。朱雀院は驚きながらも光源氏を温かく迎え、紫の上の死が光源氏に出世間を決断させたのだろうと考える。その後二人は仲睦まじく仏道修行に励むが、光源氏失踪を知った京人たち、とりわけ冷泉院の嘆きは深く、冷泉院は、朱雀院のもと、紫の上とおぼしき女性とともに仏道修行する光源氏を夢に見る。光源氏は入山後も出家はせず、紫の上の月命日には二条院に、一年に二度は六条院を覗くが、誰もその姿に気づかない。入山から三年、朱雀院が亡くなる。独り仏道修行を続ける光源氏は、蛍宮、髭黒大将、明石の君の死を伝え聞き、紫の上の七回忌に剃髪、十三回忌に往生が谷で入定し、空からの声に導かれるようにして開悟し、突然消えた。それを見届けた「これひで」たちは、京の冷泉院のもとへ行き、光源氏の最期を語る。そして雲隠の語り手は、仏教用語を多分に用いて、光源氏が弘法大師空海との約束で衆生を仏道に導くために生まれ、死んだのだと語る。その語りは、光源氏の一生を語る『源氏物語』も『雲隠六帖』も、衆生を仏道に導くために作られた一続きの物語であることを伝えようとするかのようである。

第二帖「巣守」は、冷泉院を主人公とする前半部と、薫や匂宮のその後を語る後半部に分かれる。前半の主人公・冷泉院は、失踪した父・光源氏と同じ所へ行きたいと出家を望みながらも、妻子を捨てられない。だが、俗世にとどまり続ける我が身を、巣立つことのできない雛鳥、「巣守」に喩えて和歌を詠んだあと、やがて俗体のまま自身に備わる仏性を自覚し、とうとう出家する。冷泉院の開悟の描写には『法華経』の「衣裏珠」や本覚思想の影響が見て取れ、往生を予感させるかたちで冷泉院の物語は幕を閉じる。

後半は、薫が内大臣に昇進し、浮舟を還俗させ結婚したこと、今上帝二の宮の死と春宮の辞去を受け匂宮が即位したこと、薫の後見する中の君が藤壺女御となり、その後立后したこと、夕霧六の君が承香殿に入内したこと、その他過去のこととして、匂宮帝がいまだ兵部卿だった頃、一品の宮（明石中宮腹女一の宮）付きの女房・宮の君を薫と争ったこと、その宮の君は薫の子を生んだが、薫は宮の君を匂宮帝の宣旨として献上し、宮の君は三位の君と呼ばれたことなどが語られる。最後に時間が現在に戻り、薫と藤壺女御が月を見ながら故大君や宇治に想いを馳せ、和歌を贈答するところで「巣守」は終わる。注(12)

第三帖「桜人」は、匂宮帝と紫の上の物語である。匂宮帝は、夢に、生前と変わらぬ姿で現れた紫の上から即位を祝福される。帝は夢から覚めた後も紫の上を恋しく思い、紫の上に似ていると数年来思っていた藤壺中宮が子をあやす姿を見て、一層愛情を募らせる。そこに薫が現れると、帝は、薫が浮舟を迎え取ったことを話題にし、過去に二人の仲を裂いたことを涙ながらに謝罪するのだった。二月、花見のために二条院に行幸した帝は、桜花を見て世の無常を詠じる。すると目の前に紫の上の亡霊が現れ、仏の道を説く歌を詠み、現世に執着するなと帝に忠告して往生を遂げる。

第四帖「法の師」は、薫と浮舟の出家を描く。日ごとに厭世観を強めてゆく薫は、浮舟との間に若君・姫君を、女二宮との間に若君を儲けていた。院や帝からも子どもたちが寵愛されるのを見ると、薫はなかなか出家に踏み切れない。だが、南殿の桜花の宴で三の宮（花中書王と呼ばれる）が急死し、その恋人であった薫の娘（小宰相腹）が後を追うようにして亡くなると心情は一変する。薫は無常を痛感して浮舟とともに出家し、布施を届けに訪れた横川で忽然と開悟、消え失せた。

第五帖「雲雀子」は、残された薫の息子（女二宮腹）・少将君の物語である。父・薫を失った少将君は、嵯峨の院からの帰り道に、薫と狩をした過去を思い出す。その晩、夢枕に立った法服姿の薫に出家を勧められるのだが、少将君は家の将来を考えると当分はできないと考える。

第六帖「八橋」では、匂宮帝が「けいきん上人」に、どの宗派を頼りに出家をするべきか尋ねる。上人はどれも最終的にはたったひとつの仏の教えに繋がっているのだから、宗派にこだわる必要はないと和歌で応じ、匂宮帝に帝位を全うすることを諭したのだった。

五　『雲隠六帖』の研究史

『雲隠六帖』は、『源氏物語』とはかけ離れた世界観を持つことから、かつて低い評価を受けたこともあった。「全体的に仏教くさく、浮舟が還俗したり、匂の宮が即位したりする展開などは言語道断」とか[注13]、「宇治の中の君を立后させるなど、筋立てや叙述は『源氏物語』に比べて浅薄の誹りは免れない」との批評や、薫の出家に際して「あわてて追従する」浮舟を描く『雲隠六帖』の「浮舟の自立性を馬鹿にし」た態度、『源氏物語』は「天台止観の六十巻」と同じでなくてはならないという「建前論」に対する批判もあった。[注14]そしてそれらはたしかに『雲隠六帖』の負の一面を言い当てているとされた。[注15]

それと同時に『雲隠六帖』を積極的に捉えようとする動きももちろんあった。三田村雅子氏は、光源氏・冷泉院・匂宮帝といった男性権力者を登場させる『雲隠六帖』に「王権物語の性格」を読み取り、「権力者の権威の源泉としてのあるべき源氏像をどこまでも追及しようという男性読者の読み」の反映を指摘し、また「帝王と仏道の相違関係に焦点を結ぼうとしたところに「雲隠六帖」の宗教文学としての位置と帝王観が見られる」と、仏教のあり方を積極的に位置づけた。[注16] 桜井宏徳氏は、三田村氏の指摘を深め、匂宮帝即位と宇治中の君の立后、そしてその王権が、紫の上によって支えられていることを論じ、『雲隠六帖』の中に「紫の上の物語」を見出した。[注17] 妹尾好信氏は、従来、批判の対象であった匂宮即位という展開を『あきぎり』の東宮などの例を出して「それほど突飛なこととも言えない」と擁護し、また浮舟の還俗や中の君の立后と繁栄、匂宮と薫の宮の君をめぐる対立と和解を、「『源氏物語』が宇治十帖で語り残した重要な読者の関心事に応える」ものとして評価した。氏はまた、『雲隠六帖』を「偽書に近いテクスト」と位置づける桜井氏に賛同し、『雲隠六帖』を『源氏物語』と同じ基準で論じ、評価しても「ほとんど意味がない」とする。[注18]

右の指摘と前後して、『雲隠六帖』の新たな位置づけは、『源氏物語』享受史研究からも提示されている。従来、五十四帖説を唱える一条兼良や三条西家による古注釈書世界を「正統派の享受」、六十帖説を支持する連歌師による梗概書等を「傍流の享受」と位置づけてきた享受史研究を受けて、[注19] 小川氏は、連歌師たち傍流が伝える巻名を取り込んだ『雲隠六帖』を、「傍流の『源氏』享受に位置」し、『雲隠六帖』は『源氏物語』そのものではなく、梗概書（あらすじ）を補作しようとしたものであるとした。それは従来指摘されてきた『雲隠六帖』の梗概的な文体を合理的に説明する指摘であり、同時に、これまで擬古文や中世王朝物語のひとつに数えられることのあった『雲隠六帖』が、梗概的な文体を持つ室町物語や御伽草子、あるいは説話などとも比較研究されるべきテキストであることを示した点で重要であった。ただ一方で、『雲隠六帖』に梗概書が持つような連歌の参考書的性質が認められるか否か、なぜ『雲隠六帖』は『源氏物語』のような文体ではなく、梗概的文体でなければならなかったのか、など検討の余地は残っていよう。

六　『雲隠六帖』の中世的展開と特異な構造について

本節では、『雲隠六帖』の中世文学的展開とこれまで注目されてこなかった、その特異な構造に言及しておく。

まず、「雲隠」で、紫の上の死を受けて出家遁世する光源氏は、『恋路ゆかしき大将』の戸無瀬入道と重なっている。女君の喪失を受けての出家遁世という展開はまた、中世王朝物語の代表的な話型である悲恋遁世譚（恋の懊悩や失恋の末に男主人公が出家遁世する話型）のひとつに数えてよいのではないだろうか。「雲隠」「桜人」「雲雀子」に見える夢告は、『海人の苅藻』『苔の衣』等々の中世王朝物語や、物語的要素を有する日記『とはず語り』においても物語展開の重要な鍵である。また、「巣守」で、薫から匂宮帝へ、宮の君が献上される展開は、男主人公が女君をライバルに譲る話型として、『風に紅葉』や『とはず語り』に見ることができるだろう。なお、『いはでしのぶ』では、大将（一条院内大臣）と二位中将（関白）が「宮の君」を共有するが、その呼称は、「巣守」で薫と匂宮が競い合った「宮の君」と同様であった。宮家出身で、強力な後見をうしなった女君が複数の男性と関係を持つ女君としては『恋路ゆかしき大将』の梅津姉君もあり、女君のひとつの類型として注目される。

さらに、「雲隠」における光源氏、「法の師」における薫の「消える死」は、『海人の苅藻』で「骸だにもなく、はや紫雲にうつ」った男主人公、『雫に濁る』で『法華経』第四巻法の師の読経中に「骸だにとどめずならせたまひぬる。(略)即身成仏といふことありときけ」と語られた院の姿を彷彿とさせる。[注(20)]『雲隠六帖』は、中世王朝物語や女流日記との関わりの中で生成されたものと思われる。
また、六帖は特異な構造を持っている。
第一帖で、光源氏は真夜中に随身と家を出て徒歩で入山し、最後に随身が、光源氏の出家遁世と死を京人に告げに帰京する。この展開は『現在過去因果経』の釈迦出家譚の型を踏まえたもので、光源氏の出家を釈迦のそれに准えようとする『雲隠六帖』の意図が感じられる。[注(21)]それに対して第六帖は、匂宮帝が上人に「出家するにはどの宗派がよいか」と相談する話で、『八宗綱要』の冒頭と重なっている。[注(22)]もともと『源氏物語』において光源氏と匂宮は、「仏の隠れたまひけむ御なごりには、阿難が光放ちけんを(『源氏物語』⑤紅梅・四八)」と、釈迦とその愛弟子・阿難に喩えられていた。「雲隠」「八橋」は、紅梅巻そして経典を強く意識しており、また、主人公たちが最高権力を捨てて出家を志す。その意味で、両帖は対を成していると言えるだろう
同様に、続く第二帖と第五帖は、ともに出家遁世した父を恋い慕い、巣立たぬ雛鳥を我が身に喩え、道心を抱く息子たちの姿を描く点で対になっている。そして第三帖と第四帖は、桜花をきっかけに、亡き母(祖母)に道心を揺さぶられる匂宮と、亡き娘に道心を揺さぶられる薫とを描く。こうして見ると、『雲隠六帖』は、第三帖と第四帖を境に内容的に鏡面関係であることがわかる。かつて稲賀敬二氏が、「雲隠」における光源氏の失踪から死までの一二年間が、『源氏物語』幻巻から匂兵部卿巻・竹河巻の間にある空白の一二年間と齟齬をきたさないことを指摘し、作者の「緻密な計算」として注目したが、[注(23)]六帖の構造からも作者の構造に対する高い意識がうかがえる。

七　浮舟の還俗をどう捉えるか

さて、『雲隠六帖』が描く浮舟の還俗は、第五節に見たように、これまで批判の対象となることが多かった。そもそも還俗は、国家の僧尼に対する法令を定めた「僧尼令」において破戒僧尼を追放する懲罰の方法としてあり、家督（時に天皇家）を継ぐ、あるいは政府官人となるなど、社会的理由によって強制的にさせられる以外は原則として禁止されていた。ゆえに自らの意思による還俗は仏教的罪として世間から非難されたのであり、そういう価値観は、還俗する人物を描かない平安朝以降、中世の物語（後期物語・擬古文・中世王朝物語）に受け継がれ、[注(24)]現代の『雲隠六帖』の批判的享受に影響を与えている。

では『雲隠六帖』は、どのようにして「還俗する尼＝タブー」という古来からの価値観を乗り越えたのだろうか。まずは、『雲隠六帖』が享受されていた時代の、尼をとりまく社会的背景を確認してみたい。

中世には、多様な尼たちの姿がある。たとえば鎌倉後期、藤原為家妻として、また源氏語りや歌詠みとして知られる阿仏尼は、若い頃、失恋のために突発的に髪を切り出奔、たどり着いた寺で「ひとえに本意とげ」たと、日記『うたたね』に記している。

為家との結婚以前の阿仏尼の人生については、法華寺に住んだあと藤原氏の男性との間に女子二人を出産し、寺を出て慶政上人のもとに身を寄せたとする説、[注(25)]その二人の「子を育てながら不遇困窮の二年を送った」後、「為家の秘書・弟子のような存在とな」り、「恋愛関係を経て定覚律師、為相を生んだ」とする説[注(26)]などがある。『うたたね』や、阿仏尼の人生を記した『源承和歌口伝』には、阿仏尼が「還俗した」

と明確に書かれることはないものの、出産や為家との同棲は還俗を思わせる。[注(27)] 諸氏に指摘されるように、尼は男性の性の対象となったのであり、[注(28)] 出家後、出産する女もいた。その女たちの中には、還俗した者もあったのではあるまいか。

さらに時代の下った室町後期の日記『言継卿記』には、母の身分の低さゆえに幼少期に尼寺に出され「福昌庵」と呼ばれた山科言継の娘・阿茶が、のちに名を元に戻し、越前朝倉氏の庶流・松尾兵部少輔の子を出産したことが記録されている。清水克行氏は、福昌庵の将来を案じた母が、越前朝倉氏に身を寄せる際、彼女を還俗させ松尾兵部少輔との間を取り持ったのだろうと推定している。[注(29)] 勝浦令子氏によれば、中世後期、身分的・経済的・宗教的事情によって尼として過ごすようになる貴種の女性は増え、出家後に尼が「結婚のために還俗させられる場合もあった」という。[注(30)] 言継息女もそういう尼の一人だった。

蓬左文庫本『雲かくれ』の奥書には、『言継卿記』と同時代の「天文初の頃ほひ」に本が伝わった、とある。浮舟の還俗は、『雲隠六帖』が成立・流布した社会の現実と連関する。

仏教が様々な宗派に分かれ、広まっていった中世社会において、人が仏教と無縁で生きることは難しかったろう。だがいま見たように、全ての人が理想的な宗教人として生きられたわけではない。出家後、経済的不安もなく極楽往生を目指し仏道修行に専念する理想的な尼がいた一方で、生きるために還俗しなくてはならない者、還俗してでも俗世に生きたいと思う者もいたはずである。そのような社会的背景が、『雲隠六帖』の浮舟還俗という展開を可能にさせたのではないだろうか。

いまひとつ注目したいのは、浮舟の還俗が、宇治十帖をどのように受けているかということである。『雲隠六帖』には、浮舟還俗に関する語りが三箇所存在する。次はその最初の場面である。

さても大臣は小野の姫君を迎へとりたまひて、かたちをさへ改めて、修法をば思ふところはんべればとて、僧都に預けおきたまひて、過ぎにし妬ましかりつる心を失ひて、よろづを我が心と過ぐししとて思したまひける。いかに思すかといと知り難し。（巣守・十四ウ）

大臣（薫）は小野の姫君（浮舟）を三条邸に迎え取った。ここでは薫が、「過ぎにし妬ましかりつる心を失」ったとあることに注意したい。その経緯は、次のように語られ始める。

式部卿の姫君、大宮の御方に宮の姫君とておはせしを、当代の帝いまだ兵部卿にて浅からず思ひたまひしを、内の大臣、大将の頃ほひ、いかでありつる我が心思ひ知らせたてまつらんと、この宮の姫君を語らひつきたまひけり。（巣守・十六ウ）

これは、「巣守」梗概のなかで紹介した、宮の君をめぐる薫と匂宮の恋物語の発端である。薫はなんとかして「ありつる我が心思ひ知らせたてまつらん」と、匂宮の想い人・宮の君を語らいつけた。だが宮の君が薫の子を生むと、薫はこの恋が匂宮の心を動揺させるためだけのものだったと痛感し、即位した宮に宮の君を譲る。そのとき匂宮帝は「いと妬ながらも宣旨に立て」（巣守・十七オ）たのだった。

匂宮帝が抱いた「いと妬」しという想いは、恋人を奪われた者の敗北感や恨みであり、薫が思い知らせたかった「ありつる心」はその想いであったと理解される。翻って薫の「過ぎにし妬ましかりつる心」とは、匂宮に恋人・浮舟を奪われたことへの想いであり、その想いは、浮舟を取り戻したことで解消したと考えられる。

このプロットは、薫の出家場面で次のように語り直されるのである。

かくて明かし暮らし給ふに、さらにうつしざまにて世を過ぐさん事、いとうたてあるべし。ことに三條の上、よくも思ひすまし給ひしを、一ふし心得ぬと思ひしにより、たとへ罪を負うともと思ひなして、かくは思ひなりにしなり。（略）あまつさへ、ここなる人、かしこく思ひとり給ひし道を妨げ、あるまじき事とは思ひながらしばしが程かくて候らはす。返すがへす一たんの心をはらはんがためなり。

（法の師・二六丁ウ〜二八丁オ）

薫は、横川僧都を呼び出し、「一ふし心得ぬ」思い、「一たんの心をはらはんがため」という自己中心的な理由から、すでに小野で「思ひすまし」、「かしこく思ひと」っていた浮舟を還俗させたと告白する。この薫の告白は、「過ぎにし妬ましかりつる心を失（巣守・十四ウ）」ったことと呼応していよう。薫は、浮舟を匂宮に奪われたことに対する納得のいかなさ、浮舟への未練、恨み、妬みを祓うために浮舟を求め、狙い通りそれらを解消したのである。つまり、『雲隠六帖』は一貫して、浮舟の還俗は薫の煩悩を祓うためにあったと主張しているのだ。

その主張は、『源氏物語』夢浮橋巻の、次の場面を引き継いでいよう。

御心ざし深かりける御中を背きたまひて、あやしき山がつの中に出家したまへること、かへりては、仏の責めそふべきことなるをなん、うけたまはり驚き侍る。いかがはせん。もとの御契り過ちたまはで、愛執の罪をはるかしきこえたまひて、一日の出家の功徳ははかりなきものなれば、なほ頼ませたまへとなん。

（夢浮橋⑥・三八七頁）

これは横川僧都の消息文の一部である。既婚女性の出家には夫の許可が必要とされた時代、横川僧都は薫という夫がありながら、許可も得ず独断で浮舟を出家させたことを後悔し、浮舟に、「もともとの薫との夫婦の宿縁に背くことなく、浮舟に対する愛執に囚われた罪深い心を晴らしてさしあげなさい」と、薫のもとに戻ることを勧めたのである。

浮舟は、この手紙に涙しながらも小野で生きてゆくことを選び、『山路の露』はその浮舟を、仏道に専念する人として改めて描いた。[注31] その展開には、仏教による女人救済という主題が託されているが、しかし一方で、薫はひとり愛執にとりつかれ、俗界に取り残されたことになる。

『雲隠六帖』は、『源氏物語』や『山路の露』の中で愛執に囚われたまま取り残された薫を、浮舟の還俗によって救った。薫との「もとの御契り過ちたまはで、愛執の罪をはるかしきこえ」ること、それを『雲隠六帖』は浮舟に還俗を勧める言葉として受け取り、物語を編んだのであった。

さいごに、『雲隠六帖』で還俗した浮舟と、往生伝や説話、仏典との関わりに注目しておきたい。次は、院政期以降に成立した往生伝や説話に見える、男の愛欲・愛執を晴らす女身である。


陸奥有一女人〔虫損。内本〕。若〔虫損。内本〕年之時。立艶好色。定夫無之。衆人共来。敢不厭之。皆以許容。後更無一人而来者。寡宿経年。有親人問由緒。答曰。我聞。順人情是菩薩。依之不返男来。又聞。愛欲是流転業也。依之交会之時。不生一念愛着之心。弾指合眼観不浄。有人成欲事之時。此念弥盛。仍衆人皆恥而不来也云々。後成比丘尼。念仏為業。臨終病悩之時。閉眼則金色仏満空。如清夜見星云々。（『後拾遺往生伝』巻下・二四「陸奥女」[注32]）。

陸奥に一人の女がいた。好色で定まった夫を持たず、やってくる男達を拒まなかったが、ある時からぴたりと男たちが来なくなった。親しい人がその理由を聞いたところ、女は「人に順おうとする情は菩薩のすることゆえ、男を迎え入れた。また愛欲は流転の業ゆえ、逢瀬中はいつも愛情を持たず不浄を観じ、交会の時は益々この想いが強くなった。そして男達はみな己を恥じて来なくなった」と答えたという。のちに女は比丘尼となり、臨終時には空に金色の仏が満ちた。陸奥の女はすでに愛欲の不浄であることを悟りながらも、男達の愛欲に応え、彼らにその虚しさを諭したのである。

重要なのは、陸奥の女が菩薩のように（二重傍線部）男を受け入れたということだ。たとえば『法華経』妙音観音品第二十四には、菩薩が時に様々な女の姿に変化して、娑婆世界の衆生に仏法を説き、救うとある（而是菩薩（＝妙音観音）。現種種身。處處爲諸衆生。説是經典。（略）或現長者居士婦女身。或現宰官婦女身。或現婆羅門婦女身。（略）乃至於王後宮。變爲女身。而説是經。華徳。是妙音菩薩。能救護娑婆世界）[注(33)]。仏教的罪である愛欲の虚しさを、身を呈して諭した陸奥の女は、菩薩の姿と重なっていよう。

西口順子氏は、『選集抄』や『今昔物語』、諸寺縁起等の資料から、仏菩薩が女身に変じ、男の愛欲を方便にして仏道に導いてゆくという「菩薩の化身たる女性の救済説話」は、「遅くとも十二世紀には明確なかたちで存在した」とする。[注(34)]

そうであるならば、小野で「思ひすまし」ながらも薫の愛執をうけとめ、その想いを晴らす『雲隠六帖』の浮舟とは、仏典や伝記、説話等の中に受容されていた、菩薩の化身たる女身が男を救済する話型を踏まえて造形されていると言えるのではないだろうか。

浮舟は、その菩薩的存在性を保証するかのように、二度出家（二度目の出家）の際、次のように語られるのである。

例のさまに、いただきばかり剃り給ふを、自ら御髪を切り出し給ふとて

剃り捨てん心の内の乱れ髪とくとく捨てぬことぞ悔しき

とありければ、大臣も御心ゆく。僧都もまことに殊勝なる事と袖をぞ濡らし給ひける。それよりぞ深

き心ざしおはするは、まろがしらにはなり給ひけり。
（法の師・二八丁オ〜三〇丁オ）

浮舟は、心の乱れを、乱れる髪とともに捨てようと自ら切り捨て、さらに横川僧都の手によってであろう、「まろがしら」となった。「まろがしら」すなわち完全剃髪は、正規の女性出家者の髪型であり、男僧と同じ髪型であるため、『法華経』提婆達多品第十二に説かれる「変成男子」、それによる「女人往生」に通じ、[注(35)]往生を願う貴族社会の尼にとっての最終目標であったともされる。[注(36)]つまり還俗した浮舟は、薫の愛執を晴らす菩薩の化身のような存在として物語に現れ、女人往生を象徴する姿で退場するのである。

八　おわりに

『源氏物語』宇治十帖のその後を描いた『雲隠六帖』の世界を見てきた。第二章から第五章では、『雲隠六帖』の研究史と梗概を確認した。また、第六章から八章では、『雲隠六帖』が宇治十帖のその後の世界として描いた浮舟の生き方―還俗と二度出家―の意味を、時代や社会背景、仏典や仏教説話との関わりから考えた。

中世には、社会的経済的事情によって、『源氏物語』や中世王朝物語がタブー視した還俗が許されることがあった。『雲隠六帖』はそういう社会のもとで、還俗する浮舟を造形した。むろん、それは理想的な出家者の生き方とは言い難い。ゆえに、仏典や説話の型を用いて、浮舟を理想的出家者として描こうとした。浮舟は、『源氏物語』宇治十帖末尾で、浮舟に出家され俗界に取り残された薫を、還俗し妻となり子をなすことで救済する菩薩的存在として造形されていく。そして最後には、「まろがしら」となり、女人往生の約束されるかたちで物語から退場してゆくのである。『雲隠六帖』は、このような浮舟の姿によって、還俗をタブー視する『源氏物語』や中世王朝物語の価値観を乗り越えてゆくのであった。

※とくに断りのない限り、引用本文は新編日本古典文学全集（小学館）に拠る。

注

（1）河原桐子氏（「『山路の露』の構想に関する試論（上）―再会をめぐる薫と浮舟の心情に着目して―」〈『解釈』三六―七、一九九〇年七月〉）は、『山路の露』の薫は、『源氏物語』と異なり、浮舟を「恋ふ」人として造形されているとする。また横溝博氏（「『山路の露』のアレゴリー―『二河白道図』からの発想―」〈辛島正雄氏・妹尾好信氏編『中世王朝物語の新研究―物語の変容を考える』新典社、二〇〇七年十月〉）は、『山路の露』は、浮舟に執着する薫の「世俗的な側面」を強調し、「いかに衆生が迷妄の境地を脱しがたいかを示す」物語になっていると指摘する。若林薫氏（「『源氏物語』から『山路の露』へ―女君の道心と恩愛―」〈『国文論叢』三〇、二〇〇一年三月〉）は、浮舟に、本来矛盾するはずの道心と薫への恩愛を心に共存させつつ仏道修行に専念する清らかな出家者像を読み取る。これらの指摘によれば、薫が愛執ゆえに行い澄ましていた浮舟を求め、還俗させるという『雲隠六帖』の展開は、『山路の露』を受けている可能性がある。

（2）池田和臣氏・加藤昌嘉氏・久下裕利氏・久保木秀夫氏・小島孝之氏・横井孝氏「座談会　王朝物語の古筆切」（横井孝氏・久下裕利氏編『考えるシリーズⅡ①知の挑発　王朝文学の古筆切を考える―残欠の映発』武蔵野書院、二〇一四年）、加藤昌嘉氏「源氏物語古系図のなかの「巣守」」（陣野英則氏・新美哲彦氏・横溝博氏編『平安文学の古注釈と受容　第二集』武蔵野書院、二〇〇九年）などに指摘がある。

（3）伊井春樹氏（『源氏物語の伝説』昭和出版、一九七六年）は、『源氏物語』六十帖説が天台六十巻に付会される契機を、紫式部が天台教学を修めていたという説の発生（『河海抄』の「式部は檀那贈僧正の許可を蒙りて、天台一心三観の血脈に入れり」）に見る。

（4）渋谷栄一氏編『源氏物語古注釈集成第16巻　源氏釈』（おうふう、二〇〇〇年）

（5）堀部正二氏「中古日本文學の研究―資料と実証―「桜人」「狭席」「巣守」攷」（日向一雅氏監修『源氏物語研究叢書第3巻』クレス出版、一九九七年）、前掲注（3）などに高野山正智院所蔵『白造紙』の紹介がある。

（6）注（2）（池田和臣氏ら）による。

（7）注（3）による。なお、伊井春樹氏『源氏物語注釈書・享受史事典』（東京堂出版、二〇〇八年再版）によれば、『源氏物語七箇秘事』は、刈谷市立図書館蔵『和歌秘事集』（写三冊）に所収されているという。また、『光源氏物語本事』は、今井源衛氏「了悟『光源氏物語本事』について」（『国語と国文学』三八―一一、一九六一年）、のち『源氏物語の研究』（未来社、一九六二年）、『今井源衛著作集　第四巻　源氏物語文献考』（笠間書院、二〇〇三年）に翻刻がある。

（8）小川陽子氏『『源氏物語』享受史の研究　付『山路の露』『雲隠六帖』校本』（笠間書院、二〇〇九年）による。以降、小川氏の論はすべてこれによる。

（9）山岸徳平氏・今井源衛氏『宮内庁書陵部蔵青表紙本　源氏物語　山路の露・雲隠六帖』（新典社、一九七〇年）

（10）吉田幸一氏「雲がくれ小考」（『源氏雲隠巻』古典文庫、一九九〇年）

（11）妹尾好信氏「『雲隠六帖』は『源氏物語』の何を補うか」（久下裕利氏編『考えるシリーズ4源氏以後の物語を考える―継承の構図』武蔵野書院、二〇一二年）

（12）かつて池田亀鑑氏は、「巣守」の宮の君をめぐる挿話が、薫が匂宮の恋人・巣守三位を奪い、子を生ませたあと、出家されてしまうという内容を持つ散逸巣守巻の内容に拠ったものと指摘した（「源氏物語古系図の成立とその本文資料的価値について」〈『日本学士院紀要』九―二、一九五一年七月、のち『源氏物語大成　巻七研究篇』中央公論社、一九五六年〉所収）。巣守三位より先に匂宮の恋人となっていた中の君が、匂の宮に捨てられ、式部卿宮（二の宮）を通わせたのち「宣旨の君」となったという本のあることを思えば（典侍とする本もあり）、巣守三位と妹中の君に使用される「三位」「宣旨」といった呼称が、「巣守」の宮の君に摂取された可能性はある。

（13）岡一男氏「「宇治十帖」以後―『山路の露』『すもり』『雲隠六帖』のことなど―」（『言語と文芸』1、一九五八年）

（14）今西祐一郎氏・高橋亨氏・三田村雅子氏・河添房江氏・松井健児氏「特集物語の未来へ『源氏研究』の十年―ジェンダー・身体・源氏文化〔座談会〕」（三田村雅子氏・河添房江氏・松井健児氏編『源氏研究』十、翰林書房、二〇〇五年四月）

（15）桜井宏徳氏「別本『雲隠六帖』における皇位継承―新出蓬左文庫寄託本による作品の試み―」（源氏物語を読む会編『源氏物語〈読み〉の交響』新典社、二〇〇八年）

（16）三田村雅子氏「「偽書」のなかの源氏物語」（千本英史氏編『日本古典偽書叢刊第二巻』月報、現代思想社、二〇〇四年）

（17）注（15）による。以降、桜井氏の論はこれによる。

（18）注（11）による。

（19）全国大学国語国文学会編『源氏物語研究史大成3源氏物語上』（三省堂、一八六〇年）、稲賀敬二氏『源氏物語の研究　成立と伝流〔補訂版〕』（笠間書院、一九八三年）による。

（20）同様の指摘が前掲注（11）にある。なお『海人の刈藻』『雫に濁る』本文は、『中世王朝物語全集』による。

（21）咲本英恵「雲隠六帖「雲隠」考―その表現に見る成立事情」（『名古屋大学国語国文学』一〇五、二〇一二年十一月）に指摘した。

(22)『八宗綱要』（鎌田茂雄氏全訳注『八宗綱要』講談社学術文庫、二〇〇九年）第一章では、健駄羅国の迦膩色迦王が、「僧たちの説く仏教には諸説あるが、どの教えが正しく、どれを信じればよいのか」を脇尊者に訊ね、尊者が「様々ある教えはどれも正しい。王が従うのならば有部（倶舎宗）の教えがよい」と答える場面があり（王因問道、僧説不同。王甚怪焉。問脇尊者曰、仏教同源無異趣、諸徳宣唱、爰有異乎。尊者答曰、何説皆正、随修得果也、仏既懸記、如折金枝。王聞此語、因為問曰、諸部立範孰最善乎、我欲修行、願尊者説。尊者答曰、諸部之中、莫越有宗、王欲修行、宜遵此矣）、「八橋」はこれを受けていると考えられる。

(23)稲賀敬二氏「幻〔雲隠六帖〕」（『源氏物語講座第四巻』有精堂、一九七一年、のち『源氏物語注釈史と享受史の世界』新典社、二〇〇二年所収）による。ただし光源氏が晩年の二、三年は嵯峨院で出家生活を過ごしたとする宿木巻の語りとは矛盾する。

(24)ただし『中世王朝物語・御伽草子事典』は、『佚名物語』中に、髪を伸ばし男と関係していく尼たちを描く『あしたの雲』という物語のあることを指摘している。

(25)岩佐美代子氏「『乳母のふみ』考」（『国文鶴見』二六、一九九一年十二月）、のち『宮廷女流文学読解考　中世編』（笠間書院、一九九九年）所収。

(26)田渕句美子氏『阿仏尼とその時代『うたたね』が語る中世』（臨川書店、二〇〇〇年八月）

(27)たとえば前掲注(26)は、『うたたね』の虚構性の強さに言及した上で、「もし『うたたね』の記述をこれ以前の事実として受け入れるならば、数年間の間に、上流貴族との恋、出奔、西山の尼寺で出家、帰宅、遠江下校、奈良法華寺で出家、別の恋及び出産、西山松尾の法華寺へ、再び還俗して夫（もしくは恋人）をもつ」とする（傍線筆者）。

(28)たとえば西口順子氏『中世の女性と仏教』（法藏館、二〇〇六年三月）が引用するように、『枕の草子』八十三段で「なま老いたる女法師」が女房達から「男やある」と囃される場面、『栄花物語』巻八（初花）で、臨終間際の藤原伊周が、娘たちに「さりとて尼になし奉らんとすれば（略）あやしの法師の具ともになり給はんずかし」と遺言する場面はよく知られる。また前掲注（26）には、「一般に尼達が住む寺周辺は男女の逢瀬の場となりやすかった」とある。

（29）清水克行氏「山科言継をめぐる三人の女性―実母・愛人・長女―」（『史観』一五四、二〇〇六年三月）

（30）勝浦令子氏『古代・中世の女性と仏教』（山川出版社、二〇〇三年）

（31）注（1）若林薫氏に同じ。

（32）井上光貞氏・大曾根章介氏校注『日本思想大系7　往生傳　法華験記』（岩波書店、一九七四年）

（33）坂本幸男氏・岩本裕氏訳注『法華経（上・中・下）』（岩波文庫、一九六二年）

（34）前掲注（28）西口氏による。

（35）『法華経』提婆達多品第十二には、女は仏身になることはできない穢れた五障の身であるとされ、龍女（龍族〈畜生〉の王の娘〈少女〉）が忽然と悟りを開き、男身に変わって南方無垢世界に成仏する様子が説かれている。前掲注（30）によれば、平安中期以降、女身は男性にならなければ成仏できないという教義にもとづく女人往生論や女人成仏論が、天台系、また南都仏教系や真言系でも論じられ、とくに平安貴族女性に信仰されたという。

（36）前掲注（28）西口氏は、女性が臨終時に尼削ぎから完全剃髪（男僧・法師の姿）になる背景には、当時流行していた転女成仏説の存在があったとする。「転女成仏」とは、女性はそのままの姿では成仏できず、いったん男身になることによって成仏が可能になるという女人成仏観で、『法華経』提婆達多品第十二に関係している。

宇治十帖—研究の現在と展望
—付、主要文献目録（二〇〇六年以降）

今井久代

一　はじめに——20世紀半ばまでの概観とともに

近年の源氏物語研究は、本文以外の文献資料も重視する文化学的アプローチ（儀礼など有職故実の解明、歴史学、古注・梗概・意匠など後世に広まる源氏文化への注視）が主流である。とはいえ、臣籍降下した一世源氏が准太上天皇となるという史実上あり得ない展開をリアリティを以て描いた、つまり物語自体が強く歴史を意識していた正編とは違った形での有効性が、宇治十帖に認められることだろう。[注1] たとえば宿木巻での婚礼や産養から薫や匂宮の社会的地位を測る（皇太子候補匂宮とただ人の権勢家薫[注2]）、東屋巻の浮舟の破談につき、概ね当時の世相を反映しての中流貴族層の経緯として造型され、ゆえに大君を純粋に思慕する薫像ではあり得ない、浮舟物語の展開が予示、[注3] などの読みが提示されている。後者は中流貴族層についての読みでもあって、この階層を詳叙する宇治十帖ならではの特徴をも、明らかにしている。[注4]

なるほど同時代的な関心に左右されつつ、それが有効な視座として読みを更新するかは対象作品によって異なるのが、文学研究の醍醐味であろう。稿者は、20世紀後半からの新たな知の援用のうち、特に終わり頃から登場した心に関わる知が、会話や内話（心内語）を多用して作中人物の心理の微妙なもつれを描く宇治十帖の作風に合致し、大きく読みを更新させたと理解する。逆に言えば、そこの延長上にまだあって、文化史的関心の恩恵を受けつつ細部の精緻な読みが蓄積されているのが、近年の宇治十帖研究の特徴であろう。なおすでに研究史として、一九九六年までの宇治十帖[注(5)]、また二〇〇五年までの薫[注(6)]、匂宮[注(7)]、八宮[注(8)]、大君・中の君[注(9)]、浮舟[注(10)]と人物ごとのまとめがある。右の優れた研究史整理に多くを譲り、本稿ではそれ以降の成果を対象とし、必要に応じて一部言及するのに留める。

ここで、昭和（一九八〇年ぐらいまで）の宇治十帖研究の流れを、私に概観する。一途で道心深い薫と宇治の女性たちの悲恋という素朴な鑑賞から出発した宇治十帖研究は、正編と同様に成立論構想論（女一宮物語の途絶、中君入水から浮舟入水へなど。また続編の場合、匂兵部卿宮・紅梅・竹河巻の別作者説も登場した）の洗礼を経て[注(11)]、昭和の半ばからはその細やかな心理描写が評価されて（宇治十帖は小説）丁寧な読解が進み、そのなかでも解釈のつけにくい箇所が論議の的となった。ⅰ八の宮の遺戒の真意（独身を強要したか否か）と有効性（結婚を拒んだ大君は妥当か）、ⅱ道心と世俗性とに揺れる薫像（道心と世俗性の分裂。重ねる愛執の混迷。薫は主人公であるのか）、ⅲ大君の結婚拒否（薫への恋情の有無。大君自身の道心の有無）、ⅳ浮舟入水の理由（浮舟の主体性の有無）、ⅴ浮舟の最後の二首（袖ふれし、尼衣）の解釈、ⅵ入水後の浮舟の心境と結末（出家の意思は強固か、俗世への未練の有無とその対象）、ⅶ横川僧都の手紙の真意（還俗勧奨か否か、宗教者として肯定的に描かれたのか否か）などである。

そもそも宇治十帖では心内語も会話も丁寧に叙述されており、その意味では読解の資料は十分なのに論議が生ずるのは、会話や心内語の内容を読み重ねれば解が定まるという描き方でないからだろう。例えばvi浮舟の最後の心境についてみれば、v「袖ふれし」詠の示唆する人物は、近年においても決定的な解は得られずにある。注[12] v「尼衣」詠は、「袖（を）かく」は「自分の袖をかける」の意であることから「あまごろもに変わった身なのだろうか。ありし日の形見である装束の片身に私の（尼衣の）袖をかけて偲ぼう」とする井野葉子に従う。注[13] その浮舟の心境は、決然と過去（装束の依頼者薫）を拒むのでないが、囚われきっているのでもなさそうだ。そして終局、浮舟は会って主張するに至らず、心には都の人への思いがあるので、確固たる道心を以ての拒絶（二〇〇七4坂本）や光源氏を相対化する言をもつ（二〇〇六4久富木原）とまでは稿者には思えない。少なくとも薫と結ばれるのを願う母を恋う浮舟は、庇護者である横川僧都の遠からぬ死が予想されるだけに、薫と会わねばならない。一方道心から出発した薫には、浮舟の生存を僧都から直接聞いて涙する純情と共に、出家にすがる浮舟の心から最も遠い迷妄もあり、二人の容易でない未来が予想でき（二〇〇七3今井。二〇〇九5藤原）、終結の読解と評価は容易に決しがたい、そのように宇治十帖は描かれているのである。

二　文学理論などの影響――引用、和歌、身体論

宇治十帖の物語から必然的に導かれる疑問への議論が盛んに重ねられる一方で、昭和の終わりごろから、文学理論が宇治十帖研究にも及んできた。まずはテクスト論の影響も受けて引用論（竹取引用、帚木三帖

や柏木物語などの正編の物語内引用）や話型論（男の妻争いの果ての女の入水譚）が進展した。[注14] 以下近年も論の多い『竹取物語』引用の諸論を紹介する（井野二〇一一書は篁物語の引用論も）。竹取引用は大君・中の君・浮舟ら女性の結婚拒否を示唆し、『竹取物語』と根本的に違う物語たるを示す（井野二〇一一書）。しかし一方で、かぐや姫に準える・女郎花への譬喩など浮舟を捉えることばは意味を紡がず枯渇し、浮舟と周囲の人との懸隔を露呈する（二〇〇六4横溝）。浮舟は昇天不能で〈女の身〉から解き放たれぬかぐや姫である（二〇〇七3小嶋）。「あまごろも」を着る出家は役割を与える衣からの解放であり、衣を贈る＝役割を与えて支配し、自身も衣で装い続ける、変わらぬ薫こそが最後に問われている（二〇一〇1橋本・二〇一四1橋本）。竹取引用を明示しつつ展開する浮舟の出家生活と、紫の上（北山）及び落葉宮物語の表現は照応しており、これは三者を重ねて読者が読むべく仕組まれた表現である（贄二〇一六論文）。竹取引用一つを取っても、多様な解が示されている。

和歌表現も、小町谷照彦『源氏物語の歌ことば表現』（東京大学出版会、一九八四年）以降、場面の集約や予示としての和歌への着目、贈答歌・唱和歌・独詠歌といった形式ごとの歌の分析がされた。宇治十帖固有の問題には、薫の「山おろしに」詠など、通常の独詠歌と異なる「画賛的歌」への注目や、また作中人物の無意識を掘り起こす手習歌の再評価があった。[注15] 近年では二〇〇九3書がある。[注16] 大君物語については、雑歌のような贈答歌、恋情を歌わない独詠歌（光源氏ならば相手と思いが明白な独詠）を織り交ぜて特異な恋物語が造型される態を読む鈴木宏子の一連の論考がある。[注17]「唱和」の形式に疑義を提し、宿木巻の藤花宴の詠歌は今上帝と夕霧作とは限らないとの指摘もなされた（長谷川二〇一一論文）。

また身体論の影響下、看過されてきた細部の身体表現の積極的読み解きが、三田村雅子『源氏物語　感覚の論理』（有精堂、一九九六年）を皮切りに、吉井美弥子（二〇〇八書）などにより重ねられた。受身かつ相対的な〈音(こえ)〉＝聴覚表現、臥すという拒絶と受容のしぐさ、髪にみる支配被支配、ある種の仮面(ペルソナ)かつ外からの役割を意味する衣、欲望の喩としての薫の体香などである。[注18] ここでは橋本ゆかりの論考（二〇〇八書）を例にあげる。大君の〈声〉は聴かせようとする女の支配であり、かつ「思ひ隈」（相手に開示しない自己の闇）を残そうとする大君の意志をみることで、支配の衝突としての大君と薫の関係を読む。また浮舟周辺の「うち臥す」「抱く」等のしぐさに着目し、「臥す」顔のない浮舟を「抱く」男たちの構図は、〈他者の他者〉として認められないまま所有される浮舟のありようを示唆し、逆に「臥す」浮舟は「聞く」存在であり、自身を他者の言葉によって確認し、〈自己〉を形成してきたと同時に、その他者を「臥す」ことで抗っていると読み解く。そのうえで自分のリアリティは他者の言葉、視線によって保証されつつ、他者と格闘すると評する。

　橋本の論考に顕著であるが、身体・感覚論は、従来看過されてきた身体表現への着目ばかりでなく、「四　心に関する知の援用」でみる、〈自己／他者〉の関係性、自己像の問題（ジェンダーやペルソナ論含む）、自己の欲望（セクシュアリティ含む）についての洞察を援用しての読みであるゆえに、大きな成果があった。換言すれば、宇治十帖ではこの種の知の入口（手がかり）の身体・感覚表現が多く、ここへの着目は、物語の真髄に迫る近道なのである。身体・感覚表現の読解は二〇〇五年あたりで一巡した感があり、[注19] 近年は「五　さいごに」でみるように語の詳細な読みが多いが、この成果（視座）は陰に陽に、影響を残している。

　最後に「語り」論である。神田龍身（二〇〇六2）は、薫の心内語の傍らでそれを裏切る心が語り手により評され、時に勝手に語り手が一人称で語る形で薫の心内語が展開するなどの語りの表現構造により

「分裂的にして多層的な薫を定位」とする。一方陣野英則（二〇一六書）は、薫と「物語」そのものとの異様な近接、多くの「物語」を掌握し語ってきた弁の尼と薫との機能的交錯、浮舟の一人称視点のみではない妹尼の焦点化などを論ずる。語り手を実体的に捉える論に慎重な高木和子（二〇一七書）も重要である。「げにあはれなるものの隈ありぬべき世なりけり、と心移りぬべし」（橋姫⑤一四〇）のような表現を、神田は語り手による薫評とみて自らを認識できない薫像を読むが、陣野は薫自身の自己認識とも解し得る響きと指摘し、むしろ物語を主導する存在として薫を評価する。陣野の解は、心が移ってしまいそうと自分を突き放し批評する、冷めた心のまま当事者たり得ぬ薫を造型する語りにも思えて興味深かった。多層的で分裂する薫（神田）、冷めた自己認識の薫（陣野）、いずれにしても語りは、特異な人物薫の造型と主題とを、いかに紡ぐかに関わっている。浮舟の心内語についても、語り論と関わらせての検討が肝要である（吉野瑞恵二〇一五3）。

三　史実からの読解——同時代を照らす

虚構に史実を重ね見る知は、「准拠」以来の伝統的手法である。この知の援用は、一つには先にあげた儀礼のように、正しい事柄（有職故実など）の読解をもたらす。「腹帯」は呪術的意味が深く直接肌に巻くと知ることで、薫の中の君への接近ぶりがわかる（櫻井清華二〇一二3）。また本来多くの人の関わる儀礼であり、夫や後見の知らぬ着帯は、物語文学では多く密通場面に登場することから、近づけ過ぎたことも含め「腹帯」に中の君の薫への慕情も読み得るという（井野葉子二〇一二1）。心内語とは別に、正しく同時代の意味を知ることで、事柄もまた人物の胸奥を知る手がかりになり得る。

そして二つには当時の理解が進むことによる、読みの更新がもたらされる。例えば、大君の結婚拒否の理由、薫への好意があったか否かは、一夫一妻多妾と召人という、妻たちの秩序への理解が前提になる。[注(20)]また女三の宮の結婚問題で繰り返し述べられている、上流貴族層では親（後見）の決め置いた結婚でなければ、つまり娘が個人的に恋をして男と結婚する形は、大変な不名誉だという通念への注視も重要であった。そうと了解すれば、存命中に薫と娘との結婚を決め置けなかった八の宮の無念や、薫に惹かれていても後見のない結婚に躊躇し、自身が後見となっての結婚に固執する大君の心情が、すんなりと腑に落ちる。[注(21)]召人の無念を抱く浮舟の母中将の君（八の宮北の方の姪という血縁。藤本勝義〈二〇一一3〉はその「勘違い」を抉る）、八の宮の血を承けつつ常陸介の継子に過ぎない浮舟、結局匂宮は浮舟を召人にするつもりで、薫にしても妾妻待遇の心づもりだが家内では自分に仕える女房として扱う（主従の序列に厳しい）ことを了解することで、浮舟の匂宮・薫との三角関係も違って見える。浮舟・手習巻での浮舟は、多くは周囲の声を聞く側ながら、心内も叙されているのに主体性がないと評されてきたのは、身分序列の中の恋への理解が不十分だったからだろう。浮舟は身分を超えて切実に求められた体験に心惹かれつつ、「妾妻待遇」の冷たさの有り難さもわかっていて、周囲の期待や匂宮の激情の一過性も理解し、心揺れ、小野に移っては匂宮と薫への思いが逆転する。男女ともに対等意識をもつのが困難な、懸隔した身分序列の下での恋として、浮舟は十分主体的に悩み選んでいる（尹勝玟二〇〇九論文など）。なるほど増田繁夫（二〇一五論文）の説くように、女たちの矜持（プライド）よりは自己同一性（アイデンティティ）をかけての、自らの社会的位置に対する敏感さこそが、『源氏物語』の基層をなす主題である。逆に言えば官人社会での葛藤（臣籍降下、不義の出生）を抱えつつも、ともかくも身分秩序に守られる側の男たちが、その甘えを踏み越えて性（セクシュアリティ）の軛（くびき）を負う〈女の身〉を生きる女たちに寄り添えるかどうかに、物語の行方はかけられているのではないか。

また、読みの更新に関わっては、仏教関連の知識も重要と思われる。若年の（専門聖職者としての）出家が忌まれ、有夫の場合は夫の許しが必須な、「家尼」となる「女の出家」[注22]の特殊性を理解すれば、横川僧都が浮舟の側に降り立つからこそ薫との再会を勧める機微[注23]が、よく了解されるのである。また「仏教による救い」をどう理解するかも重要である。11世紀初めは、鎮護国家から個人化した現世利益信仰に移行しつつ、法華経を根本聖典とする天台宗を基盤とした形での浄土教の萌芽（観相念仏）が見られ、また天台宗は「煩悩即菩提」「十界互具」「諸法実相」などの本覚思想を提供する（空仮中は現象の奥の真実を見る思考法[注24]である）。小林正明・小番達（ともに二〇〇六4）は、法華経が「五障」ながら法華経の絶対的救いにより「竜女成仏」もあると説く〈女の身〉の救いの難しさを負う浮舟を論ずる。三角洋一（二〇〇七1・3→二〇一一書）や久保堅一（二〇〇八論文）は『過去現在因果経』と浮舟の出家との重なりを指摘するが、救いの絶対にまっすぐ繋がる経典と、逡巡する人間の弱さや身勝手さに寄り添い続ける文学との懸隔が、逆に際立つ感もある。佐藤勢紀子（二〇〇九1）は、八の宮成仏のための「常不軽」行の漢訳仏典に注目し、紫式部の依拠した漢訳仏典では女性の在家信者の成仏が削られており（女性の在家信者は救われない）、大君と還俗を勧奨される浮舟の救いの遠さを指摘する。また原岡文子（二〇〇九4）は、「あはれ」が相対化され、周囲と懸隔する浮舟は出家にすがるしかなく、「肉親の愛、現世への執着、さまざまな『あはれ』をも包み込み、なお超えたかたちで救いを求めることはできないか」、しかし竹取引用にも注視し「混沌の中に生きる」結末を読む。原岡の言うように、性を惹起する〈女の身〉の苦悩、還俗勧奨など、物語の積み上げる身も蓋もない状況は、しかしそれらの闇を受容した果てにこそ救済がある（闇を排除しては救済たり得ない）ことを問うように思う。すべて人は救われる（悉有仏性）、数多の教えは一つの救いへの方便（一乗思想）、あるがままが真実であり救い（本覚思想）という、当時広く説かれた天台宗の教義をどう解しどう信じた（信じない）かが、結局問われているのだろう。注(25)

四　心に関する知の援用

20世紀の末に、宇治十帖研究に大きな転換をもたらしたものとして、精神分析学・臨床心理学などの、人間心理に関する洞察の援用がある。80年代の神田龍身に始まるラカンやジラールを援用しての、鏡像関係にある分身的他者との葛藤、欲望（恋情）の転移という理解であるが、注(26)助川幸逸郎（二〇〇六4）は、この知を適用した読みの到達的形であり、星山健（二〇一一3）は、本文に照らしての読みを示す。また90年代からは「アダルトチルドレン／共依存」「父の娘」「母娘密着」など親子関係の知が、大君や浮舟の理解に広く共用された。注(27)近年では足立繭子がこの知により「関係性」を読み解く（二〇一五1）。

重要なのは、右のような知と宇治十帖の人物関係の親和性の高さである。薫が宇治の姫君への恋情を意識するにつけ匂宮を訪れて姫君たちについて語る、あるいは匂宮が薫の思い人と知るにつけ中君や浮舟への執着を深める、大君が中君と自身の分身関係を訴えるなど、宇治十帖の主要人物たちは、常に同質な他者と比べながら自己の恋愛関係をつむぐ。また、主人公の出自から語るのが物語の常套とはいえ、宇治十帖では親世代の物語が、親子関係の歪みをもたらす深刻な無念を抱えた形で、厚みを以て描かれる。父八の宮は急激な没落への屈辱を抱えて道心を深め、中途半端な「俗ながら聖」を恥じつつそれを選ばせた娘たち（出家を妨げた「絆し」）の養育に生きた。母中将の君は八の宮からの人数に入らぬ召人扱いに苦しみ、娘浮舟による生き直しを夢想する。強引に薫を孕まされた母女三の宮は出産するや否や出家し、その機微を知る薫に複雑な母恋をもたらす。親たちそれぞれの闇と、それゆえにゆがむ「父／姉娘」「母／息子」「母／娘」関係がよく見て取れるのである。増加する身体・感覚表現に加え、これら親子のつながりの叙述への注視も、宇治十帖の解読に不可欠な視座をもたらした。父の遺言を自分は妹の後見となって結婚させる方向で解する大君、選択と責任から逃走し続ける薫、母の意向との葛藤を運命づけられた浮舟など、先のⅰ～ⅶの論点のうち、手習・夢浮橋巻をどう読むかについては、結末の評価を除けば、ほぼ読み解き得るところまで、読みは重ねられてきたように思う。

ところでなぜ宇治十帖では、近年の心の知による読み解きに堪えるような、関係性によって形成された揺らぐ自己を抱える人物が造型され、見つめられるのか。ここで想起されるのが、早く母娘の葛藤と重ねて浮舟・薫・匂宮関係を読み解いた増田繁夫[注(28)]が、歴史学を援用する読み手だったことだ。なるほど八の宮や中将の君の屈辱は身分秩序に起因していたが、単に身分秩序ならば正編でも光源氏の臣籍降下、若菜巻の紫の上などに描かれ、源氏も紫の上も通常と異なる親子関係にあり、源氏と頭中将はライバル関係だった。では正編と宇治十帖は何が違うのか。思うに、予言・夢告・〈色好み〉を語る正編とは異なり、少なくとも宇治十帖は秩序を逆転させ再編するどんな可能性もない世界なのだった。身分秩序の壁に潰れた自己を親子の縦構造で受け継ぐ女たちと、身分秩序を超える鍵のなれの果ての〈不義の子〉の不安定さを抱える男と、別の価値観を生きる中級貴族層を焦点化することも含め[注(29)]、正編と似て非なる人間像が仕組まれる意味も考える必要があるのではないか。

五　さいごに

最後に近年の論議の傾向を例に、宇治十帖研究の現在とこの先を述べておきたい。

まず、注（2）にあげた宿木巻の儀礼でも問われている、同母兄弟の三番めの匂宮が皇太子候補かをめぐる議論である。縄野邦雄（二〇〇六2）は、今上帝が夕霧らの権勢を削ぐため、薫（今上帝甥）に近い（中の君は薫が後見）匂宮の立太子を主導と読む。皇太子候補の匂宮と結ばれることで中の君の立場が安定する（高橋麻織二〇一六書）、中の君を通じ八の宮の血の復活が意図される（小山清文二〇〇九1）などの論も、匂宮立太子を前提に宇治十帖の背後に沈む政治的思惑を読むもの。兄二宮の、皇太子になれぬのを示唆する式部卿任官記事は補入と思える唐突なものという（有馬義貴二〇一二論文）。一方親王任官の格式は「式部卿、中務、兵部卿」の順であり、歴史上式部卿宮からの立太子もあって、二宮は順当に中務宮から式部卿宮に昇進した（同時代を反映した若年式部卿宮）との論もある（桜井宏徳二〇一四論文）。そうすると中務宮に昇任しない匂宮は、さほど重んじられていないのか。匂宮の准拠（モデル）として『和泉式部日記』の敦道親王を読む（袴田光康二〇〇九1）のも、期待をよそに立太子はない未来を印象づける。やはり史実では匂宮まで皇位が回るのは不穏で異例であるが（雲隠六帖では一宮二宮に子はなく、二宮は突然出家したことで匂宮が帝に）、物語が融和的めでたさの上にそうと語る以上、それが宇治十帖の、「脱政治的」「家族原理」に貫かれた世界（辻和良二〇〇六7）の表れなのだろう。摂関制の次の院政が、天皇の権威の回復でも中流貴族層の公平な登用でもなく、単なる家族内の骨肉の争いに過ぎなかった如く、現在の秩序を再構築してもその先の理想の御世（聖代）などない。あるのは家族原理の下の息苦しい安定か、依怙贔屓の招く不安定に過ぎず、そこに展開する〈政治〉のリアリティにさほど物語の関心はないように思う。八の宮の准拠論もある（島田とよ子二〇〇九1）が、むしろ同時代性（創作の、あるいは享受の段階での、本文の揺れや読解などの）との葛藤という方向での読みに可能性が感じられた[注30]。

第二に、「罪」（松岡智之二〇〇九論文）、「はらから」（有馬義貴二〇〇八5や二〇〇九論文→二〇一四書の一連の論考）、「今日」（堀江マサ子二〇一四論文。所収した二〇一五書は全体的に宇治十帖の時間を論ずる）、「夢」（笹生美貴子二〇〇八論文。高橋汐子二〇一七論文）、「骸」（塩見優二〇一二2）、「涙」（鈴木貴子二〇一一書）、「隠す／隠れる」「頼む／頼め」「山橘」「引板」（井野葉子二〇一一書・二〇一四1）、「（水）まさる」「かる」（三村友希二〇一四1、二〇一七論文）、「かれゆく」（山崎和子二〇一七1）、「うし」「心憂し」（平林優子二〇一四2）、「いとほし」（陣野英則二〇一五書）、「中空」（原岡二〇一五3）など、語に着目しての読み解きから、主題（物語内容）の転換と連動した、正編とは異なる宇治十帖ならではの語の使い方、叙述の様相を解明する論が目につく。「うし」「心憂し」の用法をみると薫と浮舟が同じく重要な主人公として描かれるとの平林の指摘が興味深い。また語ではないが、服喪に関する儀礼から大君物語を読み解く（林悠子二〇一六論文）、八の宮の遺言が人々に多様に解釈される（尹勝玫二〇〇九論文）、物語の終局部での作中人物による「回想」の意味（久保堅一二〇一四論文）、一定の時間が重ねられ振り返られる（林悠子二〇一五論文）といった叙法がいかに作品世界を描くかの論、漢籍の引用の指摘もあった（阿久澤忠二〇〇七4、久保堅一二〇一一論文、林欣慧二〇一四論文）。正編と同様に、本文を再検討する論も注目される（加藤昌嘉二〇一一書、二〇一五2）。

最後に、注（30）の論文とも連動するが、久下裕利は一連の論考で、宇治十帖あたりの執筆期と思われる寛弘六（二〇一〇）年に、具平親王女隆姫女王と頼通の婚姻及び親王の死があったことなどを念頭に、宇治十帖を読み解き、その関連（執筆意図）を外部徴証と内部徴証の両様から探る（久下二〇一七書）。いわゆる成立構想論は、かつて資料的な限界もあって退潮となったが、そこから半世紀以上が経ち、歴史学の研究等も進んだ。その意味では、同時代の史料・文献に再び拠っての研究の可能性も広がったのではないか。近藤みゆき（二〇〇七1）の「袖ふれし」詠の紅梅に、紫式部が育った兼輔邸の記憶を探った論も興味深かった。積み重ねられた読みの更新（視座）に、近年の微細な語の読み解き、同時代の史料文献の積極的利用を重ねるなかで、『源氏物語』の終局――浮舟と薫のそれぞれの胸奥・問題と、その意味するところについての、答えがおぼろに見えてきたら、と切に思う。

注

（1）二〇一五1は、宇治十帖論文を6本を収めるが、正編と異なり、「関係性」に特化した内容である。
（2）吉野瑞恵（二〇〇七2）は、匂宮巻での聖なる薫とただの皇子匂宮の優劣を、宿木巻の儀礼が逆転させ、浮舟登場の必然性に繋がると指摘。中嶋朋恵（二〇〇八2）は、准拠に照らしてただ人の権勢家薫と皇太子候補匂宮を示唆する儀礼と読む。有馬義貴（二〇一二1）は右の読みを首肯し、儀礼から読み取れる社会的身分と相互意識のずれを指摘。
（3）藤本勝義（二〇〇七5）。鈴木裕子（二〇一二1）は同じ不履行に浮舟の運命をみる。
（4）助川幸逸郎（二〇一四論文）は、大内記や右近ら中流階層の物語が一条朝の世相を反映し、個別の背景をもつ人間の思惑の全体の、多層的多義的な読みを喚起すると説く。中丸貴史（二〇〇八4）は大内記周辺の叙述に院政期に繋がる世相の胎動を読む。井野葉子（二〇一五1）はしたたかな侍従の思惑に注視する。野村倫子二〇一一書も参照。

（5）井野葉子二〇一一書は匂宮三帖及び宇治十帖の研究史を「一、薫の二重性　二、群をなす主人公像　三、女君の俗的欲望　四、不発に終った構想の残骸　五、引用」の五項に分けて整理。一二は精神分析学、三は歴史学等の周辺の知を援用した論考群に対応。

（6）二〇〇六1で鈴木裕子は、「一二、薫の聖心／俗物性（1新しい男君・薫の発見　2嵐の中の薫—六〇年代から七〇年代を中心に　3「俗聖」のゆくえ—八〇年代以降の薫　に細分）　三、光源氏の継承、そして物語の主題を担う／担わない薫　四、語りの問題　五、身体論の薫・関係性の薫論・今後の課題」と立項。三で柏木物語引用論、浮舟を主人公とみる論に言及。五で親子問題や分身に言及。精神分析学などの知に関わる。

（7）二〇〇六2で湯浅幸代は、一で匂宮が薫の分身と読む近年の理解に言及し、「二、匂宮の位相—副主人公、あるいは対比項的脇役として　三、匂宮の恋—人物相互の関係性から—」と立項。二で匂宮が皇太子候補であるかとの疑義に言及する。

（8）二〇〇六2で木下綾子は「一、準拠・典拠、王権　二、経歴、家系　三、道心、〈俗聖〉　四、遺言　五、姫君たちとの関係、〈父〉　六、その他」と立項。一は光源氏（第一部）を相対化する八の宮を論ずる、四五は親子関係を論ずる。六に身体論をあげる。

（9）二〇〇六3で井上眞弓は「一、姉妹譚という読み方—ゆかりの相対化を視座にいれて　二、「ゆかり／形代」から「しるべ」へ　三、結婚と死—大君　四、八の宮の死と大君　五、中の君論と中の君から照射される大君・浮舟　六、宇治の姫という読み方　七、宇治の自然と人物造型　八、身体への傾斜　九、ジェンダー・セクシュアリティの視座と欲望の問題　十、女房という存在　十一、伝えられずかつ伝えたくない心と欲望の世界の中で」と立項。

(10) 井野葉子二〇一一書に加筆所収。「一、浮舟の和歌、手習歌　二、浮舟物語の歌ことば　三、召人、母、女房、脇役たち　四、感覚、身体、欲望　五、引用、話形、語り、形代、物の怪、相対化……そのほか　六、今後の展望」に分け、「今後の展望」で、一二（和歌表現）、三（中流貴族の焦点化）、四（精神分析学などを援用する感覚・身体論）に特に成果がめざましく、今後もしばらくこの傾向が続くと分析している。

(11) 注（5）の井野の「四、」を参照。また田坂憲二（二〇〇七5）は他作説を支持、栗本賀世子（二〇一七2）は自他作どちらもあり得るとしつつ、紅梅・竹河巻を正編で途絶した物語のifとして再評価を試みるが、逆に宇治十帖を書かねばならぬ必然性が窺える。

(12) 藤原克己は（二〇〇七1）で心内語から蘇生後の浮舟の心に残るのは薫とし、（二〇〇六8）で薫を想定しつつ金秀姫の論をあげ「飽かざりし」の「き」（現在と切れた過去）を重視し匂宮もとし、「飽かざりし匂ひ」で「飽かざりし君（or宮）が匂ひ」でないのにも留意。高橋汐子（二〇〇六4）は逢瀬の記憶、久富木原玲（二〇一二論文）は匂いの官能性を重視し、ともに匂宮支持。中西智子（二〇一一1）は紫式部集に似た構図で老女と対比された官能性を指摘。吉村研一（二〇〇八6）は薫と匂宮の薫りは同じく浮舟に認識されていたこと、福家俊幸（二〇一三2）は「飽かざりし匂ひ」の引歌具平親王詠から、ともに匂宮と薫の重なりをみる。近藤みゆき（二〇〇八3）は「飽きにたる」「飽かざりし」を検討、和歌での「飽かざりし」は死者を痛切に恋う語と指摘。

(13) 井野葉子二〇〇九1→二〇一一書に所収。今井上（二〇〇九1）は結びが推量だと「にや」で二句切れにならぬとして別解を導くが、結句「しのばむ」は意志ゆえ「にや」で二句切れだろう。井野の解は煌びやかな装束を尼衣で覆って昔を偲ぶ姿を想起させる。

(14) 注（10）井野（浮舟）の「五、」、注（6）鈴木裕子（薫）「三、」を参照。また竹取引用の嚆矢としては久富木原玲（二〇〇六3、初出一九八七年の再録）を参照のこと。

(15) 和歌については、注(10)の井野の浮舟の研究史整理の「一、」「二、」「五、」を参照。画賛的和歌についてはニ〇〇六8の討議、二〇〇八3の座談会にも詳しい。
(16) 浮舟巻の匂宮宛て「かきくらし」詠に薫からの歌の語が混じる「混融現象」は既に女三宮の歌にもある(井野葉子)。匂宮の歌は「過去の逢瀬を諧謔する」傾向(針本正行)。中の君と薫の贈答歌のずれ(久保朝孝)。大君と薫の贈答歌の恋歌らしからぬさま(吉野瑞恵)。『伊勢物語』引用に着目しつつ浮舟詠のエロスと出家に至る存在不安を読む(久富木原玲)。女房との贈答歌を通じ薫という人物にゆさぶりがかけられる(吉井美弥子)。
(17) 鈴木宏子(二〇一〇論文、二〇一四1、二〇一四論文、二〇一五3、二〇一五論文)。浮舟物語については、金静熙(二〇一〇論文)がある。
(18) 身体論については、注(6)鈴木(薫)の「五、」、注(8)木下(八の宮)の「六、」、注(9)井上(大君・中の君)の「八、」「九、」、注(10)井野(浮舟)の「四、」を参照のこと。また薫の体香については、吉村晶子、助川幸逸郎の論(ともに二〇〇八6)もある。
(19) 石阪晶子『源氏物語における思惟と身体』(翰林書房、二〇〇四年)は最終的な形。
(20) 律令に着目して、平安時代は唯一の妻と多くの妾妻のいる一夫一妻多妾制であるとの注意を喚起した工藤重矩『平安朝の結婚制度と文学』(風間書房、一九九四年)に対し、一方で基層としての一夫多妻制を論ずる増田繁夫『平安貴族の結婚・愛情・性愛—多妻制社会の男と女』(青簡舎、二〇〇九年)の周到な反論もある。青島麻子『源氏物語　虚構の婚姻』(武蔵野書院、二〇一五年)には、時代的な変化に目配りしたまとめがある。総体として、妻には正妻と妾妻のような相対的な序列があること、ただし正妻は最初の婚姻の時点から決定しているというよりは、婚姻儀礼や女の血筋や子の有無の総合的な形で後に決まっていくこと、また正妻は一人とは限らず、二~三人になる場合もあること、『源氏物語』が書かれた一条朝くらいに、婚姻の時点でほぼ決定している絶対的な地位としての正妻（一人）という通念が生まれつつあった、くらいの理解になろう。

(21) 注（5）の井野の研究史整理の三、を参照。『源氏物語構造論―作中人物の動態をめぐって』（風間書房、二〇〇一年）所収の、八の宮の遺戒と大君の結婚拒否に関する拙稿。

(22) 勝浦令子『女の信心―妻が出家した時代』（平凡社、一九九五年）、「王朝の仏教と文化」（『日本の時代史第6巻 摂関政治と王朝文化』吉川弘文館、二〇〇二）。勝浦「『源氏物語』の出家」（『王朝文学と通過儀礼』竹林舎、二〇〇七年）は出家の作法に詳しい。

(23) 拙稿「横川僧都の人間像をめぐって―「さりとて雲、霞をやは」を生きる者」（「国語と国文学」二〇〇二年五月）。

(24) 速水侑『日本仏教史　古代』（吉川弘文館、一九八六年）。末木文美士『日本仏教史―思想史としてのアプローチ』（新潮文庫、一九九六年）『思想としての仏教入門』（トランスビュー、二〇〇六年）。「源氏物語の鑑賞と基礎知識　早蕨」（至文堂、二〇〇五年）の「源氏物語の仏教」特集。また三角洋一二〇一一書は宇治十帖全体の仏教を読む。三橋正『平安時代の信仰と宗教儀礼』（続群書類従完成会、二〇〇〇年）、三橋正『古記録文化論』（武蔵野書院、二〇一五年）は平安時代の儀礼の実際にくわしい。三橋正の後者の本は『人物で読む源氏物語』（勉誠出版）シリーズで連載した仏教関係のコラムも再録。

(25) この他、小島雪子（二〇〇六1）は、出家に関わって個人の内面に視線が向けられると説く。上野辰義（二〇〇八2）は痩せ細る大君の姿に、在家信者としての道心を読む。

(26) 注（5）井野葉子「一、」「二、」、注（6）鈴木裕子「二、の3」「五、」、注（7）湯淺幸代「一、」、注（9）井上眞弓「九、」注（10）井野葉子「四、」参照。陣野英則二〇〇八論文の整理も有益。

(27) 注（6）鈴木裕子「五、」、注（8）木下綾子「四、」「五、」、注（9）井上眞弓「三、」「四、」、注（10）井野葉子「三、」。鈴木裕子『『源氏物語』を「母と子」から読み解く』（角川書店、二〇〇五年）。今井久代・

鈴木裕子（ともに二〇〇六3）。平林優子二〇〇九書など。また木下綾子（二〇〇六2）は琴に血統、筝に姫君の婚姻を求める心を読み、斉藤正昭（二〇〇六2）は娘への父八の宮の影響を読み、紫式部の父為時がモデルと説く。

(28)「浮舟の出家」（古代文学論叢第四輯『源氏物語と和歌　研究と資料』武蔵野書院、一九七四年）。

(29)注（4）の助川幸逸郎及び中丸貴史の論文を参照。岡部明日香（二〇〇九1）は、常陸介邸ではそれなりにみえる蔵人少将夫婦の姿により、逆に匂宮夫婦が相対化されると指摘。

(30)原豊二（二〇〇九1）は、ウヂワキイラツコを准拠と認定する一条兼良にとっての時代的必然性を解明。荒木浩（二〇〇九論文→二〇一四書）は、三条西家本などの音楽に堪能な八宮として語る本文と、敦実親王説話との関連を読む。また物語執筆時では口頭伝承の源信の風聞や世相を取りこみ横川僧都を造型するさまを論ずる（二〇一四書）。

主要文献目録

『宇治十帖』を中心に、一部、匂兵部卿宮巻、紅梅巻、竹河巻、『山路の露』を扱った論文を集めた。宇治十帖の内容読解に関わる論文を中心とし、全体に関わる語彙や絵画を扱う論文は取り上げなかった。雑誌論文は特に著名なものに留めている。また著書についても、稿者の力不足で全てを収録できず、漏れが多いこと（初出の情報を含める）を関係各位にお詫びします。

二〇〇五年以前の主要文献目録及び研究史は、**関根賢司編『源氏物語　宇治十帖の企て』（おうふう、二〇〇五年）**および二〇〇六年1234書に譲り、二〇〇六年以降の著書及び主要な雑誌論文をあげた。また、『**源氏物語の鑑賞と基礎知識**』（**至文堂、〜二〇〇五年**）は、コラム及び再掲論文、書き下ろし論文を載せるので、併せて参観されたい。

著書については、関連する論文題目を列挙した。単著については再掲が多いので、それについては初出年もできるだけ添えた。

二〇〇六年1234書については、研究論文の他コラム・人物事典等も掲載されているが、それらについては割愛し、研究論文を挙げるにとどめた。詳しくは同書に拠られたい。

【二〇〇六年】

鷲山茂雄『源氏物語の語りと主題』（**武蔵野書院**）

「光源氏没後の物語の構造」　初出1979年、1985年再録。

「薫と大君」　初出1983年・1979年、1985年再録。「宇治の八宮」　初出1993年。

「薫と中君―密通回避をめぐって―」　初出1982年、1985年再録。

「薫と浮舟―宇治十帖主題論―」　1981年・1983年、1985年再録。

「横川僧都と小野の人々―宇治十帖主題論拾遺―」　初出1992年。「「夢の浮橋」考」　初出1985年。

安藤徹『源氏物語と物語社会』（**森話社**）

「隠すことと顕わすこと」　初出1994年。「境界のメディア」　初出1993年。

「不在の稲荷」　初出2003年。

上原作和『光源氏物語　學藝史　右書左琴の思想』（**翰林書房**）

「文と法の物語　浮舟物語の《ことば》と《思想》」初出2000年。

1　**『人物で読む源氏物語　薫』（勉誠出版）**

宗雪修三「「世づかぬ」薫—蜻蛉巻の独詠歌と主題」初出1986年。

倉田実「薫の表情—「…顔」表現の反復—」初出1997年。

神田龍身「〈薫〉の分裂を現前させる多様な言葉」初出1999年。

辛島正雄「「色好み」と「まめ人」と—薫像の定位—」。

小島雪子「薫の道心—光源氏の物語とのかかわり—」。

湯浅幸代「薫の孤独—匂宮三帖に見る人々と王権—」。

田中仁「「反故」について—」。

2　**『人物で読む源氏物語　匂宮・八宮』（勉誠出版）**

鈴木泰恵「匂宮—負性の内面化とヒーロー喪失—」初出1991年。

甲斐睦郎「源氏物語の人物把握の一方法—匂宮の人間像を中心に—」初出1971年。

神野藤昭夫「宇治八の宮論—原点としての過去を探る—」初出1997年。

三谷邦明「宇治八の宮の陰謀—薫誕生の〈謎〉あるいは誤読への招待状—」初出1997年。

縄野邦雄「東宮候補としての薫」。

山上義実「匂宮試論—色好みの魅力と限界—」。

木下綾子「八宮家の琴と箏—皇統と楽統を紡ぐもの—」。

斉藤正昭「八の宮論」。

3 **『人物で読む源氏物語　大君・中の君』（勉誠出版）**

久富木原玲「天界を恋うる姫君たち—大君・浮舟物語と竹取物語」　初出1987年。

原岡文子「幸い人中の君」　初出1983年、1991年。

吉井美弥子「物語の「声」と「身体」—薫と宇治の女たち—」　初出1996年→吉井二〇〇九書に所収。

今井久代「大君物語が示すもの」。

鈴木裕子「大君の〈恋〉の物語—父を待ち続けた娘—」。

磯部一美「『源氏物語』宇治中の君物語の周縁—〈幸ひ〉を支える女房たち—」。

斉藤昭子「宇治の姉妹の「母なるもの」とメランコリー—中の君物語の「ふり」・再説—」。

野村倫子「女房装束〈裳・唐衣〉から見た女房達—正編・宇治十帖、そして浮舟—」。

4 **『人物で読む源氏物語　浮舟』（勉誠出版）**

小林正明「流界三転の女体、浮舟」　初出1998年。

助川幸逸郎「浮舟の〈欲望〉と読者の〈願望〉—それぞれの〈固有性〉をめぐって、精神分析の視座から—」　初出2000年。

斉藤英喜「「平安文学」のスピリチュアリティ—孝標女・夕顔・浮舟の憑依体験をめぐって—」　初出2001年。

久富木原玲「浮舟—女の物語へ—」。

高橋汐子「袖ふれし人—浮舟物語の〈記憶〉を紡ぐ—」。

小番達「浮舟の救済をめぐって」。

横溝博「浮舟をめぐる〈ことば〉―天人なども舞ひ遊ぶこそ尊かなれ―」。

5『講座　源氏物語研究　第四巻　鎌倉・室町時代の源氏物語』（おうふう）

三角洋一「『源氏物語』の仏教的解釈―橋姫巻の前半を読む―」→三角二〇一一書所収。

6『講座　源氏物語研究　第二巻　源氏物語とその時代』（おうふう）

笹川博司「仏教思想」。

7『源氏物語　重層する歴史の諸相』（竹林舎）

辻和良「明石中宮と「皇太弟」問題―「源氏幻想」の到達点―」→辻二〇一一書所収。

8『国際学術シンポジウム　源氏物語と和歌世界』（新典社）

藤原克己「「袖ふれし人」は薫か匂宮か―手習巻の浮舟の歌をめぐって―」。

9『古代中世文学論考　第十八巻』（新典社）

太田敦子「女一宮と氷―『源氏物語』「蜻蛉」巻における薫の垣間見をめぐって」→太田二〇一三書に所収。

陣野英則「『源氏物語』の言葉と手紙」（『文学』二〇〇六年九・十月）。

【二〇〇七年】

稲賀敬二「『源氏物語』とその享受資料」（笠間書院）

「匂宮―『源氏物語』の人物造型」初出1971年。

「夕顔の右近と宇治十帖の右近―作者の構想と読者の想像力―」初出2001年。

「匂宮三帖の世界《実子とまま子》―匂宮・紅梅・竹河、それに巣守」初出1987年。

「紅梅巻の世界」初出1982年。

高橋亨『源氏物語の詩学』（名古屋大学出版）
「〈反悲劇〉としての薫の物語」初出1997年。「愛執の罪―源氏物語の仏教―」初出2005年。
廣田收『『源氏物語』系譜と構造』（笠間書院）
「竹河三帖の構造―光源氏物語と宇治十帖の媒介」初出1978年。
「光る源氏物語から宇治十帖へ」初出1979年、2002年。
「橋姫物語から浮舟物語へ」初出2004年、2005年。「『源氏物語』における「宇治」と「橋姫」」。
三谷邦明『源氏物語の方法〈もののまぎれ〉の極北』（翰林書房）
「源氏物語と二声性―作家・作者・語り手・登場人物論あるいは言説区分と浮舟巻の紋中紋の技法」。
「浮舟事件―閉塞された死」。

1 **『源氏物語へ源氏物語から』**（笠間書院）
三角洋一「浮舟の出家と『過去現在因果経』」→三角二〇一一書に所収。

藤原克己「物語の終焉と横川の僧都」。

近藤みゆき「紅梅の庭園史―手習巻「ねやのつま近き紅梅」の背景」→近藤二〇一五書に所収。

2 **『王朝文学と通過儀礼』**（竹林舎）
頼富本宏「源氏物語の葬送」。

勝浦令子「『源氏物語』の出家」。

吉野瑞恵「物語の変質を証す二つの儀式―『源氏物語』宿木巻の産養と藤花の宴―」→吉野二〇一一書に所収。

3 **『王朝文学と仏教・神道・陰陽道』**（竹林舎）

小嶋菜温子「かぐや姫と〈女の罪〉―浮舟との比較から」。
三角洋一「浮舟の出家の時期の到来―浮舟の出家と『過去現在因果経』・続」→三角二〇一一書に所収。
今井久代「浮舟の出家」。

4『源氏物語の展望　第一輯』（三弥井書店）
阿久澤忠「暁の月―手習の巻「暁に到りて月徘徊す」」。
坂本共展「匂宮巻の匂宮と薫」。

5『源氏物語の展望　第二輯』（三弥井書店）
田坂憲二「竹河巻紫式部自作説存疑」→**田坂憲二『源氏物語の政治と人間』（慶應義塾大学出版会、二〇一七年）所収。**
藤本勝義「浮舟物語の始発―「東屋」巻の構造と史実―」→藤本二〇一二書に所収。
坂本共展「浮舟の出家」。

春日美穂「『源氏物語』における今上帝の「御気色」」（『中古文学』第80号、二〇〇七年十二月）
三角洋一「蜻蛉巻の後半部分をめぐって」（『むらさき』第44輯）→三角二〇一一書に所収。

【二〇〇八年】

岩原真代『源氏物語の住環境―物語環境論の視界』（おうふう）
「宇治八の宮邸の住環境と「仁徳期」―「聖帝」不在の時空へ―」。

今井上『源氏物語表現の理路』（笠間書院）
「浮舟と「峰の雨雲」―浮舟巻「かきくらし」の一首をめぐって」　初出2001年。

「踏み惑う薫と夢浮橋─宇治十帖の終末についての試論─」 初出2001年。

後藤幸良『平安朝物語の形成』（**笠間書院**）

「宇治十帖の構想の方法─匂宮の春と薫の秋」 初出1983年。

「「紫上の遺言」以後─宇治の物語への動き」。「匂兵部卿巻の薫─柏木と夕霧の輻輳」。

「紅梅巻─橋姫物語の構造的支柱」 初出1982年。「竹河巻の薫物語─夕霧の物語の影」。

「中君の造型と役割─中君入水構想はあったか（一）」。

「中君・浮舟物語構想の形成─中君入水構想はあったか（二）」 初出1984年。

「中君・浮舟物語の展開」。「宇治の大君の模索─自律的人生の光と影」。

鈴井宏昌『源氏物語と平安朝の信仰』（**新典社**）

「浮舟物語の話型と構想」。「『往生要集』と浮舟の出家」。「『遊仙窟』と薫の「いろごのみ」」。

橋本ゆかり『源氏物語の〈記憶〉』（**翰林書房**）

「声を聴かせる大君物語─〈山里の女〉と〈思ひ寄らぬ隈なき男〉の語らい」 初出2004年。

「抗う浮舟物語─抱かれ、臥すしぐさと身体から」 初出1997年。

「身体メディアと感覚の論理」 初出2005年。

星山健『王朝物語史論─引用の『源氏物語』』（**笠間書院**）

「宇治十帖における政治性─中君腹御子の立太子の可能性と、薫・匂宮に対する中君の役割─」 初出1999年。

「「竹河」巻論序説─語り手「薫御達」による物語取りとその意図─」 初出1996年。

「「竹河」巻論─「信用できない語り手」「悪御達」による「紫のゆかり」引用と作者の意図─」 初出1999年。

「橋姫物語における末摘花物語引用―光源氏が幻視した女君としての宇治中君―」初出2001年。

三村友希『姫君たちの源氏物語　二人の紫の上』（翰林書房）

「明石の中宮の言葉と身体―〈いさめ〉から〈病〉へ―」初出2002年。

「今上女二の宮試論―浮舟物語における〈装置〉として」初出2001年。

「延期される六の君の結婚―葵の上の面影」初出2008年。

「浮舟の〈幼さ〉〈若さ〉―他者との関係構造から」初出2007年。

吉井美弥子『読む源氏物語　読まれる源氏物語』（森話社）

「『源氏物語』の髪へのまなざし」初出1994年。「薫をめぐる〈語り〉の方法」初出1994年。

「薫と〈女三の宮〉」初出1990年。「宇治八の宮の「琴の琴」―響かぬ音色」初出1994年。

「早蕨巻の方法―巻頭表現を起点として」初出1985年。「中の君の物語」初出1992年、1991年。

「宿木巻の方法」初出1985年。「宿木巻と「過去」―そして「続編」が生まれる」初出2005年。

「浮舟と父八の宮」初出1992年。「浮舟物語における七夕伝説」初出1988年。

「浮舟物語の一方法―装置としての夕顔」初出1986年。

「蜻蛉巻試論―浮舟の「四十九日」」初出1989年。＊他二〇〇六3再録。

「『源氏物語』の二人の小君」初出1997年。「夢浮橋巻の沈黙」初出1990年。

吉海直人①『源氏物語の乳母学―乳母のいる風景を読む』（世界思想社）

「弁の尼」。「浮舟の乳母達」。

吉海直人②『「垣間見」る源氏物語　紫式部の手法を解析する』（笠間書院）

「「垣間見」る薫」初出2005年。「匂宮の浮舟「垣間見」」。「「あらは」考」。「「かうばし」考」。

1 **『源氏物語の展望　第三輯』（三弥井書店）**

中島あや子「匂宮・紅梅・竹河巻考」。

呉羽長「宇治大君の造型の方法をめぐって」。→呉羽二〇一四書に所収。

2 **『源氏物語の展望　第四輯』（三弥井書店）**

上野辰義「宇治の大君の道心をめぐって」。

中嶋朋恵「宿木巻の二つの結婚と産養―源氏物語創造―」。

原田敦子「「浮きたる舟」「かひ沼の池」から「浮舟」へ―『紫式部集』と『源氏物語』」。

3 **『源氏物語と和歌』（青簡舎）**

近藤みゆき「「手習」巻の浮舟―「飽きにたる心地」と「飽かざりし匂ひ」をめぐって」→近藤二〇一五書に所収。

4 **『源氏物語〈読み〉の交響』（新典社）**

阿部好臣「物の怪誕生―宇治の物の怪」。

中丸貴史「『源氏物語』浮舟巻における情報と欲望構造―内宴と躍動する家司たち―」。

舘入靖枝「続・夕月夜の隠し絵―末摘花から浮舟へ（七夕伝説を紐帯として）―」。

5 **『古代中世文学論考第22集』（新典社）**

有馬義貴「『源氏物語』の薫と〈はらから〉―母の問題との連関をめぐって―」→有馬二〇一四書に所収。

6 **『源氏物語をいま読み解く[2]　薫りの源氏物語』（翰林書房）**

吉村晶子「「身体が匂う」ということ―薫の体香の再考へ向けて」。

助川幸逸郎「〈見えるかをり〉／〈匂うかをり〉―薫の〈かをり〉が表象するもの―」。
吉村研一「「飽かざりし匂ひ」は薫なのか匂宮なのか―もうひとつの別の解釈」。
7『源氏物語の新研究―本文と表現を考える―』（新典社）
加藤昌嘉「星と浮舟」→加藤二〇一一書所収。
青島麻子「宿木巻における婚姻―「ただ人」の語をめぐって」（「国語と国文学」二〇〇八年四月）→青島二〇一五書に所収。
助川幸逸郎「〈誤読〉される宇治十帖―平安後期物語との〈取り違え〉をめぐって―」（「日本文学」二〇〇八年五月）。
久保堅一「浮舟の物語と仏伝」（「日本文学」二〇〇八年六月）。
陣野英則「「物語」の切っ先としての薫―「橋姫」「椎本」巻の言葉から―」（「国語と国文学」二〇〇八年六月）→陣野二〇一五書に所収。
井野葉子「手習巻の『引板』―歌ことばの喚起するもの」（「日本文学」二〇〇八年八月）→井野二〇一一書に所収。
笹生美貴子「「夢」が見られない大君―宇治十帖の〈父〉〈女〉を導くもの―」（「日本文学」二〇〇八年九月）。
三角洋一「薫の明石の中宮付き女房への挨拶」（「むらさき」第45輯、二〇〇八年）。
【二〇〇九年】
植田恭代『源氏物語の宮廷文化　後宮・雅楽・物語世界』（笠間書院）
「「竹河」と薫の物語」初出1990年。「「東屋」と浮舟の物語」初出1989年。

「「葦垣」をこえる匂宮」初出1987年。「「宮口」と浮舟」初出2002年。

平林優子『源氏物語女性論　交錯する女たちの生き方』（笠間書院）

「竹河巻における玉鬘と冷泉院」初出2000年。「続篇の「二人の主人公」」初出2001年。

「大君の「結婚拒否」と「死」について」初出1999年。

「宇治　中の君の生　八の宮の娘として」初出2002年。

「浮舟の入水について」初出1997年。「浮舟の回想　生と死のはざまで」初出2007年。

小川陽子『『源氏物語』享受史の研究　付『山路の露』『雲隠六帖』』（笠間書院）

『山路の露』論　第三節　右近と浮舟の造型　初出2006年。

『山路の露』論　第四節　浮舟の造型と物語構成　初出2007年。

李美淑『源氏物語研究―女物語の方法と主題』（新典社）

「知らぬ人」から「頼もし人」へ―薫と大君の表現と方法―」初出2001年。

「早蕨」巻の「姫宮」―薫と中の君の物語への転換点―」初出2002年。

「宇治の御堂」と薫と浮舟の物語―薫の「人形」観を起点として―」初出2006年。

1『源氏物語の新研究―宇治十帖を考える』（新典社）

島田とよ子「八宮―世にかずまへられたまはぬ古宮―」。

沼尻利通「八宮の遺言の動態―「一言」「いさめ」「いましめ」から―」。

袴田光康「匂宮と敦道親王―明石中宮の諫めをめぐって―」。

竹内正彦「夢のあとの明石中宮―明石一族物語の宇治十帖―」。

吉野誠「花の「宿木」巻—藤花宴へ、そこではないどこかへ—」。

陣野英則「弁の尼を超える薫—『源氏物語』「宿木」「東屋」巻の言葉から—」→陣野二〇一六書に所収。

小山清文「八の宮家と弁の〈流離〉の物語の深層—〈紫のゆかり〉の続編としての意義」。

園明美「浮舟における「女」呼称—孤絶を浮き彫りにするもの—」。

岡部明日香「浮舟物語における常陸介一家—その「事好み」の意義と侍従の君の役割—」。

松岡智之「浮舟物語における策略と言葉」。

佐藤勢紀子「沈黙する浮舟—女性の在家菩薩は救われるか—」。

井野葉子「浮舟の最終詠の新解釈—二句切れ・疑問・片身・袖をかけ—」→井野二〇一一書に所収。

今井上「浮舟の尼衣—浮舟最後の歌と『源氏物語』作中和歌の意義—」。

原豊二「一条兼良と宇治十帖—主にウヂノワキイラツコ説について—」→原豊二『**源氏物語文化論**』（**新典社、二〇一四年**）に所収。

西本香子「琵琶を弾く女君」。

中島和歌子「帚木三帖から宇治十帖へ—陰陽道から見た継承と発展—」。

笹川博司「物語最後の舞台—横川往還の道と小野—」。


2『源氏物語と漢詩の世界　『白氏文集』を中心に』（青簡舎）

藤原克己「源氏物語における〈愛〉と白氏文集」。

3『源氏物語の歌と人物』（翰林書房）

井野葉子「女三の宮の「ひぐらし」の歌—刻み付けられた柏木の歌の言葉—」→井野二〇一一書に所収。

針本正行「八の宮と匂宮の和歌」。

久保朝孝「薫と和歌―宇治の中の君との贈答から―」→**久保朝孝『古典解釈の愉悦　平安朝文学論巧』（世界思想社、二〇一一年）**に所収。

吉野瑞恵「「隔てなき」男女の贈答歌―宇治の大君の歌―」→吉野二〇一一書に所収。

久富木原玲「浮舟の和歌―伊勢物語の喚起するもの―」。

吉井美弥子「従者たちの歌―暴かれる薫―」。

4『源氏物語と仏教　仏典・故事・儀礼』（青簡舎）
三角洋一「橋姫巻の後半を読む」→三角二〇一一書所収。
原岡文子「宇治十帖の世界と仏教」→**原岡文子『源氏物語とその展開　交感・子ども・源氏絵』（竹林舎、二〇一四年）**に所収。

5『源氏物語』の透明さと不透明さ―場面・和歌・語り・時間の分析を通して―』（青簡舎）
藤原克己「薫と浮舟の物語―イロニーとロマネスク」。
尹勝玟「八の宮の遺言の多義性―呪縛される遺言から利用される遺言へ―」（「国語と国文学」二〇〇九年一月）。a
荒木浩「『源氏物語』宇治八の宮再読―敦実親王准拠説とその意義―」（「国語国文」二〇〇九年三月）→荒木二〇一四書に所収。
松岡智之「『源氏物語』総角巻の「罪」と〈仏教〉」（「国語と国文学」二〇〇九年五月）。
有馬義貴「『源氏物語』「宇治十帖」の〈はらから〉―薫と浮舟の問題を中心に―」（「日本文学」二〇〇九年十二月）→二〇一四書に所収。

尹勝玫「浮舟物語の方法―入水の決意をめぐって―」(「むらさき」第46輯、二〇〇九年)。b

【二〇一〇年】

1 **『王朝文学と服飾・容飾』**(**竹林舎**)

橋本ゆかり「『源氏物語』第三部における「衣」―変奏する〈かぐや姫〉たちと〈女の生身〉―」。

2 **『源氏物語の展望　第八輯』**(**三弥井書店**)

長谷川俊男「源氏物語本文考―続編巻序について　2」。

横井孝「薫をめぐる風景―「はうさうじのわたり」・巨椋の池」→**横井孝『源氏物語の風景』**(**武蔵野書院**、二〇一三年)に所収。

3 **『源氏物語をいま読み解く**③　**夢と物の怪の源氏物語』**

久富木原玲「憑く夢・憑かれる夢―六条御息所と浮舟―」。

4 **『源氏物語と東アジア』**(**新典社**)

三角洋一「宇治十帖の結末」→三角二〇一一書に所収。

金静熙「浮舟巻の表現構造―和歌を中心に―」(「国語と国文学」二〇一〇年九月)。

【二〇一一年】

飯塚ひろみ『源氏物語　歌ことばの時空』(**翰林書房**)

「浮舟の「袖」―〈きぬぎぬ〉の記憶―」。「「袖ふれし」歌と〈紅梅〉」。

「重なる衣―浮舟最終詠が実現する色目―」。

井野葉子『源氏物語　宇治の言の葉』(**森話社**)

「中の君物語における竹取引用」初出1989年。

「竹取引用群―浮舟巻を中心に、そして柏木・夕霧物語」初出1998年。

「浮舟物語における篁物語引用」初出2008年。「大君　歌ことばとのわかれ」初出1997年。

「中の君　評価のまなざし」初出1994年。「薫　弱者へ向ける欲望」初出2002年。

「薫と大君の「隔て」をめぐる攻防」初出1999年。「〈隠す／隠れる〉浮舟物語」初出2001年。

「浮舟の山橘―歌ことばの喚起するもの（一）」初出2002年。
＊他二〇〇八論文、二〇〇九1、二〇〇九3を再録。

加藤昌嘉『揺れ動く『源氏物語』』（勉誠出版）
「「東屋」巻の本文揺動史」初出2005年。＊他二〇〇八7を再録。

鈴木貴子『涙から読み解く源氏物語』（笠間書院）
「宇治中の君の涙―見られる涙の力学」初出2004年。「浮舟物語の涙―浮舟・匂宮の相関」。

辻和良『源氏物語の王権―光源氏と「源氏物語」』（新典社）
「「俗の聖」八の宮―恋と道心と忠の無効化」初出2005年。
「第三部の冷泉院―源氏物語の行方」初出2004年。＊他二〇〇六7を再録。

野村倫子『『源氏物語』宇治十帖の継承と展開　女君流離の物語』（和泉書院）
「浮舟入水の脇役たち―「東屋」から「浮舟」へ構想の変化を追って―」初出1983年1992年の改稿
「「蜻蛉」巻の浮舟追慕」初出1995年。
「「蜻蛉」の宮の君―薫の浮舟評を対女房意識よりみる―」初出1999年。

「宮の君をめぐる「いとほし」と「あはれ」―続「蜻蛉」の宮の君・貴顕の姫君の出仕―」初出2002年。

「『山路の露』の表現性」初出1983年。

「『山路の露』の「文」と「語り」―浮舟物語における情報回路の回復をもどく―」初出1994年。

三角洋一『宇治十帖と仏教』（若草書房）

Ⅰ源氏物語と仏教
Ⅱ匂兵部卿巻をめぐって
「匂宮巻の始発」初出2002年。「匂宮巻の語り」初出2002年。「薫の人物設定」初出2003年。
「薫の人物設定と『維摩経』」初出2003年。
Ⅲ宇治の姫君たちをめぐって
「橋姫巻の前半を読む」。「橋姫巻の後半を読む」。
「明石の中宮を通して宇治十帖を読む」。「宇治の大君と老病死苦」。
Ⅳ蜻蛉巻の後半部分をめぐって
「蜻蛉巻後半の薫」。「中将のおもとの登場」。「蜻蛉巻と『遊仙窟』」。
Ⅴ手習・夢浮橋巻をめぐって
「浮舟の出家と『過去現在因果経』」。「浮舟の出家の時期の到来」。「宇治十帖の結末」。

吉野瑞恵『王朝文学の生成　『源氏物語』の発想・「日記文学」の形態』（笠間書院）

「「隔てなき」男女の贈答歌―宇治の大君と薫の歌―」初出1987年。

「「端近」なる女君たち―女三の宮と浮舟をめぐって―」初出2002年。

＊他二〇〇七2、二〇〇九3を再録。

1 **『古代中世文学論考第25集』（新典社）**

中西智子「『源氏物語』手習巻の浮舟の〈老い〉と官能性―「袖ふれし」詠の場面と『紫式部集』四六番歌との類似から」。

2 **『交響する古代―東アジアの中の日本』（東京堂出版）**

高橋麻織「『源氏物語』皇統の行方―匂宮への皇位継承をめぐって」→**高橋麻織『源氏物語の政治学　史実・准拠・歴史物語』（笠間書院、二〇一六年）**に所収。

3 **『源氏物語の展望　第九輯』（三弥井書店）**

藤本勝義「浮舟の母・中将の君論―認知されない母子」→藤本二〇一二書に所収。

星山健「「蜻蛉」巻後半の薫像―肥大化する対匂宮意識」。

斉藤昭子「最後の形式を取り巻く言説―症候としての〈浮舟〉あるいは関係の此岸―」（「日本文学」二〇一〇年五月）。

長谷川範彰「『源氏物語』「宿木」巻の〈唱和歌〉をめぐって」（「中古文学」第87号、二〇一一年五月）。

【二〇一二年】

久下裕利『王朝物語文学の研究』（武蔵野書院）

「竹河・橋姫巻の表現構造」　初出1984年。

「客人(まらうと)薫―『源氏物語』第三部主題論序説―」　初出2000年。

藤本勝義『源氏物語の表現と史実』（笠間書院）

「女二の宮を娶る薫―「宿木」巻の連続する儀式」 初出2005年。
「宇治十帖の引用と風土」 初出2001年。＊二〇〇七5、二〇一一3を再録。

1『源氏物語と儀礼』（武蔵野書院）

有馬義貴「『源氏物語』「宿木」巻における二つの結婚―薫と匂宮の社会的身分と相互意識」→有馬二〇一四書に所収。
鈴木裕子「浮舟と儀礼〈奪われた〉婚礼ということ」。
井野葉子「中の君　秘密裏に結ばれた腹帯」。

2『古代中世文学論考第26集』（新典社）

千野裕子「『源氏物語』における女房「中将」―宇治十帖とその「過去」たる正編」。
塩見優「『源氏物語』の浮舟―生きる骸」。

3『古代中世文学論考第27集』（新典社）

櫻井清華「『源氏物語』宿木巻の中君―「腰のしるし」一考察」。
伊永好見「乖離する大君―薫との贈答歌を通して―」（「国語と国文学」二〇一二年七月）。
有馬義貴「『源氏物語』「蜻蛉」巻における二の宮の式部卿任官記事―当該場面の不自然な文脈をめぐって―」（「中古文学」第90号、二〇一二年十一月）→有馬二〇一四書に所収。
久保堅一「『源氏物語』東屋巻の結婚譚と『白氏文集』「議婚」―「雨夜品定め」の裏側の世界」（「国語国文」二〇一二年十一月）。

【二〇一三年】

太田敦子『源氏物語　姫君の世界』（新典社）
「形見の宇治の中の君」初出2006年。
「盛り過ぎぬる宇治の大君―「手つき」をめぐる表現世界―」初出2011年。
「浮舟の出家―「親の御方」をめぐって―」初出2013年。＊二〇〇六9を再録。
大津直子『源氏物語の淵源』（おうふう）
「浮舟の〈愛敬〉」。「中の君を象る〈しるしの帯〉」。
中川正美『源氏物語のことばと人物』（青簡舎）
「源氏物語と和歌―白梅・紅梅の喩」初出2003年。「宇治大君―対話する女君の創造」初出1993年。
1『源氏物語をいま読み解く4　天変地異と源氏物語』
北條勝貴「〈荒ましき〉川音―平安貴族における危険感受性の一面―」。
2『王朝の歌人たちを考える―交遊の空間』（武蔵野書院）
福家俊幸「具平親王家に集う歌人たち―具平親王・公任の贈答歌と『源氏物語』―」。
【二〇一四年】
荒木浩『かくして『源氏物語』が誕生する』
「源信の母、姉、妹―〈横川のなにがし僧都〉をめぐって」初出1996年。
＊他二〇〇九論文を再録。
有馬義貴『源氏物語続編の人間関係　付物語文学教材試論』（新典社）
「「宿木」巻という転換点―朱雀院の血脈の問題化」初出2007年。

「「竹河」巻の薫と玉鬘―〈はらから〉と〈母〉の問題をめぐって」初出2011年。
「薫と父娘―発端としての〈朱雀院―女三宮〉」初出2011年。
＊他二〇〇八5、二〇〇九論文、二〇一一1、二〇一二論文を再録。

呉羽長『源氏物語の創作過程の研究』（新典社）
「浮舟入水から物語結末に至る構想の連関について―作者と浮舟の類同性に着目して」初出2011年。
「薫造型の方法―「宿木」巻を中心に―」初出2011年。
＊他呉羽二〇〇八1を再録。

廣田收『文学史としての源氏物語』（武蔵野書院）
「宇治の物語の前史」。「『源氏物語』にとって宇治とは何か」。「大君の拒否とは何か」。
「浮舟に負わされた課題」

古田正幸『平安物語における侍女の研究』（笠間書院）
「母親と乳母の関係―浮舟の母・中将の君と浮舟の乳母―」初出2009年。
「宇治十帖の二人の右近―同名の次女の近侍による錯覚―」
「宇治十帖における弁の君の立場―柏木の「乳母子」／大君・中の君の「後見」として―」初出2008年。

村井利彦『源氏物語逍遙』（武蔵野書院）
「宇治の眺望―源氏物語終末論のためのノオト―」初出1978年。
「浮舟の行方―源氏物語墓守論のために―」初出1997年。

室伏信助『王朝日記物語論叢』（笠間書院）

「明融本「浮舟」巻の本文について」初出1997年。

「続篇の胎動─匂宮・紅梅・竹河の世界─」初出1996年。

森野正弘『**源氏物語の音楽と時間**』（**新典社**）

「宇治姉妹と箏の琴」初出1994年。

1『**源氏物語　煌めくことばの世界**』（**翰林書房**）

鈴木宏子「薫の独詠歌について─橋姫巻・椎本巻─」。

三村友希「水辺の浮舟─〈水まさる川〉〈みかさまさる袖〉をめぐって」。

井野葉子「〈頼み〉〈頼めて〉宇治十帖」。

橋本ゆかり「浮舟物語と『竹取物語』引用─喪と鎮魂の時間から─」。

2『**王朝文学を彩る軌跡**』（**武蔵野書院**）

平林優子「宇治十帖の「つらし」・「心うし」・「うし」」。

3『**源氏物語〈読み〉の交響〈2〉**』（**新典社**）

桜井宏徳「蛍兵部卿宮と匂宮─桐壺聖代観との関わりを中心として」。

千野裕子「源典侍と弁の尼─亡き父へとつながる〈昔語り〉の女房」。

林欣慧「宇治の大君と『白氏文集』「揚柳枝二十韻」─「色なりとかいふめる翡翠だちて」を手がかりに」

（『国語国文』二〇一四年一月）。

助川幸逸郎「女房という無意識─テクストに「向こう側」はあるのか─」（『日本文学』二〇一四年四月）。

桜井宏徳「宇治十帖の中務宮─今上帝の皇子たちの任官をめぐって─」（『中古文学』第93号、二〇一四年五月）。

堀江マサ子「せめぎ合う浮舟の「今日」―『宇治十帖』時間表現の一手法―」(『中古文学』第93号、二〇一四年五月)→二〇一五書に所収。

鈴木宏子「薫の恋のかたち―総角巻「山里のあはれ知らるる」の歌を中心に―」(『国語と国文学』二〇一四年十一月)。

久保堅一「手習巻の浮舟の回想と『源氏物語』続篇終盤の世界―蜻蛉巻の薫との照応に着目して―」(『むらさき』第51輯、二〇一四年)。

【二〇一五年】

青島麻子『源氏物語　虚構の婚姻』(武蔵野書院)

「女二の宮「降嫁」―今上帝の「婿取り」をめぐって」。

「平安時代の結婚忌月―東屋巻の「九月」をめぐって―」初出2009年。

＊他二〇〇八論文を再録。この他、婚姻史全体のまとめが有益。

近藤みゆき『王朝和歌研究の方法』(笠間書院)

「男と女の「ことば」の行方―ジェンダーから見た『源氏物語』の和歌―」初出2004年。

堀江マサ子『源氏物語の「今」―時間と衣食住の視点から』(翰林書房)

＊二〇〇七1、二〇〇九3を再録。後者は大幅加筆。

「「宇治十帖」中君の時間―宇治から都の論理へ」初出2010年。

「「宇治十帖」時間の論理―「〜後」表現を考える」初出2010年。

「「宇治十帖」時間軸の論理―その位相と表現の内実」初出2008年。

「浮舟物語の食―食の位相にひき据えられる女君」 初出2011年。＊他二〇一四論文を再録。

吉田幹生『日本古代恋愛文学史』（笠間書院）

「男の執着と女の救済―宇治十帖の世界」 初出2013年、2014年。

1『新時代への源氏学 3 関係性の政治学Ⅱ』（竹林舎）

鈴木裕子「〈家〉の経営と女性―匂宮・紅梅・竹河―」。

西原志保「倫理の確執―橋姫・椎本・総角における「父の言葉」―」。

井上眞弓「男社会の編成と女性―早蕨・宿木―」。

足立繭子「母と娘の政治学―東屋―」。

井野葉子「身分秩序と経済―浮舟・蜻蛉―」。

高橋亨「名づけえぬ〈もの〉からの眼差し―手習・夢浮橋―」。

2『新時代への源氏学 5 構築される社会・ゆらぐ言葉』（竹林舎）

吉野瑞恵「源氏物語の心内語―浮舟の心内語をめぐって―」。

鈴木宏子「源氏物語の和歌」。

原岡文子「感覚をとらえることば―「中空」、浮舟の物語―」。

3『源氏物語　読みの現在　研究と資料―古代文学論叢第二十輯―』（武蔵野書院）

加藤昌嘉「改めて「浮舟」巻を読み直してみると……」。

4『知の挑発② 源氏物語の方法を考える―史実の回路』（武蔵野書院）

辻和良「〈新たな姫君〉としての宇治中の君」。

久下裕利「宇治十帖の執筆契機―繰り返される意図―」。→久下二〇一七書に所収。

大谷雅夫「椎本巻「山の端近き心地するに」考」（「文学」二〇一五年一・二月号）

鈴木宏子「照らし合う散文と歌―総角巻を中心にして―」（「文学」二〇一五年一・二月）。

林悠子「浮舟物語の時間試論」（「文学」二〇一五年一・二月）。

増田繁夫「自尊心と主体性―源氏物語の主題」（「文学」二〇一五年一・二月）。

新間一美「源氏物語の「浮舟」と白居易の「浮生」―荘子から仏教へ―」（『白居易研究年報第十六集』二〇一五年十二月）

【二〇一六年】

陣野英則『源氏物語論　女房・書かれた言葉・引用』（勉誠出版）

「「総角」巻の困惑しあう人々―「いとほし」の解釈をめぐって」初出2010年。

「浮舟と小野の妹尼―「手習」「夢浮橋」巻の言葉から」初出2013年。

＊他二〇〇六論文、二〇〇八論文、二〇〇九1を再録。

林悠子「大君物語の服喪と哀傷」（「国語国文」二〇一六年二月）。

贇裕子「『源氏物語』手習巻の読者意識」（「中古文学」第97号、二〇一六年六月）。

湯淺幸代「『源氏物語』の立后と皇位継承―史上の立后・立坊例から宇治十帖の世界へ―」（「中古文学」第98号、二〇一六年十二月）

杉浦和子「『源氏物語』の「形見」―「別れた人の形見の物」から「亡き人の形見の人」へ―」（「中古文学」第98号、二〇一六年十二月）

【二〇一七年】

久下裕利『源氏物語の記憶―時代との交差』（武蔵野書院）

「宇治十帖の表現位相―作者の時代との交差―」初出2010年。

「匂宮三帖と宇治十帖―回帰する〈引用〉・継承する〈引用〉―」初出2012年。

「夕霧巻と宇治十帖―落葉の宮獲得の要因―」初出2011年。

「夕霧の子息たち―姿を消した蔵人少将―」初出2011年。＊他二〇一五4を再録。

高木和子『源氏物語再考　長編化の方法と物語の深化』

「薫出生の秘事―匂宮三帖から宇治十帖へ」初出2010年。

1『古代中世文学論考第34集』（新典社）

山崎和子「『源氏物語』における大君の死の表現―「もののかれゆく」の比喩するもの―」。

2『新時代への源氏学4　制作空間の〈紫式部〉』（竹林舎）

栗本賀世子「〈成立〉からみた続編の世界―描かれざる過去の実現としての紅梅・竹河巻―」。

高橋汐子「浮舟物語「夢」という時空―異界への回路―」（『日本文学』二〇一七年二月）。

三村友希「死と再生の『源氏物語』宇治十帖―枯れ急ぐ大君と朽木願望の浮舟―」（『日本文学』二〇一七年九月）。

◆執筆者紹介（*編者）

倉　田　　　実（くらた・みのる）　大妻女子大学教授

〔主要著書・論文〕『王朝摂関期の養女たち』（翰林書房・2004年11月）、『王朝の恋と別れ』（森話社・2014年11月）

上　原　作　和（うえはら・さくかず）　桃源文庫日本学研究所教授

〔主要著書・論文〕『光源氏物語傳來史』（武蔵野書院・2011年11月）、三橋正著『古記録文化論』（編、武蔵野書院・2015年11月）

*横　井　　　孝（よこい・たかし）　実践女子大学教授

〔主要著書・論文〕『源氏物語の風景』（武蔵野書院・2013年5月）、「『夜の寝覚』末尾欠巻部断簡の出現―伝後光厳院筆物語切の正体―」（『考えるシリーズⅡ　①知の挑発　王朝文学の古筆切を考える―残欠の映発』武蔵野書院・2014年5月）

有　馬　義　貴（ありま・よしたか）　奈良教育大学准教授

〔主要著書・論文〕『源氏物語続編の人間関係　付 物語文学教材試論』（新典社・2014年7月）、「創作物としての物語―『狭衣物語』の同時代性をめぐって―」（『考えるシリーズⅡ　③知の挑発　平安後期 頼通文化世界を考える―成熟の行方』武蔵野書院・2016年7月）

井　野　葉　子（いの・ようこ）　立教大学教授

〔主要著書・論文〕『源氏物語　宇治の言の葉』（森話社・2011年4月）、「〈頼み／頼めて〉宇治十帖」（原岡文子・河添房江編『源氏物語　煌めくことばの世界』翰林書房・2014年4月）

*久　下　裕　利（くげ・ひろとし）　昭和女子大学名誉教授
早稲田大学非常勤講師

〔主要著書・論文〕「文学史上の『堤中納言物語』」「『逢坂越えぬ権中納言』を読む」（『知の遺産　堤中納言物語の新世界』武蔵野書院・2017年3月）、「紫式部から伊勢大輔へ―彰子サロンの文化的継承―」（昭和女子大学「学苑」927号・2018年1月）

浅　尾　広　良（あさお・ひろよし）　大阪大谷大学教授

〔主要著書・論文〕『源氏物語の准拠と系譜』（翰林書房・2004年1月）、『源氏物語の皇統と論理』（翰林書房・2016年9月　第18回紫式部学術賞受賞）

廣　田　　　收（ひろた・おさむ）　同志社大学教授

〔主要著書・論文〕『『源氏物語』系譜と構造』（笠間書院・2007年3月）、『文学史としての源氏物語』（武蔵野書院・2014年9月）

新　間　一　美（しんま・かずよし）　元京都女子大学教授
関西学院大学大学院非常勤講師

〔主要著書・論文〕『源氏物語と白居易の文学』（和泉書院・2003年2月）、『源氏物語の構想と漢詩文』（和泉書院・2009年2月）

咲　本　英　恵（さきもと・はなえ）　流通経済大学専任所員
共立女子大学非常勤講師

〔主要著書・論文〕「『雲隠六帖』「雲隠」考―その表現に見る成立事情」（『名古屋大学国語国文学』第105号・2012年11月）、「中世王朝物語『風に紅葉』における女御の恋歌表現」（『表現研究』第100号・2014年10月）

今　井　久　代（いまい・ひさよ）　東京女子大学教授

〔主要著書・論文〕『源氏物語構造論―作中人物の動態をめぐって』（風間書房・2001年）、「『源氏物語』内裏絵合をめぐる二つの絵―朱雀院の節会絵と「須磨の日記」」（「中古文学」96号・2015年12月）、「『狭衣物語』異本系本文の世界―飛鳥井君物語を中心に―」（「国語と国文学」・2017年12月号）

知の遺産シリーズ　5

宇治十帖の新世界

2018年3月16日 初版第1刷発行

編　　者：横井孝・久下裕利

発行者：前田智彦

発行所：武蔵野書院
〒101-0054
東京都千代田区神田錦町 3-11 電話 03-3291-4859　FAX 03-3291-4839

装　　幀：武蔵野書院装幀室

印　　刷：三美印刷㈱

製　　本：㈲佐久間紙工製本所

ISBN 978-4-8386-0477-7　Printed in Japan

考えるシリーズ③
源氏物語を考える
——越境の時空

夕顔をめぐる物語の方法——情報の伝達者・惟光、そして右近—— 鈴木裕子
正妻葵上の存在価値——悔恨と達成、そして紫上との結婚への影響—— 熊谷義隆
須磨退去の漢詩文引用
——光源氏の朱雀帝思慕からの考察—— 岡部明日香
光源氏の流離と天神信仰
——「須磨」・「明石」巻における道真伝承をめぐって—— 袴田光康
光源氏の「罪」を問う——秘匿の意図—— 今井　上
二条東院——越境の邸第としての試論—— 秋澤　亙
『源氏物語』若菜下巻の女楽と『とはずがたり』
——演奏されなかった「解釈」—— 堀 淳一
夕霧の子息たち——姿を消した蔵人少将—— 久下裕利
あとがき・秋澤　亙／袴田光康

秋澤　亙・袴田光康 編
240 頁
ISBN:978-4-8386-0431-9

考えるシリーズ④
源氏以後の物語を考える
——継承の構図

後期物語創作の基点——紫式部のメッセージ—— 久下裕利
『夜の寝覚』の女君——かぐや姫と楊貴妃と—— 大槻福子
『浜松中納言物語』・『狭衣物語』の終幕——『竹取物語』における〈永訣〉の構図の継承と展開—— 井上新子
「むねいたきおもひ」の果て
——『御津の浜松』最終巻読解のための覚書—— 辛島正雄
『堤中納言物語』「はいずみ」前半部の機知と諧謔／陣野英則
『はなだの女御』の〈跋文〉を考える
——『堤中納言物語』の本文批判と解釈—— 後藤康文
頼通の時代と物語文学
——『とりかへばや』から考える—— 西本寮子
按察家の人々——『海人の刈藻』を中心として—— 横溝　博
『雲隠六帖』は『源氏物語』の何を補うか／妹尾好信
あとがき——『狭衣物語』の世界／久下裕利

久下裕利 編
248 頁
ISBN:978-4-8386-0432-6

考えるシリーズ⑤
王朝の歌人たちを考える
——交遊の空間

伊勢・中務の交遊と文芸活動／尾髙直子
雅子内親王と敦忠、師輔の恋／松本真奈美
高光とその周辺
——出家をめぐる高光室・愛宮・師氏からの発信 —— 笹川博司
具平親王家に集う歌人たち
——具平親王・公任の贈答歌と『源氏物語』—— 福家俊幸
和泉式部の恋・小式部内侍の恋——「かたらふ人おほかりなどいはれける女」とは誰か—— 武田早苗
紫式部とその周辺
——『紫式部日記』『紫式部集』の女房たち —— 廣田　收
赤染衛門の人脈／田中恭子
後宮の文化圏における出羽弁／高橋由紀
宇治殿につどう女房たち
——宇治川を渡る四条宮下野 ——和田律子
定頼交遊録——和歌六人党との接点——久下裕利
あとがき——歌仙絵〈紀貫之〉像の変容／久下裕利

久下裕利 編
256 頁
ISBN:978-4-8386-0446-3

考えるシリーズⅡ　全三巻　完結しました！（なお、現在、第③巻は品切れです）

新出資料『夜の寝覚』末尾欠巻部断簡をはじめて掲載した第①巻『王朝文学の古筆切を考える』をはじめ、源氏物語研究に新視点から照射した第②巻『源氏物語の方法を考える』、頼通研究の「これから」に光を当てた最先端の研究を網羅した、第③巻『頼通文化世界を考える』など、常に話題を提供した考えるシリーズの第二段・全三巻が完結しました。

各巻ともA5判上製カバー装　定価：本体10000円＋税

考えるシリーズⅡ①　知の挑発

王朝文学の古筆切を考える
——残欠の映発

横井　孝・久下裕利 編
328 頁
ISBN:978-4-8386-0271-1

考える シリーズII ② 知の挑発

源氏物語の方法を考える

——史実の回路

田坂憲二・久下裕利 編
416頁
ISBN:978-4-8386-0284-1

源氏物語の記憶

——時代との交差

久下裕利 著

道長から頼通の時代へと引き継がれた政治・文化はサロン文芸を支える女房たちを和歌から物語へと躍動させた。時代背景は〝いま〟となり物語に蘇る。本書は源氏物語以後を時代の中で浮き彫りにした。

A5判上製カバー装・624頁
定価：本体14500円＋税
ISBN:978-4-8386-0701-3